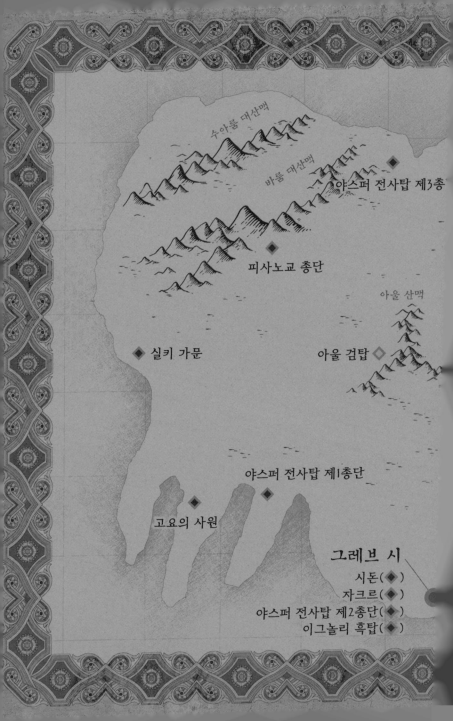

추이타 북산맥

추이타 대초원

추이타 남산맥

피요르드 시
쿠퍼 가문(◇)
은화 반 닢 기사단(◇)
모레툼 교황청(◇)

콰이올라 시

솔노크 시

솔 강

더듐 시
퍼 마탑(◇)

원시림

라폴리움 시
라폴 도서관(◇)

트루게이스 시

뉴브로도 시
아바니 가문(◆)
수의 사원(◆)

◇ 백 진영
◆ 흑 진영
◆ 중립 진영
● 도시

언노운월드 대륙 전도

ETAN 이탄

ORIGINAL FANTASY STORY & ADVENTURE

쥬논 판타지 장편소설

dream
books
드림북스

이탄 20 태초의 마신 피사노의 유산

초판 1쇄 인쇄 2022년 2월 8일
초판 1쇄 발행 2022년 2월 22일

지은이 쥬논
발행인 오영배
편집 편집부
일러스트 필연
표지 · 본문 디자인 오정인
제작 조하늬

펴낸곳 (주)삼양출판사 · 드림북스
주소 서울시 강북구 도봉로 173
대표 전화 02-980-2112 **팩스** 02-983-0660
편집부 전화 02-987-9393 **팩스** 02-980-2115
블로그 blog.naver.com/dreambookss
출판등록 1999년 3월 11일 제9-00046호.

ⓒ 쥬논, 2022

ISBN 979-11-283-7118-9 (04810) / 979-11-283-9990-9 (세트)

드림북스는 (주)삼양출판사의 판타지 · 무협 문학 브랜드입니다.

목차

부제: 언데드지만 신전에서 일합니다

사대신수

『성혈의 바하문트』
―신수: 날개 달린 사자
―상징: 공포
―속성: 흙(土), 피(血)

『불과 어둠의 지배자 샤피로』
―신수: 광기의 매
―상징: 탐욕
―속성: 불(火), 어둠(暗), 나무(木)

『포식자 하라간』
―신수: 투명 마수
―상징: 타락, 나태
―속성: 얼음(氷), 균(菌), 물(水)

『둠 블러드 이탄』
―신수: 냉혹의 뱀
―상징: 파멸
―속성: 금속(金), 빛(光)

발췌문

오래 전 간씨 세가의 선조들 가운데 간용음이라는 사람이 있었다. 그 간용음이 고대의 청동향로를 해석하여 다음과 같은 내용을 후대에 전하였다.

태초 이전.

빛과 어둠이 탄생하기도 전 혼돈의 시기.

3명의 초월자와 2명의 신수가 이 세상에 내려왔으니 그들은 각각 알리어스와 퀸, 콘, 그리고 투명 신수와 붉은 신수라 불렸다.

이 가운데 초월자 퀸과 투명 신수는 아주 먼 곳으로 가버렸다.

나머지 두 초월자 알리어스와 콘이 이 세상을 만들었
다.

두 초월자 가운데 알리어스가 빛과 어둠, 물과 불, 흙과
바람, 그리고 얼음과 번개를 창조하였다. 이 초월자의 이름
은 알리어스지만 사람들은 그를 본명 대신 '세계'라고 부
르며 신으로 떠받들었다.

나머지 또 한 명의 초월자 콘은 영혼과 에너지를 창조하
였다. 하지만 사람들은 그를 기억하지 못하고 오로지 남부
밀림의 조그만 부족만이 콘을 신으로 섬기었다.

나는 간용음이 남긴 일기 중에 '콘'과 '알리어스'에 주
목하였다.

내가 콘을 주목한 이유는 그가 동차원의 주신과 이름이
같아서였다. 내가 알리어스를 주목한 이유는 그가 세계의
파편, 즉 수호룡들과 이름이 같기 때문이었다.

이 이름들이 같은 것이 우연일까?

나는 우연이 아니라고 믿었기에 콘을 연구하였고, 알리
어스를 신경 썼다.

한데 비로소 깨달았다.

콘과 알리어스가 중요한 게 아니었다.

멀리 가버렸다는 투명 신수, 그리고 붉은 신수. 이들이 콘과 알리어스보다 훨씬 더 중요하다는 사실을 나는 이제야 깨닫게 되었다.

그리고 3명의 초월자 가운데 마지막 한 명인 퀸.

그자 역시 무척 중요한 열쇠(Key)였다. 아니, 이제 보니 퀸이야말로 차원의 열쇠를 열고 닫는 열쇠공인 셈이었다.

예전에 내가 연마했던 술법 《《천주부동(天柱不動)》》이 바로 그 퀸이 세상에 남긴 흔적이라던가?

이 사실을 알기 전까지 나는 천주부동이 동차원의 주신 콘으로부터 비롯되었을 것이라 믿었다. 한데 알고 보니 천주부동은 콘이 아니라 퀸의 유작이었다.

어쨌거나 나는 술법서를 통해서 주신 콘을 만났고, 마법서와 수호룡들을 통해서 알리어스를 만났으며, 붉은 신수와는 이미 하나가 되었다.

이제 나에게 남은 일은 투명 신수를 만나는 것. 그리고 열쇠공 퀸이 남긴 안배들을 파헤치는 것이다.

─먼 훗날 이탄이 남긴 독백 중에서

제1화

피사노의 비석 Ⅱ

Chapter 1

'태초의 마신 피사노는 비석에 만자비문을 새겼다지?'

이탄은 피사노교에서 전해져 내려오는 신화를 떠올렸다. 그러면서 이탄의 두 눈은 회색 고체 속에 박제된 꽈배기 모양의 문자들에 고정되었다.

'가지고 싶다.'

이탄은 참을 수 없는 갈증을 느꼈다.

갑자기 왜 이런 갈증이 발생했는지는 모르겠다. 어쨌거나 이탄은 저 비석 속에 박힌 문자들을 캐내서 가지고 싶다는 욕구가 마구 발동했다.

"끄응차!"

이탄이 손끝에 힘을 주었다.

이탄은 손가락을 매의 발톱처럼 구부려서 회색 빛깔의 고체—아마도 비석일 것이라 추정되는 덩어리—를 찢으려 시도했다. 그런 다음 고체 속에 박혀 있는 꽈배기 모양의 문자를 꺼내보려 들었다.

이탄의 손가락은 세상 그 어떤 물질도 단숨에 찢어버릴 수 있을 만큼 강력한 괴력을 지녔다.

회색 비석이 이탄의 괴력을 견디지 못하고 쩌저저적 소리를 내었다.

회색 비석은 마치 살아 있는 생물체처럼 이탄의 공격에 저항했다. 비석의 딱딱했던 부위가 다시 말랑말랑해지면서 스르륵 사라졌다. 대신 다른 부위가 고체로 변하면서 그 속에서 꽈배기 모양의 문자들이 언뜻언뜻 드러났다.

"어딜 도망치려고?"

이탄은 회색 비석 속에 두 손을 꽉 박아 넣었다. 그런 다음 힘을 꽉 줘서 비석 속에 박힌 문자를 꺼내려고 했다.

회색 비석도 있는 힘을 다해 버텼다.

"끄으응—차."

이탄의 이마에 혈관이 돋았다.

이건 난생 처음 있는 일이었다. 지금까지 이탄은 이 정도로 전력을 다해본 적이 없었다. 이탄이 아주 조금만 힘을 주어도 수 킬로미터 두께의 지반이 종잇장처럼 찢어져 나 갔다. 그릇된 차원의 왕의 재목들도 형편없이 찢어졌다.

한데 회색 비석은 이탄이 전력으로 힘을 주어도 쉽게 부서지지 않았다.

"햐아, 이게 제법 용을 쓰네? 어디 네가 이기나 내가 이기나 한번 해 보자."

이탄이 소매를 걷어붙였다. 그런 다음 붉은 금속의 기운까지 다 쏟아부었다. 이탄의 손가락 한 마디 한 마디마다 고색창연하게 붉은 노을이 어렸다.

쩌저저적!

적양갑주의 기운까지 동원되자 회색 비석도 더는 버티지 못했다. 단단한 비석이 깨져나가고, 그 속에 갇혀 있던 문자 하나가 툭 튀어나왔다.

이탄은 펄쩍 뛰어오른 문자를 오른손으로 잽싸게 거머쥐었다.

손에 쥐기만 해도 감이 왔다. 물에서 막 건져 올린 물고기처럼 펄떡거리는 이 문자의 말뜻은 '죽어도 죽지 않는' 이었다.

그리하여 이 문자의 주인은 모든 종류의 죽음으로부터 자유로웠다.

그리하여 이 문자의 주인은 부정 차원의 악마종들 가운

데 가장 질긴 생명력을 자랑했다.

그리하여 이 문자의 주인은 삶과 죽음의 굴레를 초월하여 마격에 도달하는 자였다.

한데 이탄의 표정은 썩 좋지 않았다.

"쳇. 나는 이미 죽어서 언데드가 되었는데 이따위 문자가 무슨 소용이람."

이탄의 투덜거림과 달리 이탄의 몸속에 머물던 만자비문들은 기뻐서 마구 날뛰었다. 특히 10,000개의 비문 가운데 하나가 가장 먼저 반응했다.

이 비문이 가진 의미는 '죽어도 죽지 않는'이었다. 서둘러 이탄의 몸 밖으로 튀어나온 '죽어도 죽지 않는'이 이탄의 손에 붙잡힌 문자와 곧바로 결합했다. 그런 다음 이탄의 몸속으로 다시 돌아와 뱃속에 자리를 잡았다.

그러자 신비로운 일이 발생하였다.

스르렁!

이탄의 뱃속에 딴딴하게 뭉쳐 있는 음차원 덩어리 표면에 꽈배기 모양 하나가 양각으로 오톨도톨하게 도드라진 것이다.

이탄은 과거에도 이와 비슷한 현상을 겪었다. 그릇된 차원에 머물 당시, 이탄은 부정 차원의 군주였던 라우딘스의 유적을 발굴했었다.

이탄은 그 유적으로부터 라우딘스가 남긴 3개의 비문을 흡수했었다. 그때 이탄이 흡수한 비문은 다음과 같았다.

하위 개체는 감히 흉내 낼 수 없는.
생명체를 단숨에 바스러뜨리는.
차단되지 않는.

이탄이 이상 3개의 비문을 흡수하자 특이하게도 이탄의 뱃속에 들어차 있는 음차원 덩어리의 표면에 3개의 꽈배기 모양이 아로새겨졌다. 그리고 오늘, 네 번째 문자인 '죽어도 죽지 않는'이 여기에 추가되었다.

다만 이번에 추가된 꽈배기 모양은 예전 것들과는 형태가 조금 달랐다.

라우딘스의 비문 3개는 보일 듯 말 듯 흐릿했다.

반면 지금 이탄이 획득한 비문은 모양이 또렷할 뿐 아니라 회색빛깔도 선명했다.

이탄이 회색 비석을 또 뜯어내었다. 그 속에서 새로운 비문이 툭 튀어나왔다. 이탄은 펄쩍 뛰어오른 꽈배기 모양의 문자를 손으로 붙잡았다.

그 즉시 비문 간의 결합이 이루어졌다. 이탄의 몸속에 들어 있던 비문과 회색 비석 속에 박제되어 있던 비문이 하나가 되어 이탄의 뱃속으로 들어왔다.

스르렁!

음차원 덩어리 표면에는 새로운 꽈배기 문양이 오톨도톨하게 솟구쳤다. 이번 것도 회색빛깔이 선명했다.

이와 같은 일들이 연달아 일어났다. 이탄이 회색 비석을 뜯어낼 때마다 그 속에 박혀 있던 문자들이 차례로 이탄에게 흡수되었다. 대신 이탄의 뱃속에 양각된 문자들은 하나둘 늘어났다.

Chapter 2

온 우주를 뒤덮으며 팽창하던 회색 기운은 이제 눈에 띄게 축소되었다. 그만큼의 기운이 이탄의 뱃속으로 흡수되어 오톨도톨한 문자가 되었다.

이건 마치 회색 비석이 통째로 이탄의 몸속에 옮겨온 듯한 현상이었다. 회색 비석에 박혀 있던 문자들은 빠르게 그 수가 줄어드는 반면, 이탄이 가진 음차원 덩어리 표면에는 수천 개가 넘는 회색 문자들이 빼곡하게 새겨졌다.

이탄이 라우딘스로부터 흡수한 3개의 문자(하위 개체는 감히 흉내 낼 수 없는, 생명체를 단숨에 바스러뜨리는, 차단되지 않는) 위에도 회색빛이 선명하게 한 겹 덧씌워졌다.

시간이 좀 더 흘렀다.

마침내 5,000개의 비문이 전부 다 이탄의 뱃속으로 들어왔다.

만자비문은 원래 10,000개의 읽을 수 없는 문자로 이루어져 있으므로, 이탄에게 흡수된 문자도 10,000개여야 마땅했다.

그런데 이 회색 비석 속에는 아쉽게도 딱 절반인 5,000개의 문자만 들어 있었다. 다시 말해서 이 회색 비석은 반쪽짜리였다.

여하튼 이탄은 5,000개나 되는 문자의 힘을 흡수했다.

이탄의 뱃속에서 자전운동 중이던 음차원 덩어리가 스르륵 회전을 멈췄다. 대신 음차원 덩어리는 새로운 움직임을 보였다. 마치 심장이 박동하는 것처럼 팽창과 이완을 반복한 것이다.

1초에 한 번씩 두근, 두근, 두근.

이탄은 마치 뱃속에 제2의 심장이 들어찬 듯한 감각을 느꼈다.

그렇게 음차원 덩어리가 두근두근 박동을 할 때마다 표면에 빼곡하게 박힌 5,000개의 회색 문자들도 생생하게 꿈틀거렸다.

'이것은 흡사 회색 비석이 둥그렇게 축소되어 내 몸속으로 자리를 옮긴 것 같구나. 그런 다음 회색 비석이 생명을 새로 얻은 듯한 느낌이야.'

이탄이 눈꺼풀을 파르르 떨었다.

'아아아, 이게 진짜 만자비문이었구나!'

이탄은 비로소 진실을 깨달았다.

그동안 이탄이 가지고 있던 만자비문은 사실 뜻만 있었을 뿐이었다. 실제 언령이 가져야 할 힘은 없었다.

한데 조금 전 이탄이 회색 비석 속에 갇혀 있던 힘을 흡수하자 비로소 만자비문 가운데 5,000개의 문자가 완벽해졌다.

본래 만자비문이 부정 차원의 인과율 역할을 하려면 두 가지가 모두 필요했다.

부정 차원 언령의 뜻.

부정 차원 언령의 힘.

이탄이 이곳 피사노교의 보고에 들어오기 전에는 오직 언령의 뜻만 이해했었다. 실제로 그 뜻을 구현하기 위한 힘은 가지지 못했다.

'아하! 그래서 그랬구나.'

문득 이탄이 무릎을 쳤다.

'그동안 나는 만자비문이 정상세계의 언령보다 많이 부족하다고 느꼈었지. 그런데 그 이유를 이제야 알겠네.'

부정 차원의 언령과 정상세계의 언령은 레벨이 같은 동급이었다. 그런데 이탄은 늘 만자비문이 정상세계의 언령보다 뒤처진다고 생각했다.

이제 보니 그 이유는 이탄이 가진 만자비문이 미완성이었기 때문이다.

차원이 처음 태동하던 원시 시절, 세상 모든 마격의 모태인 피사노가 10,000개의 인과율을 모아서 부정 차원의 근간을 세웠다.

이것이 만자비문의 시작이었다.

피사노는 만자비문 안에 자신의 모든 것을 불어넣었다. 그 결과 10,000개의 읽을 수 없는 문자가 곧 피사노 자체나 다름없게 되었다.

이후, 부정 차원의 존재들은 피사노의 회색 비석에 새겨진 10,000개의 문자를 탁본을 떠서 경전으로 삼았다.

이것이 피사노교의 경전인 언리더블 바이블(Unreadable Bible: 읽을 수 없는 경전)의 유래였다.

이탄은 읽을 수 없는 경전을 읽어서 만자비문을 이해하였다. 이탄이 읽을 수 없는 문자를 읽어서 그 뜻을 체득하였으므로, 이탄은 부정 차원의 '뜻'을 얻은 셈이었다.

이것만으로도 이탄은 엄청난 이적을 일으킬 수 있었다. 부정 차원의 언령에 대한 깨달음만으로도 이탄은 부정 차원 자체를 마구 뜯어고치거나 주무르는 것이 가능했다.

하지만 만자비문이 가진 본래 '힘'은 여전히 피사노가 남긴 회색 비석 안에 갇혀 있었다.

이탄은 이러한 관계를 마법에 빗대어 손쉽게 이해했다.

만자비문의 뜻 = 마법 캐스팅.

만자비문의 힘 = 마나.

혹은 이것을 검술에 빗대어도 이해하기 수월한 것은 마찬가지였다.

만자비문의 뜻 = 검술의 초식.

만자비문의 힘 = 오러.

다시 말해서 지금까지 이탄은 마법 캐스팅(만자비문의 뜻)만 할 줄 알지 그에 걸맞은 마나(만자비문의 힘)는 없었던 마법사였다. 혹은, 검술의 초식(만자비문의 뜻)은 연마했으되 오러(만자비문의 힘)가 뒷받침되지 않았던 반쪽짜리 검사였던 셈이었다.

한데 운명의 여신은 그런 이탄을 피사노교의 보고로 이끌었다. 이 보고에서 이탄은 피사노의 비석을 흡수하여 자신의 것으로 만들었다.

피사노교의 보고 안에는 교의 역대 마인들이 무수히 긴 세월 동안 수집해온 흑마법과 마보들이 가득했다.

하지만 그 어떤 흑마법이나 마보도 감히 피사노의 비석과 가치를 견줄 수는 없었다. 피사노의 비석은 그 하나만으로도 이 보고 안에 들어 있는 나머지 모든 보물들을 다 합친 것보다도 훨씬 더 귀했다.

아니, 그 정도를 넘어서 이 비석 자체가 피사노의 모든 것이었다.

이 비석 자체가 부정 차원의 근간을 이루는 힘이었다.

이 비석 자체가 차원의 한계를 뛰어넘는 불가해의 존재였다.

피사노가 태초의 마신이라면, 피사노교는 그 마신을 신으로 섬기는 자들의 모임에 불과했다.

그러니 피사노는 높고, 피사노교는 낮았다.

피사노는 태양이고, 피사노교는 그 태양을 추종하는 해바라기였다.

피사노가 하늘이라면, 피사노교는 그 하늘에 제사를 지내는 제단에 불과했다.

게다가 엄밀하게 말해서 피사노교는 피사노를 섬기는 정통 교맥이라고 부를 수도 없었다. 피사노교가 비록 언노운 월드의 최강 세력이라 불리기는 하지만, 부정 차원까지 범위를 넓혔을 때 여전히 탑(Top)의 자리에 있지는 않았다. 부정 차원의 상위 악마종이나 군주급 존재들 가운데는 피사노교를 한 수 아래로 보는 자들도 꽤 많았다.

그러한 군주급 존재들, 혹은 마신들도 피사노는 절대 신으로 우러러보았다. 태초의 마신 피사노는 모든 부정한 자들의 근원이자 모태인 까닭이었다.

Chapter 3

그렇다고 해도 여전히 두 가지 의문이 남았다.

첫째, 그 중요한 피사노의 비석이 왜 부정 차원을 떠나서 언노운 월드로 넘어왔을까?

둘째, 피사노의 비석이 언노운 월드로 넘어온 것은 그렇다고 치자. 그런데 피사노교에서 지식이 집약된 가장 중요한 장소는 '부정의 요람'이었다. 이 부정의 요람에는 '신인의 지식'이 담겨 있고, 피사노교의 보고는 그보다 한 단계 아래인 '사도의 지식'이 보관된 장소였다.

그렇다면 왜 피사노의 비석은 부정의 요람이 아니라 이곳 보고 안에 들어 있었을까?

이상 두 가지 질문에 대한 답을 아는 자는 없었다. 이탄을 피사노교의 보고에 들여보내 준 싸마니야도 그 이유를 알지 못하였다.

심지어 싸마니야는 피사노교의 보고 안에 피사노가 남긴 회색 비석이 있다는 사실조차 몰랐다.

이것은 싸마니야의 형제들도 마찬가지였다.

그동안 싸마니야를 비롯한 그의 형제들은 피사노교의 보고에 수시로 드나들었다. 그들이 신인이 되어 부정의 요람에 드나들 권리를 얻기 전까지는, 혹은 그런 권리를 얻은 이후에도 피사노교의 보고를 가장 많이 이용한 것은 싸마니야의 형제들이었다.

한데 얼마 전 동차원의 술법사들이 피사노교로 쳐들어와서 부정의 요람을 박살 내었다.

그 후로 싸마니야의 형제들이 피사노교의 보고에 드나드는 횟수는 더 늘었다. 특히 쌀라싸의 경우에는 지금까지 매년 한 번씩은 꼭 피사노교의 보고에 다녀갔다.

하지만 이들 가운데 그 누구도 피사노의 비석을 마주하지는 못했다. 싸마니야의 형제들과 신체를 결합한 악마종들도 비석을 만날 수 없었다. 피사노의 비석은 구름 속에 숨은 드래곤처럼 아무에게도 자신의 모습을 보여주지 않았다. 그러다가 이탄이 나타나자 비로소 제 모습을 공개한 것이다.

이탄은 피사노의 비석을 보자마자 본능적으로 갈증을 느꼈고, 그 결과 비석을 뜯어 먹었다. 이탄은 단단하기 이를 데 없는 회색 비석을 우악스럽게 분해하여 그 속에 들어 있는 힘을 게걸스럽게 흡수했다.

이것은 다시 말해서 이탄이 태초의 마신 피사노를 잡아 먹어 그 힘을 계승한 것과 다를 바가 없었다.

이런 엄청난 사건을 저질러 놓고도 이탄은 지금 자신이 무슨 짓을 했는지 전혀 인지하지 못했다.

이탄은 마치 '나는 아무것도 몰라요.' 라고 주장이라도 하는 것처럼 해맑은 표정을 지었다. 그런 다음 자신의 볼록 나온 배를 양손으로 통통통 두드렸다.

"어우 야. 왜 이렇게 배가 부른 느낌이지? 배의 크기는 분명히 달라지지 않았는데 이상하게도 포만감이 드네. 꺼어억~."

심지어 이탄은 거하게 트림까지 했다.

그러는 동안 이탄의 체내에서는 한 차례 서열 변동이 발생했다.

지금까지 이탄이 보유한 힘들 가운데 가장 강력한 것은 붉은 침으로부터 비롯된 네 가지 권능이었다.

에너지를 복리로 불려주는 복리증식(複利增殖).

혼을 나눠서 숙주를 지배하는 분혼기생(分魂寄生).

방어력 최강인 적양갑주(赤陽甲胄).

세상의 모든 금속을 자유롭게 지배하는 만금제어(萬金制御).

이탄의 영혼에 각인된 이 권능들이야말로 그 위력이 어마어마했다.

심지어 이 권능들은 무려 하나의 차원을 작게 우그러뜨려서 이탄의 뱃속에 욱여넣을 정도로 절대적이었다.

이러한 붉은 침의 권능에 비하면 언령이나 만자비문은 감히 상대가 되지 못했다.

그동안 만자비문들은 붉은 금속만 만나면 꼬리를 내리고 슬슬 피해 다녔다. 10,000개의 비문들은 이탄의 뱃속에 숨어 지내거나, 혹은 붉은 금속의 눈치를 보면서 (진)마력순환로 속만 돌아다녔다.

그러던 만자비문이 드디어 제대로 된 힘을 얻었다.

뜻과 힘이 하나로 융합되면서 만자비문 가운데 5,000개가 온전한 인과율로 거듭났다. 이 5,000개의 비문들은 태초에 세상 모든 부정한 것들을 모아서 부정 차원을 만들었다는 마신 피사노 그 자체가 되었다.

비록 10,000개의 문자 가운데 절반만 온전해졌을 뿐이고, 나머지 5,000개의 힘은 아직까지 불완전한 상태지만, 그래도 이제 만자비문은 더 이상 붉은 금속을 두려워하지 않았다. 이탄의 영혼 속에서 붉은 금속과 회색 기운들이 뿌드드득 소리를 내면서 격렬한 힘겨루기에 돌입했다.

5,000개의 비문은 적양갑주에 한 치도 밀리지 않았다.

적양갑주도 만자비문에 밀리지 않고 팽팽하게 대항했다.

'지금은 힘의 균형이 딱 맞지. 그런데 내가 만약 나머지 5,000개의 힘을 더 얻는다면 어떻게 될까?'

이탄은 이런 상상을 해보았다.

이것은 단순한 상상이 아니었다. 피사노의 비석 속에서 5,000개의 힘을 흡수한 순간, 이탄은 나머지 절반이 어디에 있는지를 본능적으로 깨달았다.

'부정 차원이다.'

피사노의 비석 절반은 부정 차원에 있었다. 이로써 이탄이 부정 차원을 방문해야 할 이유가 한 가지 더 늘었다.

붉은 금속.

만자비문.

이상 두 가지가 이탄의 가장 강력한 원투 펀치라면, 그 다음 서열은 정상세계의 언령이 차지했다.

이탄은 지금까지 총 12개의 언령을 얻었다.

'동시구현', '가둠', '무한시', '고통', '연결', '차단', '풀림(해방)', '숙주', '기생', '흡입', '유추', 그리고 '무한공'이 바로 이탄이 깨달은 언령들이었다.

이탄은 이상 12개의 언령을 주로 신비로운 벽을 통해서 획득하였으며, 드물게는 스스로 깨우치기도 하였다.

그런데 이 12개의 언령들은 모두 동급은 아니었다.

언령들 가운데 고통과 숙주는 급이 낮은 하격의 언령이었다.

동시구현, 가둠, 연결, 차단, 기생, 유추는 그보다 한 단계 높은 중격의 언령이었다.

풀림은 상격 언령에 해당했다.

12개 가운데 나머지 3개의 언령만이 최상격에 자리매김했다.

공간을 지배하는 무한공.

시간을 컨트롤하는 무한시.

에너지를 빼앗는 흡입.

이상 세 가지 언령들이야말로 그동안 이탄이 즐겨 사용하던 주력 무기였다.

Chapter 4

만자비문이 뜻만 갖추었을 당시, 정상세계의 언령들은 당연히 만자비문보다 우위에 있었다. 이탄이 보유한 힘들 가운데 붉은 금속 다음으로 강력한 것이 바로 정상세계의 세 언령, 즉 무한공, 무한시, 그리고 흡입의 권능이었다.

한데 만자비문이 완성되면서 순위가 바뀌었다.

이제 붉은 금속과 만자비문이 공동 1위로 올라섰다. 정상세계의 언령들은 서열 3위로 주저앉았다.

풀이 죽은 언령들이 꼬리를 내렸다.

반면 만자비문들은 기세등등하게 이탄의 몸속을 돌아다녔다. 특히 뜻과 힘을 공히 갖춘 5,000개의 비문들이 콧대를 높이 세웠다.

한편 서열 4위의 자리에는 두 가지 술법이 나란히 그 이름을 올렸다.

기초연공법—응용연공법—연단법—연골법으로 연결되는 금강체(金剛體).

총 6개의 식으로 구성된 백팔수라(百八修羅).

각각 방어와 공격에 특화된 이 두 가지 술법이야말로 붉은 금속이나 만자비문, 정상세계의 언령에 다음 갈 정도로 막강한 위력을 자랑했다.

이탄이 연마한 금강체는 듀라한 특유의 강력한 신체 능력이 더해지면서 단 1밀리미터도 파고들 수 없는 절대 철벽을 구축했다. 게다가 이탄의 금강체는 적의 공격을 100배로 튕겨내는 공격적 특성까지도 지녔다.

이탄이 독자적으로 해석해낸 백팔수라의 위력도 이미 인간의 한계를 뛰어넘었다. 특히 백팔수라 제6식인 수라천세(修羅千歲)는 적양갑주마저 흔들 정도로 위력이 탁월했다.

이탄은 이 백팔수라에 거신강림대진을 결합하여 공격력을 1.8배 증폭시킬 방법도 찾아두었다.

이것만으로도 두려울 지경인데, 이탄은 그 위에 북명의 술법인 포그 레코드까지 융합해내었다.

금강체와 백팔수라에 이어서 이탄이 보유한 다섯 번째 무력은 사실상 아조브라고 할 수 있었다.

고대 악마사원의 삼대법보 가운데 하나인 아조브는 차원을 가르고 타 차원의 존재를 불러들이는 힘을 지녔다.

단지 이것뿐만이 아니었다. 아조브는 그 밖에도 각종 신비로운 능력들을 지녔다.

한데 이탄은 이 신비로운 법보를 제대로 활용하지 않았다.

이탄은 언노운 월드와 간씨 세가, 남명, 그리고 그릇된 차원에서 각각 한 개씩 총 4개의 아조브를 손에 넣었음에도 불구하고 이 법보의 진정한 쓰임새에 대해서 깊이 있게 연구하지 않았다.

이것은 다분히 이탄의 성향 탓이었다.

'나는 무기에 의존하는 게 싫어.'

이탄의 이러한 똥고집이 아조브의 활용도를 떨어뜨렸다.

만약에 이탄이 아조브를 제대로만 연구했다면 서열 5위보다 더 위로 상승했을지도 몰랐다. 아조브는 그만큼 대단한 법보였다.

한편 이탄이 보유한 여섯 번째 무력은 나라카의 눈이었다.

폭군 나라카는 그릇된 차원의 늙은 왕, 혹은 그릇된 차원의 신으로 추앙받는 존재였다. 이탄은 악마사원의 유적지에서 나라카의 눈을 흡수했다. 이 눈에서 방출되는 노란 광선이야말로 엄청난 위력을 자랑했다.

다만 이탄은 아조브와 마찬가지로 나라카의 눈도 그냥 가지고만 있을 뿐 즐겨 사용하지는 않았다.

이 밖에도 이탄은 동차원의 여러 술법들을 손에 넣었다.

각각 열여덟 장의 금속판 악보로 이루어진 광목화음(廣目火音), 광목수음(廣目水音), 광목목음(廣目木音), 광목금음

(廣目金音), 광목토음(廣目土音)도 언젠가 이탄이 연주를 해볼 욕심으로 모아두었다.

이탄은 유래가 불분명한 술법인 천주부동도 손에 넣었다.

다만 이 천주부동도 이탄이 몇 차례만 읽어보았을 뿐, 본격적으로 연마를 하지는 못했다.

'언젠가는 그 술법들도 익혀야 할 텐데.'

이탄은 그저 마음속으로만 이런 생각을 품을 뿐이었다. 당장 이탄에게는 그 술법들에 쏟아부을 시간이 부족했다.

이상의 술법들을 제외하더라도 이탄의 아공간 박스 속에는 여러 가지 법보와 무기들이 가득했다.

이탄이 동차원의 금강 종주로부터 하사받은 귀장갑(鬼掌匣: 악령의 장갑).

이탄이 그릇된 차원에서 획득한 전차와 방패, 창, 몽둥이 등등등.

이런 것들은 그 하나하나가 세상에 다시없을 보물들이었다.

또한 이탄에게는 음양종을 한 번 움직일 수 있는 태극패(太極牌)도 지녔다. 이것은 이탄이 과거 선봉 선자를 구해준 대가로 자한선자로부터 받은 선물이었다. 이탄은 이렇게 귀중한 법보들을 아공간 속에 처박아둔 채 그냥 방치했다.

술법과 무기 등을 제외한다면, 이탄이 가진 일곱 번째와

여덟 번째 무력은 쥬신 황가의 광정(光精: 빛 알갱이), 그리고 간철호의 흙 속성 마법들이라 할 수 있었다.

이탄은 가끔씩 광정을 사용했다.

또는 맨틀을 뒤흔들어 대규모 지진을 일으키는 어쓰퀘이크(Earthquake)와 중력 증가 마법 등도 보조적인 공격 수단으로 활용했다.

이탄이 보유한 아홉 번째 무력은 모레툼으로부터 하사받은 신성 가호들이었다.

치유의 가호.

은신의 가호.

방패의 가호.

연은의 가호.

이탄은 처음 신관 서품을 받을 당시 모레툼으로부터 이상 4개의 가호를 하사받았다.

그 후 이탄은 은신의 가호를 업그레이드하여 분신의 가호를 완성했다. 방패의 가호는 지둔의 가호로 성장시켰다.

이탄이 은화 반 닢 기사단의 49호 요원으로 활약할 때면 이상의 가호들을 최대한 적극적으로 사용했다.

이탄의 체내에서 다양한 종류의 무력들이 서열 정리를 새로 하는 동안, 광활했던 우주는 어느새 자취를 감추었다.

우주가 사라진 자리엔 드넓은 백색의 공간이 대신 나타 났다.

'어라? 여기는 마치 간씨 세가의 가상공간처럼 생겼네.'

이탄은 왠지 모를 친숙함을 느꼈다. 이 백색의 공간은 간 씨 세가의 가상공간과 유사했다. 이탄은 간철호의 몸으로 간씨 세가의 가상공간에 들어간 적이 있으며, 그곳에서 광 정 등을 수련했었다.

'그런데 피사노교의 보고 안에도 간씨 세가의 가상공간 과 비슷한 곳이 있었구나. 느낌도 그 가상공간과 유사한 것 같아.'

이탄은 고개를 주억거리면서 주위를 둘러보았다.

다만 차이가 있다면, 간씨 세가의 가상공간에 비해서 피 사노교의 보고가 수천 배는 더 넓었다.

Chapter 5

조금 전 이탄이 피사노교의 보고로 들어왔을 때 마주했 던 우주는, 사실 일반적으로 나타나는 현상은 아니었다. 지금까지 피사노교의 그 누구도 교의 보고 속에서 우주를 만난 적이 없었다. 회색 비석을 마주친 사람도 전무했다.

그러니까 조금 전의 사건은 오로지 이탄에게만 나타난 현상이었다.

피사노교의 보고에 진입했을 때, 대부분의 사람들이 가장 먼저 맞닥뜨리는 장면은 바로 이 백색의 공간이었다. 실제 세상에는 도저히 존재하지 않을 법한 새하얀 공간 말이다.

이 백색의 공간 안에서는 하늘과 땅의 구별이 없었다. 천장과 바닥, 벽의 구분도 지어지지 않았다. 이 공간 안에서는 모든 곳이 탁 트여 있을 뿐이었다.

바로 그 때였다.

치지지직!

갑작스러운 소음과 함께 이탄 앞에 악마종이 나타났다.

난쟁이처럼 키가 작고 머리에 뿔이 2개 달린 이 악마종은 실제 악마종처럼 보이지는 않았다.

'마치 간씨 세가 세상의 홀로그램 같네.'

이탄은 이 악마종이 실제가 아니라 가상으로 만들어진 영상 같다고 느꼈다.

난쟁이 악마종이 기다란 꼬리를 살랑살랑 흔들면서 이탄에게 말을 걸었다.

"안녕하냐?"

특이하게도 난쟁이 악마종은 사람과 똑같이 이야기했다. 발음도 정확하고 목소리가 또렷했다. 다만 말투가 건방질 따름이었다.

이탄이 고개를 갸웃했다.

"넌 누구지?"

오는 말이 고와야 가는 말도 곱다고, 악마종을 대하는 이탄의 태도도 삐딱했다.

"뭐?"

난쟁이 악마종이 눈매를 가늘게 좁혔다. 악마종은 이탄의 태도가 고까웠으나, 딱히 그것으로 트집을 잡지는 않았다.

대신 난쟁이 악마종은 한 마디를 내뱉었다.

"나는 너에게 피사노교의 보고를 안내해줄 안내자다. 여덟째 신인이 너를 여기로 들여보냈지?"

지금 난쟁이 악마종이 언급한 여덟째 신인이란 피사노 싸마니야를 의미했다. 지금까지 보고에 들어온 싸마니야의 혈육들은 바로 이 대목에서 꼬리를 내렸다. 그리곤 악마종에게 존댓말을 사용했다.

싸마니야의 혈육뿐 아니라, 다른 사도들도 모두 악마종을 존중해주었다. 보고의 안내자에게 밉보여서 좋을 것은 없기 때문이었다.

이탄은 달랐다.

이탄은 조금 전에 마주쳤던 회색 비석에는 관심이 많았으나, 피사노교의 보고에 보관 중인 마보들에 대해서는 관심이 별로 없었다. 자연히 이탄은 눈앞의 안내자에게 잘 보일 마음도, 그럴 이유도 없었다.

이탄이 심드렁하게 손을 휘저었다.

"알면서 뭘 또 묻고 그래? 잡소리는 그만 접고, 안내나 한번 해봐라."

"뭐뭣? 너 지금 뭐라고 지껄였냐?"

난쟁이 악마종은 자신의 귀를 의심했다.

이탄은 가볍게 한숨을 내쉬었다.

"하아. 귀가 잘 안 들리나? 귀찮게 왜 했던 말을 다시 하게 만들지? 너, 역할이 안내자라며? 그러니까 안내를 한번 해보라고. 이곳 피사노교의 보고에 대해서 말이야."

"뭣이라? 이런 건방진!"

난쟁이 악마종은 주먹을 불끈 쥐었다.

츠츠츠츠츳—.

악마종이 화를 내자 그 주변으로 무서운 기운이 뻗쳐 나왔다.

이탄은 눈 하나 깜짝하지 않았다.

이탄이 무덤덤하게 상대에게 충고했다.

"야야야. 괜히 힘 빼지 마라. 보아하니 네 실체는 여기에 없는 것 같은데? 아마도 부정 차원에 네 실체가 있겠지? 그리고 이곳 공간에는 너의 사념만 투영된 거잖아. 우리 서로 만질 수도 없는 상태일 텐데 쓸데없이 힘 빼지 말자."

이탄의 지적이 정확했다. 난쟁이 악마종은 이곳 백색의 공간에 머무는 존재가 아니었다. 그의 실체는 부정 차원에 있으며, 백색의 공간에는 사념이 투영된 투영체만 보내졌을 뿐이었다.

그 사실이 들키자 난쟁이 악마종은 눈을 동그랗게 떴다. 뱀의 그것처럼 세로로 쪼개진 악마종의 눈동자가 한 가닥의 호기심을 품고서 이탄을 노려보았다.

이탄은 했던 말을 반복했다.

"뭘 그렇게 노려봐? 우리 괜히 힘 빼지 말고 각자 할 일만 하자니까. 너, 안내자라며? 그러니까 네 본분에 맞게 피사노교의 보고에 대해서 안내나 해봐."

"허어."

난쟁이 악마종은 묘한 탄식을 내뱉었다. 처음에 노여워하던 악마종이 이제는 호기심 어린 눈빛으로 이탄을 훑어보았다.

물론 그렇다고 해서 난쟁이 악마종의 화가 풀린 것은 아니었다. 난쟁이 악마종은 꽤나 뒤끝이 있는 존재였다.

한편 상대가 노려보자 이탄도 무저갱처럼 깊은 눈으로 악마종을 마주 보았다.

만약에 난쟁이 악마종이 이곳에 실체가 있었더라면, 이탄의 깊은 눈을 보는 순간 기겁을 했을 것이다.

하지만 이탄의 말마따나 난쟁이 악마종은 이곳에 실존하는 존재가 아니었다. 난쟁이 악마종은 부정 차원에 머물면서 특수한 마법을 통해서 이탄과 대화하는 중이라 이탄의 기운을 직접적으로 느끼지는 못했다.

어쩌면 악마종에게는 참으로 다행스러운 일이었다.

"그렇게 계속 시간만 끌 셈인가?"

이탄이 한 번 더 상대를 재촉했다.

난쟁이 악마종이 갑자기 낄낄거리며 웃었다.

"킥킥킥킥. 너, 아주 재미있는 녀석이구나? 하긴 뭐, 너 같은 녀석도 나쁘지 않지. 진정한 부정함이란 모든 기존의 질서를 거부하는 데서 시작되기도 하니까. 킥킥킥킥."

Chapter 6

한바탕 키득거리고 난 뒤, 난쟁이 악마종이 오른손을 쫙 폈다.

희한하게도 악마종의 손에는 손가락이 6개였다.

"킥킥킥. 이 건방진 사도 녀석아, 나는 두 번 말하지 않으니까 귓구멍을 씻고 잘 들어라. 피사노교의 첫째 신인인 와힛과의 맹약에 의하여 나는 너희들의 보고를 총 6개의 구획으로 나누어 관리해왔다. 오늘 나는 너의 의지를 듣고, 너의 적성을 판별하여 6개의 별 가운데 한 곳을 열어줄 것이다. 다만 너의 의지와 무관하게 너의 적성이 기준에 도달하지 못할 경우에는 아무런 별도 열어줄 수 없다."

난쟁이 악마종은 여기서 한 번 말을 끊었다. 그런 다음 6개의 손가락을 하나씩 접으면서 말을 계속했다.

"너희들의 보고에 들어 있는 첫 번째 별은 콥스의 별이다. 이 별에는 콥스의 마법과 주술, 그리고 체술을 보관 중이다. 또한 콥스의 마보도 보관되어 있다."

"콥스?"

이탄이 반문했다.

난쟁이 악마종이 기괴하게 입 모양을 비틀었다.

"킥킥킥. 콥스의 마법이 무엇인지 궁금하지? 키키킥. 알려주지 않겠다. 네 녀석이 건방진 탓이니 누구를 원망하랴? 킥킥킥."

난쟁이 악마종은 이탄을 약 올린 다음, 재빨리 두 번째 손가락을 접었다.

"너희들의 보고에 들어 있는 두 번째 별은 카코의 별이다. 이 별에는 카코의 마법과 주술, 체술을 보관 중이다. 또한 카코의 마보도 보관되어 있다. 키키킥. 너는 카코가 무엇인지 궁금해 죽겠을 테지? 킥킥. 그래 봤자 소용없다. 이정보 또한 시건방진 네 녀석에게는 알려주지 않겠다. 키키키킥."

난쟁이 악마종이 손으로 입을 가리고 키득거렸다.

'이게 진짜.'

이탄은 어이가 없었으나 꾹 참았다.

난쟁이 악마종이 세 번째 손가락을 접었다.

"너희들의 보고에 들어 있는 세 번째 별은 키르케의 별이다. 이 별에는 키르케의 마법과 주술, 체술을 보관 중이다. 또한 키르케의 마보도 보관되어 있다. 키킥. 과연 키르케가 무엇인지 궁금할 테지? 평생 궁금해하려무나. 키키키킥."

난쟁이 악마종은 이탄의 반응이 나오기도 전에 네 번째 손가락을 접었다.

"너희들의 보고에 들어 있는 네 번째 별은 도그마의 별이다. 이 별에는 도그마의 마법과……."

난쟁이 악마종은 별의 이름만 바뀌었을 뿐, 내용은 동일한 말들을 되풀이했다. 난쟁이 악마종이 다섯 번째와 여섯 번째 손가락을 접을 때도 마찬가지였다. 난쟁이 악마종은 히프노스의 별과 아리만의 별에 대한 이야기를 순서대로 내뱉었다.

이탄은 난쟁이 악마종이 설명한 6개의 별을 머릿속에 새겨 넣었다.

콥스의 별.
카코의 별.
키르케의 별
도그마의 별.
히프노스의 별.
아리만의 별.

지금 당장은 이 별들이 무엇을 의미하는지는 알 수가 없었다. 그래도 이탄은 난쟁이 악마종의 설명에 귀를 기울였다.

이탄이 약 올라 하거나 후회하는 대신 진지하게 경청을 하자 난쟁이 악마종도 이탄을 놀리지 않고 진중하게 설명했다.

"이제 너는 6개의 별 가운데 하나를 택하면 된다. 그것은 어디까지나 너의 의지다. 이어서 내가 너의 적성을 판별하겠다. 너의 의지와 너의 적성이 맞아떨어지면, 나는 너를 위해서 그 별을 개방해 주마. 만약 너의 의지와 너의 적성이 맞아떨어지지 않고 다르다면, 내가 판단을 해서 어느 별을 열어줄 것인지 정하겠다. 만약 네가 의지는 있으되 적성이 맞지 않으면, 나는 너를 이 보고에서 쫓아내겠다. 너는 어느 별을 선택할 테냐?"

난쟁이 악마종이 이탄의 선택을 강요했다. 이탄이 잠시 고민하는 사이, 난쟁이 악마종은 약간의 정보를 더 털어놓았다.

"네가 만약 콥스의 별을 선택하고 내가 그 별을 열어주면, 너는 장차 피사노교를 지키는 호교사도가 될 것이다. 네가 만약 카코의 별을 선택하고 내가 그 별을 열어주면, 너는 장차 피사노교의 예법을 주관하는 제례사도가 될 것이다. 네가 만약 키르케의 별을 선택하고 내가 그 별을 열어주면, 너는 장차 피사노교의 울타리 밖에서 활동하는 잠행사도가 될 것이다. 네가 만약 도그마의 별을 선택하고 내가 그 별을 열어주면, 너는 장차 피사노교의 율법을 후대에 전하는 교리사도가 될 것이다. 네가 만약 히프노스의 별을 선택하고 내가 그 별을 열어주면, 너는 장차 교세를 확장하는 포교사도가 될 것이다. 네가 마지막으로 아리만의 별을 선택하고 내가 그 별을 열어주면, 너는 장차 피사노교의 미래를 판별하는 신탁사도가 될 것이다."

이탄의 머릿속에 새로운 정보가 공식처럼 새겨졌다.

콥스의 별 =〉 호교사도

카코의 별 =〉 제례사도

키르케의 별 =〉 잠행사도

도그마의 별 =〉 교리사도

히프노스의 별 =〉 포교사도

아리만의 별 =〉 신탁사도

이어서 이탄은 싸마니야의 혈육들을 떠올렸다.

'밍니야도 그렇고, 술라드와 코투도 피사노교의 교리를 가르치는 교리사도잖아. 그런데 다 같은 싸마니야의 혈육인데 싸쿤과 푸엉은 교리사도가 아니라 포교사도란 말이지? 그렇다면 오늘의 내 선택에 따라서 어떤 사도가 되느냐가 정해지는 셈이네?'

이탄은 윗니로 아랫입술을 물고는 약간의 고민에 잠겼다.

평소 이탄의 성격대로라면 호교사도가 잘 맞았다. 호교사도는 최전방에서 무력을 발휘하여 적과 직접 싸우는 사도였다. 이탄도 최전방에서 적과 싸우면서 적을 찢어버리는 것을 좋아했다.

이탄은 예법이나 격식을 싫어하므로 제례사도는 맞지 않았다.

이탄은 요원 노릇을 제법 잘 하므로 잠행사도도 적성에 맞을 듯했다.

이탄의 형제—물론 실제 형제는 아니지만—들이 주로 교리사도나 포교사도이므로 이 분야도 나름 괜찮을 것 같았다.

최근 이탄은 미래를 점치는 것에 관심이 많았다. 간씨 세가의 세상에서도 이탄은 천공안의 주인을 찾는 중이었다.

이런 관점에서 보았을 때 아리만의 별을 선택하여 신탁사도가 되는 것도 좋아 보였다.

Chapter 7

난쟁이 악마종이 이탄을 채근했다.

"뭘 꾸물대나? 어서 선택해. 하긴 뭐, 네 녀석이 선택한다고 해도 내가 그 별을 열어준다는 보장은 없지만 말이다. 킥킥킥킥."

"아리만의 별을 선택하지."

이탄이 결국 마음의 결정을 내렸다.

이탄은 이미 앞장서서 싸우는 데는 이골이 났다. 그러니 군이 피사노교에서까지 호교사도를 하지 않아도 충분했다.

이탄은 제례사도는 되고 싶지 않았다.

이탄은 은화 반 닢 기사단의 요원 노릇도 질리도록 해온 터라 잠행사도도 사양이었다.

'교리사도와 포교사도도 재미가 없을 것 같아. 그동안 밍니야나 사쿤 등을 통해서 충분히 봐왔잖아?'

이탄은 이런 이유로 아리만의 별을 골랐다.

그 즉시 난쟁이 악마종이 배꼽을 붙잡고 웃었다.

"키익, 킥킥킥킥. 아리만의 별이라고? 꺄하하하핫. 그 별이야말로 적성이 70퍼센트 이상 나오지 않으면 들어갈 수 없는 별이다. 적성이 맞지 않으면 미래를 예언할 수 없기 때문이지. 꺄핫핫핫. 때문에 최근 100년 동안 아리만의 별을 열어서 신탁사도가 된 인간종은 딱 2명뿐이었다. 꺄하핫. 그런 것도 모르고 함부로 헛물부터 켜는 꼴이라니. 킥킥킥킥."

난쟁이 악마종은 한참 동안 깔깔거리며 웃더니, 갑자기 손가락을 튕겼다.

띠링!

경쾌한 소리와 함께 허공에 차트 하나가 떠올랐다.

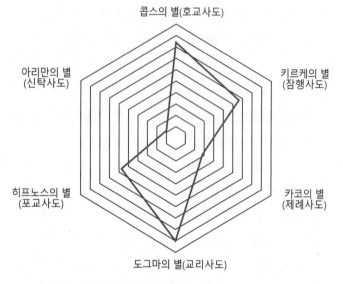

난쟁이 악마종이 빙글거리며 이 차트에 대해서 설명했
다.

"킥킥. 이것이 바로 6개 별에 대한 적성 검사 결과지다.
이 차트의 검사 대상자는 호교사도가 될 재능이 85퍼센트
였고, 제례사도 재능은 65퍼센트를 지녔지. 잠행사도 재능
은 28퍼센트, 교리사도 재능은 93퍼센트, 포교사도 재능
은 57퍼센트가 나왔다. 나는 적성이 50퍼센트만 넘으면 별
을 열어주거든. 그런데 놀랍게도 이 검사 대상자는 4개 분

야의 적성이 모두 50퍼센트가 넘었느니라. 그런데 이 검사 대상자가 신탁사도가 될 재능은 얼마였는지 보아라. 차트에 기록된 바와 같이 단 11퍼센트다. 단 11퍼센트. 꺄하하하."

크게 한바탕 웃은 뒤 난쟁이 악마종이 설명을 덧붙였다.

"그런데 다른 분야와 달리 신탁사도는 해당 재능이 50퍼센트가 아니라 70퍼센트 이상 나와야 의미가 있거든. 킥킥킥. 그런데 네 녀석이 감히 아리만의 별을 선택하겠다고? 킥킥킥. 웃기고 있어. 진짜."

상대의 말을 듣자 이탄도 은근히 후회가 되었다.

난쟁이 악마종은 장난기 가득한 얼굴로 새로운 정보를 흘렸다.

"킥킥킥. 이 시건방진 녀석아. 내가 지금 보여준 적성 차트가 누구의 것인지 알겠느냐? 바로 네놈의 아버지, 즉 싸마니야가 어렸을 때 드러내었던 재능이니라. 킥킥킥."

"호오?"

싸마니야의 검사 결과라는 말에 이탄은 호기심을 가지고 다시 한번 차트를 들여다보았다.

확실히 차트의 결과는 그럴듯했다. 그동안 이탄이 겪어본 바에 따르면, 싸마니야는 매사에 엄격하고 고리타분한 성격이었다.

'그러니까 후배들에게 교리를 가르치는 교리사도에 적합할 수밖에.'

이탄은 속으로 이렇게 중얼거렸다.

다른 한편으로 싸마니야는 무력에 치중된 바가 컸다. 이에 따라 싸마니야는 호교사도가 될 재능도 넘쳐났다.

반대로 싸마니야는 적진에 침투하는 잠행사도와는 거리가 멀었다.

차트에 나온 바와 같이 싸마니야는 미래를 예지하는 육감도 별로 발달하지 않은 모양이었다.

난쟁이 악마종이 이탄을 향해 손가락을 까딱였다.

"킥킥킥. 시간이 별로 없구나. 이제 건방진 네 녀석의 적성을 판별해주마. 거기 둥그런 원 안에 서라."

난쟁이 악마종의 말이 떨어지기 무섭게 이탄의 앞에 둥그런 원이 하나 생겼다.

이탄은 원 안으로 순순히 들어갔다.

난쟁이 악마종이 이탄을 협박했다.

"네 녀석, 단단히 각오해야 될 거다. 신탁사도를 제외한 나머지 5개 분야에서 네놈의 적성이 50퍼센트 미만이 나온다면? 그리고 신탁사도 분야의 재능이 70퍼센트 미만이라면? 그 즉시 네 녀석은 피사노교의 보고에서 추방될 것이다. 킥킥킥킥."

"쳇."

이탄이 혀를 찼다.

'이거 적성 검사 결과가 잘 나올까 모르겠네. 술법이라면 자신이 있는데, 마법 쪽은 영 젬병이었거든. 그렇다면 혹시 흑마법도 꽝이 아닐까?'

솔직히 이탄은 그리 큰 기대를 갖지 않았다. 시시퍼 마탑에서의 경험 때문이었다. 당시 이탄은 금속마법과 흙 속성 마법을 제외하면 마법적 재능이 바닥에 가까웠다.

'하아아. 제기랄.'

내심 한숨을 내쉬는 이탄을 향해서 난쟁이 악마종이 손가락을 튕겼다.

따악!

그 즉시 이탄을 중심으로 주변 여섯 방위에 불꽃이 생겨났다.

화륵! 화륵! 화륵! 화륵! 화륵! 화륵!

각기 다른 색깔을 가진 6개의 불꽃은 이탄이 내뿜는 무형의 기운을 받아들여 활활 타올랐다. 이탄이 내뿜는 무형의 기운이 불꽃을 활성화시키는 촉매제의 역할을 하였다.

난쟁이 악마종이 설명을 덧붙였다.

"특정 분야에 재능이 출중할 경우, 해당 불꽃은 크고 화려해지기 마련이지. 반대로 네 녀석의 적성이 형편없으면 그 불꽃은 곧 꺼지거나 약해질 것이다."

이탄이 지켜보는 가운데 곧 결과가 나왔다.

제2화
피사노교의 보고 I

Chapter 1

띠링!

경쾌한 소리가 울렸다.

이탄의 눈앞에 적성 검사 결과가 차트 형태로 드러났다.

'커허억! 이럴 수가.'

차트를 본 순간, 난쟁이 악마종은 헛바람을 집어삼켰다.

이탄의 적성 검사 결과는 악마종을 까무러치게 만들 만큼 놀라웠다.

호교사도 재능 100퍼센트.

제례사도 재능 10퍼센트.

잠행사도 재능 100퍼센트.

교리사도 재능 90퍼센트.

포교사도 재능 100퍼센트.

신탁사도 재능 10퍼센트.

이상이 이탄의 검사 결과였다. 이 내용이 육각형의 홀로그램 차트로 만들어져서 허공에 떠올랐다.

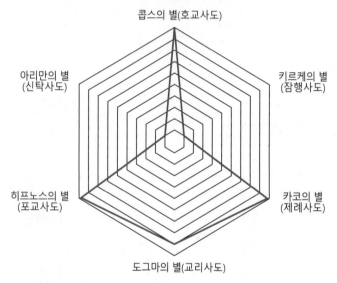

이탄의 경우는 특이하게도 모든 항목이 10 단위로 딱딱 맞아떨어졌다. 특히 무력 및 군대 통솔과 관련이 깊은 호교 분야, 첩자와 관련이 깊은 잠행 분야, 그리고 종교를 널리 퍼뜨리는 포교 분야의 적성은 놀랍게도 퍼펙트한 100퍼센트를 찍었다. 경전을 해석하고 가르치는 교리사도 분야도

90퍼센트라는 높은 수치를 달성했다.

어쩌면 이런 결과가 나온 것은 당연한 일이었다. 이탄은 무력이 압도적일뿐 아니라 군대를 통솔하는 재능도 뛰어났다.

다만 이탄은 홀로 적진에 뛰어들어 싸우는 것을 선호하는 편인지라 그동안 이 방면의 재능이 빛을 발하지 않았을 뿐이었다.

이를 증명할 좋은 예가 바로 333호였다. 333호는 적진에서 위험에 부딪칠 때마다 이탄을 믿고 따랐다.

333호뿐만이 아니었다. 은화 반 닢 기사단의 다른 보조 요원들도 이탄의 말이라면 그대로 따랐다.

남명의 수도자들도 전쟁터에만 나서면 이탄을 믿고 의지했다. 음양종의 선봉 선자 같은 경우는 피사노교와 맞서 싸울 때 이탄만 졸졸 쫓아다녔다.

그러니 이탄이 호교사도 분야의 재능이 높게 나오는 것은 당연한 일이었다.

다른 한편으로 이탄은 잠행 분야의 재능도 뛰어났다.

이탄은 은화 반 닢 기사단의 49호로 활동하는 동시에, 흑 진영의 최고봉인 피사노교의 사도가 되었다.

그뿐만이 아니라 이탄은 백 진영의 시시퍼 마탑에도 들어가 도제생의 자리를 꿰찼다. 이탄은 아울 검탑 99검의 사위인 동시에 재정운영자였다.

이탄은 마르쿠제 술탑의 비앙카 공주에게도 은근슬쩍 촉수를 뻗어놓았다.

동시에 이탄은 남명의 금강수라종의 핵심에 파고들었다. 이탄은 음양종과도 깊은 인연을 맺었다.

최근에 이탄은 언노운 월드를 넘어서 그릇된 차원의 알블—롭 일족과 흐나흐 일족, 그리고 셋뽀 일족에도 발을 하나씩 걸쳤다.

이런 점을 종합해 봤을 때, 이탄은 이중첩자나 삼중첩자의 수준을 넘어서 구중첩자, 혹은 십중첩자라 불려야 마땅할 정도였다.

그러니 잠행사도의 재능이 100퍼센트를 찍을 수밖에.

이처럼 이탄은 호교사도와 잠행사도의 재능도 타고 났지만, 그에 못지않은 강력한 무기를 하나 더 갖추었다.

다름 아닌 포교 능력이었다.

이탄이 모레툼 교단에 돈을 바치고 트루게이스 시에 지부를 세운 이래로, 이탄의 포교 스킬은 나날이 발전하였다.

심지어 이탄은 신관 노릇을 잠시 그만둔 와중에도 수많은 사람들에게 은화 한 닢을 강제로 쥐여주는 놀라운 포교 능력을 발휘하였다. 이들은 자신들의 목에 빨대가 꽂혀서 이탄에게 피를 쪽쪽 빨리는 줄도 몰랐다.

이탄은 빨대를 꽂을 때 종족을 가리지도 않았다. 이탄에게 은화를 받은 뒤 강제로 빚쟁이 신세가 된 자들 중에는 인간종만 있는 것이 아니었다. 빚쟁이 명단 안에는 고대의 리치도 있고, 몬스터나 수인족도 다수였다.

따라서 포교사도 분야에서 이탄의 재능이 100퍼센트로 검사된 것은 어쩌면 당연한 결과였다.

한편 이탄은 교리사도가 될 재능이 90퍼센트로 검사되었다.

원래 이탄은 피사노교의 경전을 해석하는 능력이 탁월하였기에 당연히 이 분야도 100퍼센트가 나와야 정상이었다.

그런데도 10퍼센트가 깎여서 90퍼센트에 머문 이유는 단순했다. 이탄은 교리를 해석하는 능력은 압도적이었으나, 이렇게 해석한 교리를 신도들에게 가르치는 일에는 흥미를 느끼지 못한 탓이었다.

바로 이 점 때문에 교리사도 분야에서 10퍼센트의 마이너스가 발생했다.

Chapter 2

종합적으로 보았을 때, 이탄은 6개 항목 가운데 4개 항목에서 우수한 결과를 얻었다.

나머지 2개는 바닥권이었다.

우선 이탄은 딱딱한 격식을 싫어했다. 그러다 보니 자연히 제례사도의 재능이 하위권으로 나올 수밖에 없었다.

이탄은 미래를 읽는 육감도 다른 재능에 비해서 그다지 높지 않았다. 그러므로 이탄은 장차 신탁사도가 될 확률도 낮았다.

'크헉? 이게 뭐야?'

난쟁이 악마종은 이탄의 검사 결과를 확인한 즉시 펄쩍 뛰었다. 난쟁이 악마종이 깜짝 놀란 이유는 100퍼센트라는 숫자 때문이었다.

지금까지 피사노교의 수만 년 역사 속에서 적성 검사 결과지에 100퍼센트가 찍힌 적이 있던가?

단언컨대 단 한 차례도 없었다.

난쟁이 악마종은 잠시 과거의 데이터와 이탄의 결과를 비교해보았다.

'가장 최근에 피사노교의 둘째 신인인 이쓰낸이 제례사도 분야와 교리사도 분야에서 나란히 96퍼센트를 받았더랬지. 그 전에는 피사노교의 첫째 신인인 와힛이 호교사도 분야에서 97퍼센트라는 높은 재능을 선보였고 말이야.'

여기까지 떠올린 뒤, 난쟁이 악마종은 이탄의 얼굴을 다시 한번 빤히 쳐다보았다.

'으으읏. 그런데 이 시건방진 녀석이 100퍼센트라니? 그것도 무려 3개의 분야에서 100퍼센트를 찍었다니? 이건 뭔가 착오가 발생한 거야. 혹시 내 검사 방식에 문제가 생긴 것일까?'

난쟁이 악마종은 골똘히 생각에 잠겼다.

검사 결과에 충격을 크게 받은 터라 난쟁이 악마종은 두 가지 중요한 점을 놓쳤다.

첫째, 적성 검사는 절대평가가 아니라 상대평가였으며, 철저하게 개인에게 귀속되는 수치를 내주었다. 그러므로 이탄의 검사 결과와 다른 사람의 결과를 비교하는 것은 애초에 말이 되지 않았다.

그런데 난쟁이 악마종은 무의식중에 이탄을 싸마니야나 와힛, 이쓰낸 등과 비교하고 있었다.

예를 들어서, 이탄의 경우 신탁사도가 될 재능이 10퍼센트로 나왔다. 반면 신탁사도 분야에 대한 와힛의 재능은 80퍼센트였다.

그렇다면 과연 와힛이 이탄보다 예지력이 8배나 더 우수한가?

답은 노(No)였다.

신탁 분야에 대한 와힛의 재능이 80퍼센트라는 의미는,

와힛이 가진 여러 가지 재능들 가운데 최고의 수치가 찍힌 호교사도 분야(97퍼센트)와 비교했을 때 신탁사도 분야가 97분의 80 정도라는 소리였다.

결코 와힛의 수치와 이탄의 수치를 직접적으로 비교할 수는 없었다. 실제로는 이탄의 신탁 재능이 와힛보다 더 높을 가능성도 있었다.

결국 이탄의 검사 결과를 제대로 해석하면 다음과 같은 의미를 가지는 셈이었다.

예를 들어서 이탄이 전쟁터에 나가서 선봉장 노릇을 할 재능(호교사도의 재능)이 100이라고 치자. 이 가능성에 비해서 이탄이 신전에 처박혀서 미래나 점치고 있을 가능성(신탁사도의 재능)은 10분의 1에 불과하다는 것이 적성 검사가 말해주는 바였다.

그런데 지금 난쟁이 악마종은 일반화의 오류에 빠져서 이 점을 간과했다.

이어서 난쟁이 악마종이 두 번째로 간과한 점은, 100퍼센트의 의미였다. 적성 검사에서 100퍼센트가 나온다는 것은 사실상 '측정 불가'를 의미했다.

예를 들어서 이쓰낸의 경우, 제례사도의 재능이 96퍼센트, 교리사도의 재능도 96퍼센트였다.

이것은 이쓰낸이 이상 두 분야에서 동등한 재능을 갖췄

다는 점을 의미했다.

이탄의 경우는 이와 달랐다.

이탄은 호교사도 재능이 100, 잠행사도 재능도 100, 포교사도 재능도 100이 나왔다.

모두 동일한 값이 나왔지만, 이것은 이탄이 이 세 분야에서 측정 불가 등급의 재능을 가졌다는 뜻이지, 세 분야의 재능이 모두 동등하다는 의미는 아니었다.

만약에 이탄이 호교사도 재능이 300이고, 잠행사도 재능이 101이라고 하자. 이럴 경우에도 적성 검사 결과에는 모두 100퍼센트라는 제한된 숫자가 찍힐 수밖에 없었다.

난쟁이 악마종은 이 중요한 두 가지를 까맣게 잊고 있었다.

"치잇. 기분은 더럽게 나쁘지만 별 수 없지. 약속대로 네 녀석에게 별을 열어주마."

난쟁이 악마종이 한참 만에 고개를 치켜들고 말했다. 그런 다음 악마종은 재빨리 손가락을 하나 들어서 좌우로 까딱거렸다.

"하지만 네 녀석이 선택한 아리만의 별을 열어줄 수는 없다. 신탁 분야에 대한 네 재능이 형편없으니까 그건 안 돼. 네가 입장할 수 있는 별은 콥스, 키르케, 그리고 히프노스다."

이탄이 고개를 끄덕였다.

'그렇다면 장차 나는 피사노교의 선봉에 서는 호교사도가 되거나, 지금처럼 적진에 침투하는 잠행사도가 되거나, 아니면 교세 확장을 전담하는 포교사도가 되겠구나.'

이탄은 이렇게 자신의 미래를 점쳤다.

그때 난쟁이 악마종이 느닷없이 이탄의 미래를 비틀어버렸다. 난쟁이 악마종은 장난기가 넘치는 목소리로 외쳤다.

"킥킥킥. 이 가운데 나는 네 녀석에게 도그마의 별을 열어주마. 키키키킥."

"뭐? 도그마라고? 콥스나 키르케, 히프노스가 아니라?"

이탄이 어이없다는 듯이 반문했다.

난쟁이 악마종은 이탄의 반응을 즐기기라도 하는 것처럼 손으로 입을 가리고 웃었다.

"꺄하하하. 놀랐지? 키킥. 놀랐으면 어쩔 건데? 네 녀석이 원하는 대로 내가 해줄 줄 알았느냐? 네 재능이 어느 쪽으로 발달했건 나는 상관없다. 너에게 어떤 별을 열어줄지는 네가 정하는 게 아니라 내가 결정하는 거다. 단, 그 분야에 대한 네 재능이 50퍼센트가 넘기만 하면 되지. 꺄하하하."

난쟁이 악마종은 이탄이 분해서 얼굴을 붉힐 것이라 예상했다.

의외로 이탄은 덤덤했다.

사실 이탄은 6개 분야 가운데 어느 길을 선택해도 상관없었다.

'내가 장차 피사노교의 사도로 살아갈 것도 아닌데 뭔 상관이야? 모든 일이 다 마무리되면 나는 다시 모레툼의 신관으로 돌아갈 거라고. 그런 다음 지금까지 밀린 은화들을 싹 다 받아내야지. 후후훗.'

그동안 밀린 은화를 받아낼 생각을 하자 이탄의 입가에 미소가 절로 걸렸다.

반면 난쟁이 악마종은 짜증이 솟구쳤다.

'아니, 이 새끼가 미쳤나? 왜 쳐웃고 지랄이야? 호교사도나 포교사도, 잠행사도 쪽에 재능이 더 많던데, 그보다 못한 쪽으로 길을 열어주면 당연히 화를 내야 하는 것 아냐?'

난쟁이 악마종은 이탄이 웃는 이유를 몰라서 기분이 불쾌했다.

'아뿔싸!'

그러다 어떤 생각이 난쟁이 악마종의 뇌리를 퍼뜩 스쳐 지나갔다.

'이 녀석의 애비인 싸마니야가 교리사도 출신이었지? 혹시 그래서 이놈도 교리사도가 되고 싶었던 것 아냐? 비록 재능은 다른 분야가 더 높게 나왔지만, 마음속으로는 제 애비를 쫓아서 교리사도가 되고 싶었던 것 아니냐고.'

난쟁이 악마종이 생각하면 할수록 이 가정이 그럴듯했다.

'크아아, 제기랄. 그거였구나!'

사실 이 난쟁이 악마종은 남이 잘되는 꼴을 도저히 못 봐주는 성격이었다. 그렇게 삐뚤어질 대로 삐뚤어진 악마종이 지금까지 피사노교의 사도들에게 제대로 된 적성을 찾아주었던 이유는 오로지 맹약 때문이었다.

'빌어먹을 맹약만 아니었다면 이 시건방진 애새끼한테 최악의 적성, 예를 들어 신탁사도나 제례사도를 던져주었을 텐데. 치이잇.'

난쟁이 악마종은 바닥을 발로 차서 분한 마음을 표출했다.

Chapter 3

이탄은 상대가 자꾸 시간만 끄는 것처럼 느꼈다. 그래서 난쟁이 악마종을 독촉했다.

"열어 봐."

"뭐?"

"도그마의 별을 열어준다며? 어서 열어 보라고."

"요런 개 싸가지를 봤나. 어디다 대고 자꾸 반말이야?"

난쟁이 악마종은 이탄에게 화를 버럭 낸 다음, 중얼중얼 주문을 외웠다. 그러면서 12개의 손가락으로 허공에 복잡한 도형을 그렸다.

악마종의 손가락이 스쳐 지나간 자리에 검보라빛 선이 그려졌다. 그 선들이 불길하게 타오르면서 특별한 소환마법진을 완성시켰다.

쿠쿠쿠쿠쿵!

온통 하얀색뿐이던 바닥에 검보라빛 마법진이 아로새겨진다 싶더니, 이내 지각을 뒤흔드는 듯한 굉음과 함께 벽 같은 것들이 솟구쳐 올라왔다.

어떤 벽은 높이가 100미터가 넘는 것 같았다.

또 다른 벽은 높이가 낮아서 이탄의 허리에도 미치지 않았다.

또 어떤 벽은 가로로 끝없이 길게 펼쳐졌다. 일부 벽은 나무막대기처럼 폭이 좁았다.

헤아릴 수 없이 많은 벽들이 이탄을 중심으로 솟구쳐서 미로를 만들었다. 이탄은 그 모습을 흥미롭게 바라보았다.

난쟁이 악마종이 날개를 활짝 펴서 2미터 높이로 부우웅 날아올랐다.

"허. 날개도 있었어?"

이탄이 상대의 날개에 관심을 보였다.

특이하게도 난쟁이 악마종의 날개는 잠자리의 그것을 수백 배 크기로 뻥튀기 시켜놓은 모양이었다.

"흥! 그럼 내가 너처럼 날개도 없는 하등한 종족인 줄 알았냐?"

난쟁이 악마종이 뻐기듯이 말했다.

그때 이미 이탄은 난쟁이 악마종의 날개에게는 흥미를 잃고서 사방을 에워싼 벽들을 살펴보는 중이었다.

그런 이탄의 행동이 난쟁이 악마종의 속을 긁었다. 난쟁이 악마종은 괜스레 부아가 치밀었다.

"크흥! 요런 싸가지."

난쟁이 악마종이 이탄의 뒤통수에다 대고 욕을 퍼부을 때였다. 이탄이 악마종을 향해 고개를 홱 돌렸다.

악마종이 찔끔했다.

"뭐, 뭐냐?"

"이 벽들이 네가 말했던 도그마의 별인가?"

이탄이 물었다.

난쟁이 악마종은 순순히 대답해주었다.

"그래. 네 선조들이 수만 년 동안 정립해온 교리와 관념이 그 벽에 적혀 있다. 지금부터 시작해서 딱 72시간 동안 너는 그 벽에 적힌 피사노교의 정수를 깨우쳐야 할 거다. 또한 일부 벽에는 네 선조들이 제작한 마보들이 박혀 있을 것이다. 너는 그 마보들 가운데 2개를 선택해서 빌려갈 수 있다."

"빌려준다고? 그냥 주는 게 아니라? 쳇. 쩨쩨하군."

이탄이 실망했다는 듯이 내뱉었다.

난쟁이 악마종이 발끈했다.

"야! 쩨쩨하긴 뭐가 쩨쩨해? 도그마의 별에 모아둔 마보들은 네 것이 아니라 피사노교의 소유다. 그러니까 사용하다가 반납하는 게 당연한 것 아냐?"

난쟁이 악마종이 씩씩거렸다.

이탄은 속으로 입술을 삐죽였다.

'쳇. 남명의 대선인들은 상급 법보들도 척척 선물했잖아. 그런데 어째 언노운 월드 최강 세력이라는 피사노교가 더 짠돌이 같아.'

이탄이 여전히 수긍하지 않는 듯하자 난쟁이 악마종이 부연 설명을 덧붙였다.

"일단 이번에 빌려갈 수 있는 수량은 2개까지다. 하지만 다음번에 네 녀석이 보고에 또 들어오게 되면, 그때는 새로운 마보로 바꿔서 빌려갈 수 있다."

"그래 봤자 여전히 빌리는 거잖아. 내가 가지는 게 아니고."

이탄은 시큰둥하게 말대꾸를 했다.

"아니, 이런 싸가지를 봤나. 여기 있는 마보들을 네가 맡겨놨냐? 이 귀한 마보들을 빌려주기만 해도 감지덕지할 일이지, 뭘 믿고 마보를 아예 달라고 해? 어엉?"

난쟁이 악마종은 머리에 뜨거운 스팀이 차오르는 기분이었다.

이탄은 버럭하는 난쟁이 악마종을 향해서 손을 휘휘 저었다.

"아, 됐고. 이제 좀 꺼져줄래? 72시간 밖에 시간이 없다며? 괜히 옆에서 방해하지 말고 자리 좀 비켜주지?"

"크악! 이런 싸가지."

난쟁이 악마종은 넉 장의 날개를 파닥여서 허공에 8자를 그리더니, 갑자기 펑! 소리와 함께 사라졌다.

이탄은 그 전에 이미 벽에 집중해 있었다.

처음에 이탄은 기대가 엄청 컸다. 사방에서 벽이 솟구치자 이탄의 머릿속에는 저절로 언령의 벽이 떠올랐다. 혹은 만자비문이 갇혀 있던 거대한 회색 비석도 연상되었다.

언령의 벽은 이탄에게 정상세계의 언령을 주었다.

회색 비석은 이탄에게 부정 차원의 만자비문의 힘을 주었다.

이 좋은 기억들이 이탄의 기대치를 한껏 높여 놓았다.

안타깝게도 도그마의 별은 언령의 벽이나 회색 비석만큼

가치가 높지 않았다. 이 벽에 적힌 기록들은 피사노교의 역대 선조들 가운데 교리사도의 길을 걸었던 자들이 후대를 위해서 각자가 깨우친 바를 남긴 결과물들이었다.

기록을 남긴 자들 가운데는 한때 피사노교의 수뇌부의 자리에 올랐던 거물급 마인도 있었다. 혹은 단독으로 백 세력 한두 개쯤을 멸망으로 이끌었던 악명 높은 사도들도 포함되었다.

그렇게 왕년에 한 가락 했던 마인들이 온갖 종류의 흑마법과 흑주술, 그리고 흑체술 등을 벽에 남겼다.

다만 이들이 기록한 흑마법과 흑주술, 그리고 흑체술은 공통적으로 그 뿌리를 교리(도그마)에 두고 있었다.

따라서 이 흑마법들은 아주 미약하게나마 문자의 힘을 내포했다.

벽에 기록된 흑주술들도 문자의 기운을 은은하게 풍겼다.

심지어 흑체술마저 문자의 힘에 밑바탕을 두었다.

여기서 문자라 함은, 당연히 만자비문이었다.

만자비문은 원래 읽을 수 없는 문자였다. 설령 그렇다손 치더라도, 피사노교의 바이블을 늘 곁에 두고 깊은 신앙심으로 바이블을 보고 또 보아온 사도들은 미약하게나마 만자비문의 영향을 받았다.

바로 그런 자들이 교리사도가 될 만한 후보군들이었다. 만자비문과 완전히 담을 쌓은 자들은 도그마의 별로부터 아무런 지식도 전수받을 수 없었다.

당연히 이탄은 담을 쌓은 부류에 해당하지 않았다.

Chapter 4

도리어 이탄은 만자비문의 오롯한 주인이었다. 아무도 읽을 수 없는 문자를 홀로 완벽하게 읽어내는 자였다. 그런 이탄에게 도그마의 별은 참으로 어린아이 장난 같았다.

이탄은 마치 문학의 대가가 어린아이의 일기장을 검사하는 기분으로 벽에 적힌 내용들을 훑어보았다.

"쯧쯧. 수준이 너무 낮네."

이탄이 가볍게 투덜거렸다.

사실 이건 진심이 아니었다. 이탄은 도그마의 별이 수준이 낮다고 폄하하였으나, 그런 것치고는 꽤나 진지하게 피사노교 선조들의 기록을 탐독했다. 사실 도그마의 별은 그럴 만한 가치가 충분했다.

"허어. 이것 또한 엉터리 해석이로구나. 쯧쯧쯧. 이렇게 해석하면 제대로 된 위력이 나오지 않지. 흑주술의 본래 위력이 반감될 뿐이야. 쯧쯧쯧쯧."

지금 이탄이 혀를 차면서 읽고 있는 것은 12,000여 년 전의 대마인이 남긴 기록이었다.

과거 이 대마인은 흑주술 하나로 백 진영의 세력 세 곳을 멸망시켰으며, 그 결과 '활보하는 재앙'이라는 악명을 얻었다.

만약 이탄이 아닌 다른 교리사도 후보가 이 흑주술을 발견했다면, 그는 선조의 위대한 유산을 외우기 위해서 72시간을 몽땅 투자했을지도 몰랐다.

사실 72시간은 그리 길지 않았다. 이 정도 시간이면 강력한 흑주술이나 흑마법 한두 개를 겨우 외울 정도밖에 되지 않았다.

하지만 이것은 평범한 사도들의 이야기고, 이탄에게는 일반적인 기준이 통용되지 않았다. 이탄은 벽에 적힌 내용을 한번 쓱 훑어보는 것만으로도 흑주술의 잘못된 점을 곧바로 꿰뚫어 보았다.

그와 동시에 이탄의 머릿속에는 기존 흑주술의 단점을 완벽하게 없앤 새로운 흑주술이 자동으로 새겨졌다.

이탄이 벽을 하나씩 훑어볼 때마다 이와 같은 일들이 반복적으로 일어났다.

만자비문은 본래 언령이므로, 순수하게 문자 자체를 사용하는 경우에 가장 위력이 극대화되었다.

다시 말해서 마격 존재인 이탄이 읽을 수 없는 문자를 입 밖으로 내뱉는 순간, 세상에는 이적이 일어나게 마련이었다. 이것이 만자비문의 가장 정확한 사용법이었다.

"한데 때로는 이 이적이 너무 강력해서 문제란 말이지."

보검이 제아무리 날카롭다고 하여도 그것을 바늘 대용품으로 사용하여 옷감을 꿰매려면 불편하기 마련이었다.

이와 마찬가지로, 이탄이 제아무리 만자비문의 주인이라고 하더라도 때로는 만자비문보다 훨씬 더 약한 흑마법이나 흑주술, 혹은 체술이 필요할 수 있었다.

그러므로 오늘 이탄이 피사노교의 보고에 들어와서 도그마의 별을 보게 된 것은 나름 가치가 있는 일이었다.

"여기 적힌 것들을 전부 다 욕심낼 필요는 없어. 솔직히 그럴 만한 가치도 없지. 그저 심심풀이로 쓸 만한 것 몇 개만 주워가면 돼."

이탄은 편안한 마음으로 벽을 읽었다.

이탄이 굳이 의도하지 않아도 흑마법과 흑주술의 장단점이 눈에 들어왔다. 이탄은 비교적 단점이 적고 쓸 만한 흑주술을 2개 정도 뽑아놓았다. 흑마법은 단 한 개만 골랐다.

이탄이 선택한 2개의 흑주술 가운데 첫 번째는 바로 이것이었다.

<<다크 그린(Dark Green: 검녹색)>>

교리사도들을 위해서 안배된 이 흑주술은 부정 세계의 근간을 이루는 10,000개의 비문 가운데 '화형을 시키는' 이라는 의미의 문자에서 기인했다.

그 의미에 걸맞게 다크 그린은 검녹색으로 불타오르는 편린을 소환하여 적들을 화형 시키는 특징을 지녔다.

일단 이 독특한 흑주술이 촉발되고 나면 그것으로 끝. 흑주술을 통해 소환된 검녹색 편린은 세상 그 무엇으로도 꺼지지 않았다.

게다가 검녹색 편린에는 끝없이 적을 추적하는 유도 기능도 포함되었기에 피하기도 어려웠다. 또한 이 검녹색 편린이 적의 몸에 닿는 순간, 적의 힘은 고갈되기 마련이었다. 왜냐하면 검녹색 편린은 희생양의 생명력과 마나, 법력 등을 자양분으로 삼아 타오르기 때문이었다.

이러한 장점들 때문에 검녹색 편린, 즉 다크 그린은 피사노교 내에서 상대하기 아주 까다로운 흑주술로 손꼽혔다.

그렇게 강력한 주술이면 뭐하겠는가. 이탄은 검녹색 편린과 같은 원거리 공격에는 별로 관심이 없었다.

이탄이 그럼에도 불구하고 다크 그린을 끝까지 읽은 이유는 쌀라싸 때문이었다.

'쌀라싸가 남명에 쳐들어왔을 때 신보였던 그 검녹색 편린이 알고 보니 다크 그린이라는 흑주술이었구나.'

이탄은 호기심 때문에 다크 그린을 끝까지 읽은 것이었다.

완독과 동시에 이탄은 다크 그린의 단점과 문제점을 발견해내었다. 그러면서 이탄은 그 단점을 보완하여 다크 그린을 가장 완벽한 형태로 펼쳐낼 수 있게 되었다. 이탄의 다크 그린은 쌀라싸의 다크 그린보다 훨씬 더 원류, 즉 만자비문의 본래 의미를 잘 살렸다.

다크 그린에 이어서 이탄이 선택한 두 번째 흑주술은 바로 이것이었다.

<<블러드 트리(Blood Tree: 피의 나무)>>

블러드 트리는 사실 나무를 소환하는 주술은 아니었다. 이 사악한 흑주술은 적의 피를 비등점 이상으로 끓어오르게 만들어 순식간에 증발시키는 것이 특징이었다.

10,000개나 되는 비문 가운데 '증발을 부추기는' 이라는 문자가 이 흑주술과 미약하게나마 연결고리를 가졌다.

블러드 트리에 의해서 피가 증발하고 몸속의 수분을 잃어버린 희생자들은 물기 하나 없이 바짝 마른 장작의 꼴이 되곤 했다.

이때 희생자의 피부가 빨갛게 변색되고 모양도 쭈글쭈글해지기 때문에 붙여진 이름이 블러드 트리였다.

블러드 트리 흑주술을 전문적으로 펼쳤던 마인은 약 22,000년 전 사람이었다. 그는 전쟁터에서 블러드 트리를 광역으로 펼쳐서 수만 명의 적들을 단숨에 마른 장작 꼴로 만들어 놓았다.

과거의 이 끔찍했던 흑주술이 이탄의 머릿속에서 완벽한 형태로 재구성되었다.

이탄이 블러드 트리라는 흑주술을 선택한 이유는 망령목 때문이었다. 이탄은 흑주술이 기록된 벽을 보는 순간 간씨 세가의 망령목을 떠올렸다.

'이런 쌍.'

과거를 회상하는 것만으로도 이탄은 속이 뒤집혔다.

Chapter 5

속이 뒤집힌 것은 뒤집힌 것이고, 이탄은 한 번 읽어보는 것만으로도 블러드 트리를 완성해내었다. 이탄이 흑주술을 연마하는 속도는 놀라울 정도로 빨라서, 주술의 내용을 한 번 읽기만 해도 이미 이탄의 것이 되었다.

아마도 싸마니야가 이탄의 이런 모습을 보았다면 기겁을 했을 것이다.

이런 황당한 일이 발생하는 이유는 두 가지였다.

원래 이탄은 술법(주술)에 대한 천부적인 재능을 가지고 태어났다. 동차원에서도 이탄은 스승의 가르침 없이 혼자서 금강체와 백팔수라를 개척해 낼 정도였다. 그러니 이탄이 흑주술에 대한 습득이 빠르다고 해서 굳이 놀랄 이유는 없었다.

하지만 이것보다 더 중요한 이유는 만자비문 덕분이었다.

이탄은 만자비문의 오롯한 주인이었다.

그러므로 만자비문에 뿌리를 두고 개발된 다크 그린이나 블러드 트리는 이탄의 입장에서는 '그냥 읽으면 아는 것'이었다.

이탄이 가볍게 중얼거렸다.

"흑주술도 나름 재미는 있지만, 그래도 별로 쓸모는 없어 보이네. 아마도 중요한 흑주술은 이곳 보고가 아니라 다른 곳에 숨겨두었을 테지?"

솔직히 말해서 이탄이 흑주술에만 전념한다면 주어진 시간 안에 도그마의 별에 보관 중인 흑주술 전체를 다 익히는 것도 가능했다. 혹은 이탄이 무한시의 권능으로 시간을 멈춰놓는다면, 이곳의 흑주술들을 싹쓸이할 수도 있었다.

하지만 이탄은 욕심을 부리지 않았다. 만자비문의 주인이 된 순간, 이미 이곳의 흑주술들은 이탄에게 소일거리 이상의 의미는 없었다.

다크 그린과 블러드 트리.

이탄은 딱 2개의 흑주술만을 습득한 뒤, 흑마법 쪽으로 눈길을 돌렸다.

안타깝게도 이탄은 마법에 대한 재능이 바닥이었다.

그나마 이탄이 뛰어난 분야가 금속 계열 마법과 흙 속성의 마법이었다.

이탄이 이 두 분야에서 두각을 나타내었던 이유는, 사실 마법에 대한 재능 때문이 아니었다.

이탄이 금속과 흙에 능한 이유는 만금제어의 권능과 간철호의 마법 지식 덕분이었다. 이 두 가지를 제외한 다른 마법 분야에 대해서는 이탄의 재능이 바닥권에 가까웠다.

안타까운 일이지만 흑마법도 예외는 아니었다. 실제로 이탄은 흑마법 하나를 붙잡고 무려 40시간 가까이 끙끙거려야 했다.

이탄이 블러드 트리와 다크 그린을 한 번 쓱 읽고서 완성한 것과 비교해보면, 흑마법은 참으로 이탄과 궁합이 나쁘다고밖에 할 수 없었다.

그래도 흑마법은 시시퍼 마탑의 다른 마법보다는 진도가 빨리 나갔다.

오늘 이탄이 공을 들린 흑마법의 제목은 다음과 같았다.

<<리콜 데쓰 호스(Recall Death Horse: 사령마 소환)>>

일반적으로 사령마라고 하면, 고위급 네크로맨서들이 주로 소환하는 죽음의 말을 의미했다. 온몸이 시커먼 연기로 이루어져 있고, 그 검은 연기가 드문드문 뼈의 형태를 가지는 저주받은 말!

이것이 바로 사령마였다.

고위급 네크로맨서들은 사령마를 탈 것으로 사용했는데, 그들이 일단 이 말의 등에 올라타면 수 천 킬로미터의 거리도 단숨에 질주할 수 있고, 벽도 그냥 통과할 수 있으며, 하늘도 날 수 있기에 아주 유용했다.

하지만 사령마는 이런 것들보다 더 중요한 장점을 지녔다.

최고위급 네크로맨서가 소환한 사령마의 경우, 주변 수백 미터의 영역을 온통 죽음의 기운으로 뒤덮는 것이 가능했다.

네크로맨서들은 이 영역을 죽음의 영역, 즉 데쓰 필드 (Death Field)라 불렀다.

데쓰 필드 내에서는 네크로맨서들이 언데드를 소환하기 수월했다.

또한 데쓰 필드 안에서는 모든 언데드들의 힘과 속도가 1.5배로 증가한다는 점도 중요한 장점이었다.

이탄은 듀라한이었다.

비록 이탄은 자신이 언데드라는 사실을 콤플렉스로 여기고 있으나, 그래도 그가 언데드라는 사실은 변치 않았다.

'내게는 강아지령도 있고, 신발형 법보도 있고, 날개 달린 늑대도 가졌지. 이 정도면 탈것은 충분해.'

사실 이탄은 탈것이 없더라도 아무런 지장이 없었다. 이탄은 무한공의 권능을 발휘할 수 있는 공간의 주인이었다. 의지를 일으키는 순간, 이탄은 공간을 뛰어넘어 원하는 곳에 도착할 수 있었다.

'그래도 탈것이 있으면 좋더라고. 이왕 3개의 탈것을 가졌으니 여기에 하나쯤 더 추가해도 괜찮지 않을까? 여차하면 사령마를 패밀리어처럼 사용해도 되잖아. 시돈의 네크로맨서들이 조그만 뼈다귀 쥐를 부리는 것처럼 말이야.'

이탄은 시돈의 네크로맨서 3명, 즉 하이타, 숑, 아이잠을 머릿속에 떠올렸다. 그동안 이탄은 이 3명의 네크로맨서들이 부리는 패밀리어가 참 귀엽다고 생각했다.

'나도 그런 펫을 가지고 싶은데.'

이탄은 부러운 마음으로 리콜 데쓰 호스 연마에 집중했다.

레콜 데쓰 호스는 네크로맨서에게 유용한 마법이지만, 피사노교의 교리사도들이나 포교사도들도 종종 이 흑마법을 익히곤 했다.

이유는 단순했다.

속된 말로, 사령마를 소환해서 타고 다니면 뽀대가 제대로 나기 때문이었다.

교리사도들이 일반 신도들에게 교리를 가르칠 때 필요한 것이 바로 이 뽀대였다. 또한 포교사도들이 일반 백성들에게 피사노교를 전파할 때 의외로 중요한 요소도 바로 이 뽀대였다. 일단은 사도들이 뽀대가 나야 말빨이 잘 먹혔다.

그리하여 꽤 많은 교리사도나 포교사도들이 리콜 데쓰 호스에 시간을 투자하곤 했다.

이탄의 의도는 이것과는 약간 달랐다.

'사령마도 의외로 귀여울지 몰라. 어차피 신발형 법보는 물건에 불과하잖아? 날개 달린 늑대는 제법 생김새가 괜찮지만, 그릇된 차원의 존재라 드러내놓고 타고 다니기 힘들고. 강아지령은 많이 귀엽지만 이 또한 남들 앞에 드러내기 어렵지. 그러니까 내가 피사노교에 머무는 동안에라도 펫이 한 마리 있으면 좋겠다.'

이탄은 이러한 사심을 품었다.

리콜 데쓰 호스는 사실 익히기 쉬운 흑마법은 아니었다. 이것은 패밀리어 마법에 비해서 난이도가 말도 못 하게 높았다. 일반적인 사령술보다도 훨씬 더 어려웠다.

대부분의 패밀리어 마법이나 사령술은 죽은 시체를 매개체로 삼는 것이 특징이었다. 죽은 시체의 뼈만 추려서 스켈레톤 병사로 만들거나, 아니면 시체 자체를 구울로 연성하거나. 이런 것들이 네크로맨서들이 주로 사용하는 흑마법들이었다.

반면 리콜 데쓰 호스는 말의 시체를 사용하지 않았다. 이 흑마법은 음차원에서 죽음의 기운을 직접 뽑아낸 뒤, 이 기운을 뭉쳐서 사령마로 만드는 것이 핵심이었다.

이때 만자비문 가운데 '영성을 부여하는'이라는 문자가 아주 미약하게나마 사용되었다. 음차원에서 뽑아낸 죽음의 기운 위에 말의 영성을 부여해야 비로소 사령마가 완성되기 때문이었다.

Chapter 6

첫째, 이탄은 만자비문의 오롯한 주인이었다.

둘째, 음차원으로부터 죽음의 기운을 뽑아내는 것도 이탄에게는 아주 쉬운 일이었다.

이탄은 유리한 점을 두 가지나 가지고 있음에도 불구하고 리콜 데쓰 호스를 연마하는데 40시간이나 걸렸다.

그만큼 이탄의 마법적 재능이 부족하다는 뜻이었다.

아니, 이 말에는 어폐가 있었다.

리콜 데쓰 호스와 같은 고위급 흑마법을 고작 이틀이 조금 넘는 기간 안에 익혀낸다는 것은 흑마법의 천재들도 불가능한 일이었다.

다만, 이탄이 40시간 만에 사령마 소환에 성공한 것은 마법적 재능 덕분은 아니었다. 이것은 어디까지나 만자비문의 힘, 그리고 풍부하게 넘쳐나는 죽음의 기운 덕분이었다.

어쨌거나 이탄은 40시간의 노력 끝에 사령마의 소환에 성공했다.

푸르릉!

소환된 사령마가 이탄 앞에서 거칠게 콧김을 뿜어내었다. 그 콧김이 지독하리만치 강력한 죽음의 기운을 풍겼다.

말발굽부터 어깨 높이까지는 무려 2.5 미터.

숫사자로 착각을 할 만큼 풍성하게 휘날리는 검은 갈기.

어둠 속에서 시퍼렇게 빛나는 2개의 눈.

언뜻언뜻 드러나는 시커먼 뼈.

사령마는 그 실체가 잘 보이지 않았다. 사령마의 몸체는 수시로 검은 기운으로 흩어졌다가 다시 뭉쳐서 검은 뼈다귀의 형태를 갖추곤 했다.

그러는 와중에도 사령마의 시퍼런 눈동자만은 흩어지지 않고 계속해서 죽음의 빛을 내뿜었다.

츠츠츠츠츠—.

사령마가 내뱉는 죽음의 기운은 질식할 정도로 짙었다. 어지간한 수준의 무사들은 이 사령마의 근처 수 킬로미터 이내에 접근하기만 해도 죽음의 기운에 오염되어 픽픽 쓰러질 것 같았다.

최고위급 네크로맨서들이 소환한 사령마는 주변 수백 미터 범위를 죽음의 기운으로 뒤덮는다고 했다. 데쓰 필드의 영역이 수백 미터나 되는 셈이었다.

한데 이탄이 지금 소환한 사령마는 데쓰 필드의 범위가 최고위급 네크로맨서들의 소환수보다 거의 10배는 더 넓었다. 또한 죽음의 기운도 다른 사령마에 비해서 훨씬 더 농밀하고 강했다.

어지간한 강자들도 이탄이 소환한 사령마의 범위 안에 들어오면 그 즉시 생명력이 빠르게 고갈될 정도였다.

푸르릉!

사령마가 다시 한 번 콧김을 내뿜었다.

죽음의 기운이 와락 몰려와 이탄을 감쌌다.

이탄은 죽음의 기운을 접하고도 전혀 타격을 받지 않았다. 사령마는 시퍼런 눈으로 그 모습을 관찰하더니, 슬금슬금 이탄에게 다가와 자신의 머리를 이탄 앞에 가져다 대었다.

툭툭.

이탄은 스르륵 흩어졌다가 다시 뭉치는 사령마의 이마 뼈를 손으로 쓰다듬었다.

"나름 귀엽네."

이탄의 평이 기분 좋은 듯 사령마가 푸르릉 푸르릉 소리를 내었다.

하지만 이어지는 이탄의 평가에 사령마가 눈을 시퍼렇게 빛냈다.

"좀 비실비실한 게 흠이기는 하지만 말이야."

사령마가 발끈했다. 사령마는 자신이 비실비실하지 않다는 것을 증명이라도 해보일 것처럼 강렬하게 죽음의 기운을 내뿜었다. 짙게 농축된 죽음의 기운이 그물망처럼 뻗어서 이탄을 단숨에 휘감았다.

그 즉시 죽음의 기운은 이탄의 몸속으로 빨려 들어와 음차원 덩어리 속으로 되돌아갔다. 이것은 마치 바다로부터 증발한 수증기가 구름의 형태로 뭉쳐 있다가 빗방울이 되어 다시 바다로 되돌아오는 것과 같은 현상이었다.

그렇게 한 번 죽음의 기운이 고향으로 돌아오자 음차원 덩어리에서 강력한 흡입력이 발휘되었다.

쭈와악!

이탄의 흡입력이 어찌나 강력했던지 순간적으로 사령마가 소멸할 뻔했다. 사령마를 구성하는 시커먼 기운은 눈 깜짝할 사이에 절반으로 줄어들었다.

히힝? 히이히힝?

사령마가 화들짝 놀라서 뒷걸음질 쳤다. 이탄을 바라보는 사령마의 푸른 눈이 공포로 점철되었다.

이탄이 혀를 찼다.

"쯧쯧쯧. 이것 보라고. 얼마나 허약한지 몰라요."

이탄은 사령마의 턱뼈를 붙잡고는 뱃속에서 죽음의 기운을 한 가닥 뽑아내어 다시 불어넣어 주었다.

절반으로 줄어들었던 사령마의 기운이 다시 원상태로 차올랐다.

푸르릉!

사령마는 그제야 정신을 차렸다.

이탄은 투레질을 하는 사령마의 목뼈를 툭툭 두드려준 다음, 사령마의 이마에 오른손 엄지손가락을 접촉했다.

그러자 사령마가 쭈와악 빨려들 듯이 이탄의 엄지손톱 속으로 스며들었다. 이탄의 손톱 위에는 아주 작게 말의 머리 모양이 새겨졌다.

이제 이탄은 2개의 흑주술 다크 그린과 블러드 트리에 이어서 흑마법의 일종인 리콜 데쓰 호스까지 완성했다.

"다음은 흑체술을 살펴볼 차례인가?"

이탄은 새로운 벽들을 향해 발을 옮겼다.

도그마의 별에 남아 있는 피사노교 선조의 유산들 가운데 흑체술은 흑마법이나 흑주술에 비해서 종류가 많지 않았다. 가장 많은 것은 흑마법이었고, 그 다음이 흑주술, 그리고 흑체술 순서였다.

게다가 피사노교의 흑체술들은 온전히 몸만 사용하는 것은 아니었다. 몸으로 적을 공격하되, 흑마법이나 흑주술과 적당히 결합한 형태가 주류를 이루었다.

이처럼 흑체술의 수가 많지 않은 이유는 다음과 같았다.

우선 흑체술은 흑마법이나 흑주술에 비해서 활용도가 낮았다.

Chapter 7

전쟁터에서 가장 중요한 관건은 두 가지였다.

첫째, 단숨에 적을 제압할 만큼 강력한가?

둘째, 다수의 적을 단숨에 쓸어버릴 수 있을 만큼 광범위 공격인가?

흑체술의 경우에도 첫 번째 조건은 달성이 가능했다. 경우에 따라서 어떤 종류의 흑체술들은 아울 검탑의 검수들을 상대로 밀리지 않을 만큼 강력했다.

하지만 두 번째 조건이 문제였다.

흑체술의 특성상 1대 1의 전투에서는 두각을 나타낼 수 있었다. 하지만 1대 다수의 전투에서는 흑체술이 흑마법이나 흑주술을 따라잡기 힘들었다.

이러한 한계 때문에 도그마의 별에 남겨진 흑체술은 그수와 종류가 많지 않았다. 특히 교리를 가르치는 교리사도의 경우 강력한 흑체술이 필요한 경우가 별로 없었다. 전쟁터에서 선봉에 서는 호교사도의 경우는 또 다르지만 말이다.

이탄은 벽에 기록된 흑체술들을 차례로 훑어보았다.

그러던 중, 막대기처럼 길쭉한 벽에 새겨진 흑체술에 이탄의 관심이 꽂혔다.

　　<<셰입 오브 싸우전드(Shape of Thousand:
　　1,000의 형상)>>

이것이 흑체술의 제목이었다.

제목에서 익히 짐작할 수 있듯이, 셰입 오브 싸우전드 흑체술은 마치 공작새가 꼬리를 쫙 펼치는 것처럼 팔을 1,000개로 만드는 것이 기본 동작이었다.

이후 두 다리를 없애서 구름처럼 변화시키면, 이것이 곧 셰입 오브 싸우전드의 완성된 형태였다.

사실 셰입 오브 싸우전드는 위력이 최강인 흑체술이라고 할 수는 없었다. 인간의 몸으로 펼치기에 효율적이지도 않았다.

셰입 오브 싸우전드는 1,000개의 팔을 가지고 하체는 존재하지 않는 악마종을 모사한 것이므로, 두 팔과 두 다리가 있는 인간과는 잘 맞지 않았다.

그런데 이 천수(千手: 1,000개의 손)악마종은 민간신앙에 종종 등장하는 악마였다.

그러므로 포교사도가 민간인들에게 피사노교를 전파할

때 천수 악마종의 모습을 보여주는 것은 꽤나 효과가 좋았다. 또한 교리사도들이 위엄을 갖출 때도 천수악마종의 모습이 유용했다.

도그마의 별에 셰입 오브 싸우전드가 남아 있는 이유도 바로 이 때문이었다.

반면 이탄이 셰입 오브 싸우전드에 관심을 느낀 이유는 사뭇 달랐다. 그는 교리사도의 위엄 때문이 아니라 다른 이유로 인해서 이 흑체술에 관심을 두었다.

'어라?'

이탄이 눈을 동그랗게 떴다.

'이건 백팔수라와 비슷하잖아? 예전에 백팔수라를 홀로 독학할 때 36개의 팔을 만드느라 고생이 많았지. 그러다 동시구현이라는 언령도 획득했고 말이야. 하하하.'

동차원의 술법 생각을 하자 이탄의 입가에 저절로 흐뭇한 미소가 걸렸다. 이탄은 환한 낯빛으로 셰입 오브 싸우전드를 읽어 내려갔다.

그런데 이탄의 눈동자가 아래로 내려가면 갈수록 그의 표정이 딱딱하게 굳었다.

"하!"

셰입 오브 싸우전드를 끝까지 읽고 난 뒤, 이탄은 어이없다는 표정을 지었다.

이탄은 그제야 깨달았다. 셰입 오브 싸우전드와 이탄이 독학으로 개조한 백팔수라는 확연히 다르다는 사실을 말이다.

이탄의 백팔수라는 동시구현의 언령에 바탕을 두고 만들어진 걸작 중의 걸작이었다. 덕분에 이탄이 구현한 괴물수라의 팔 36개와 다리 36개, 그리고 머리 18개는 실체가 또렷하게 있는 진짜배기였다.

셰입 오브 싸우전드로 만들어진 1,000개의 손은 그렇지 않았다. 이 손들은 흑체술에 환영마법이 결합되어 만들어진 결과물이었다. 그리하여 셰입 오브 싸우전드와 연결된 만자비문도 '눈을 의심케 만드는'이었다.

환영마법으로 팔을 1,000개처럼 보이게 한 뒤, 실제로 공격을 하는 팔에만 순간적으로 음차원의 마나를 흘려보내서 적을 타격하는 것.

이것이 셰입 오브 싸우전드의 핵심이었다.

이탄이 실망한 듯 뇌까렸다.

"쳇. 이러면 동시에 1,000개의 손으로 적을 공격할 수는 없을 거잖아. 고작 이 따위 허술한 눈속임에 누가 당하겠어?"

비록 이탄은 실망하였지만 이는 이탄의 눈이 높은 탓일 뿐, 사실 셰입 오브 싸우전드는 이탄에게 이렇게 저평가를 받을 만큼 수준이 낮지 않았다.

이 흑체술은 교리사도보다는 호교사도들이 주로 익히곤 하는데, 위력이 뛰어나서 아울 검탑의 '환검'과 쌍벽을 이룬다는 평가를 받곤 했다.

실제로 전쟁터에서 피사노교의 호교사도들이 1,000개의 팔을 휘두르면서 진격을 시작하면 백 진영 사람들은 호흡이 가빠지고 심장이 철렁 내려앉았다. 오랜 세월 동안 셰입 오브 싸우전드에 당해서 죽어 나자빠진 백 진영의 검수와 마법사들의 숫자는 헤아리기 힘들 정도였다.

만약에 그 사람들이 지금 이탄이 내뱉은 이야기를 들었다면 뒷목을 잡았을 것이다.

그럼 뭘 하겠는가.

이탄의 눈에 비친 셰입 오브 싸우전드는 하찮은 눈속임에 불과할 뿐, 그 이상도 이하도 아니었다.

"피사노교의 흑체술이 고작 이 수준이라면 정말 실망이지 뭐야."

이탄은 고개를 절레절레 저었다.

그러는 와중에도 셰입 오브 싸우전드는 이미 이탄의 뇌리에 콱 박혀서 이미 이탄의 것이 되었다.

이탄은 심드렁한 표정으로 나머지 흑체술들을 훑어보았다. 이탄의 눈에 들 만한 흑체술은 쉽게 나타나지 않았다.

그러다 이등변삼각형 모양의 벽에서 이탄의 관심을 끌

만한 흑체술이 하나 발견되었다.

〈〈사행술(蛇行術)〉〉

이 흑체술의 뜻을 풀이하면 뱀이 기어가는 모습을 본 따서 만들었다는 의미였다.

이탄이 고개를 갸웃했다.

"희한하다. 피사노교의 흑체술인데 제목이 왜 동차원의 언어로 표기되어 있을까? 이거 혹시 동차원에서 유래된 체술 아니야?"

이탄의 추측이 맞았다. 사행술은 원래 북명의 뱀 수인족들이 오랜 시간 공을 들여 개발해낸 체술의 일종이었다.

그런데 오래 전 북명의 선인들 가운데 뱀족 선인 한 명이 피사노교의 교리에 심취하여 가문을 배신하고 피사노교에 투항했다.

그 선인은 비록 피사노교의 혈통은 아니었으나, 혈통들보다도 더 피사노교의 교리에 정통했다. 피사노교에서는 그 선인을 교리사도로 삼아 교의 신도들에게 교리를 가르치도록 독려했다.

그 후 북명의 선인은 자신이 연마한 체술에 피사노교의 교리를 담아내었는데, 이것이 바로 오늘 날의 사행술이 되었다.

다만 안타깝게도 그 선인이 죽은 이후로 아무도 사행술을 연마하지 못했다. 사행술은 뱀처럼 몸이 유연하지 않으면 연마가 불가능한 탓이었다.

Chapter 8

"흐으음. 나는 이 동작들을 따라 할 수 있을 것 같은데?"

이탄은 삼각형 모양의 벽 앞에 우두커니 서서 머릿속으로 사행술을 연상해 보았다.

"보면 볼수록 이 사행술은 나와 잘 맞는 것 같아."

이탄이 힘차게 고개를 주억거렸다.

평소 이탄이 적을 공격하는 패턴은 크게 두 가지였다.

느닷없이 몸의 중심을 낮춘 다음, 뱀처럼 S자를 그리며 적에게 접근하여 단숨에 적의 몸을 찢어버리는 것.

이것이 이탄이 즐겨 사용하는 공격패턴 A였다.

이어서 이탄의 공격패턴 B는 백팔수라 제2식인 수라군림을 펼쳐서 폭풍처럼 적을 휘몰아치는 수법이었다.

물론 이탄에게는 이 두 가지 패턴 말고도 다양한 공격법이 있었다.

이를 테면 광정이라든가, 나라카의 눈이라든가, 간철호의 중력마법이라든가, 금속을 이용한 공격 등도 이탄이 즐겨 사용하는 수법들이었다.

하지만 공격패턴 A와 B야말로 이탄이 가장 선호하는 공격 방식인 것은 분명했다.

그런 이탄에게 있어서 사행술은 가뭄에 내린 단비와도 같았다. 이탄은 사행술을 통해서 공격패턴 A의 위력을 한 단계 발전시킬 방도를 찾아내었다.

"이야아. 이런 움직임은 생각도 못 했는걸."

이탄은 진심으로 사행술에 감탄했다.

지금까지 이탄은 간씨 세가의 탑에서 배운 실전 격투술을 응용해서 적과 싸워왔다. 이탄이 적을 공격할 때 몸의 중심을 낮추고 바닥에 깔리듯이 접근하는 공격패턴 A도 사실은 간씨 세가의 실전 격투술로부터 비롯된 것이었다.

그런데 이탄이 사행술을 보고 나니 그동안 자신의 동작이 얼마나 주먹구구식이었는지 깨닫게 되었다.

사행술은 단순히 뱀의 움직임을 모방하는 데 그치지 않았다. 사냥을 나온 뱀의 동작을 체계적으로 분석하여 장점을 극대화시켰을 뿐 아니라 그 위에 북명 특유의 끈적끈적한 술법까지 더해놓았다.

이 정도만으로도 사행술은 가치가 무척 높았다.

한데 사행술을 만든 북명의 선인은 여기에 피사노교의 교리를 더 얹었다.

피사노교의 교리는 언리더블 바이블로부터 비롯되었다. 그리고 그 바이블에 적혀 있는 10,000개의 문자가 바로 만자비문이었다. 북명의 선인은 비록 만자비문을 읽어내지는 못하였으나, 오랜 세월 피사노교의 교리를 연구하면서 만자비문의 아주 미약한 힘을 자신의 사행술에 섞는 데는 성공했다.

그 선인이 사행술에 얹은 문자는 무려 두 가지나 되었다.

기척을 감추는.

먹잇감을 굳게 만드는.

만자비문으로부터 비롯된 이 두 가지의 기운이 사행술에 더해지면서 이 독특한 흑체술은 피사노교 최고의 사냥술로 거듭났다.

피사노교의 모든 흑체술을 통틀어서 사행술과 비교할 만한 흑체술은 거의 손에 꼽을 정도밖에 되지 않았다.

일단 사행술이 발동하면, 적은 사행술 시전자의 움직임을 감지할 수 없었다. 또한 자신도 모르게 공포에 질려서 몸이 굳어버리게 되었다.

그러나!

이렇게 뛰어난 흑체술도 그동안 전혀 빛을 발하지 못했다. 북명의 선인 이후로 그 어떤 교리사도도 사행술을 익히지 못했다. 뱀족이 아닌 이상 사행술의 기묘한 동작을 따라하기란 불가능했다.

이탄은 예외였다.

이탄은 언데드인지라 관절의 움직임이 인간과는 달랐다. 이탄은 몸속의 힘줄들을 고무줄처럼 이완시켜서 모든 뼈들을 일렬로 세우는 동작이 가능했다. 이탄은 무릎을 앞으로 튀어나오게 굽힐 수 있을 뿐 아니라 반대 방향으로 180도 접는 것도 가능했다.

심지어 이탄이 마음만 먹으면 근육에 힘을 주어서 갈비뼈를 둥글게 구부리는 것도 가능하였다.

고양이족보다도 더 유연하고, 뱀족보다도 더 자유롭게 몸을 놀릴 수 있는 언데드가 바로 이탄인 셈이었다.

'젠장. 나는 심지어 머리도 몸에서 떼었다 붙였다 할 수 있단 말이다. 크흐흑.'

이탄이 비참하게 얼굴을 구겼다.

그런 비참한 마음과 달리 이탄의 몸은 어느새 흐물흐물하게 허물어져 그 자리에 뱀처럼 똬리를 틀었다.

이어서 쉭—.

이탄의 상체가 용수철처럼 튀어나갔다.

먹이를 노리는 뱀이 동굴에서 튀어나가는 것처럼 쉭!

이탄의 몸뚱어리는 어느새 S자를 그리면서 시야에서 사라지더니, 저 멀리 솟아 있는 벽의 뒤쪽으로 스르륵 기어올랐다. 이어서 그 벽의 앞면을 타고 내려와 다시금 사사삭 — 이동했다.

사행술의 장점은 이제 시작일 뿐이었다. 먹이를 잡아먹는 포식자의 움직임보다 더 무서운 것이 골격 변화에 있음을 이탄은 보여주었다. 이탄이 사행술을 본격적으로 운용하자 이탄의 골격과 모습이 마구 바뀌었다.

우두둑.

뼈 으스러지는 소리와 함께 이탄의 키가 140 센티미터까지 줄어들어 어린아이의 모습으로 변했다.

우두두둑.

소름 끼치는 소리가 또 들렸다.

이번에는 이탄의 덩치가 쭉 부풀어서 2 미터를 훌쩍 넘겼다. 어깨도 떡 벌어졌다. 이탄이 지금 표현한 것은 타우너스 족이었다.

사행술은 단지 체격만 변화시킬 수 있는 것이 아니었다. 이탄이 두개골을 주무르자 이탄의 얼굴도 자유자재로 변했다.

우두둑.

이탄은 우선 동차원의 금강 종주를 모방했다. 미소년다운 이탄의 얼굴이 금강 종주의 그것처럼 무뚝뚝하고 험상궂게 변했다.

다음 순간, 이탄은 마르쿠제 술탑의 술탑주인 마르쿠제 대선인처럼 바뀌었다.

한 걸음을 더 내딛자 이탄의 얼굴이 죽은 아나톨 주교처럼 변모했다.

이탄은 원수 중의 원수인 비크 교황의 꼬장꼬장한 모습까지 표현했다.

그러다 마지막 걸음에서 이탄은 싸마니야의 얼굴이 되었다. 심지어 이탄의 두개골 양옆이 쭈욱 변화하면서 뿔까지 자라났다.

Chapter 9

'활용하기에 따라서 이렇게 얼굴을 바꾸는 것은 참으로 무서운 무기가 될 거야.'

이탄은 사행술의 또 다른 장점을 곧바로 깨달았다.

사실 잠행사도들에게 주로 개방되는 키르케의 별에는 얼

굴 모양과 체형을 바꾸는 흑마법들이 상당히 많았다.

하지만 이 흑마법들은 백마법이나 특정 아이템에 의해서 파훼되는 경우가 종종 있었다.

이와 달리 사행술로 얼굴과 골격을 바꾸면 백 진영의 디텍션(Detection: 감지) 마법에 의해서 감지될 일이 전혀 없었다. 사행술로 실제 골격을 바꿔버렸기 때문이었다.

'그렇다면 이것은 정말 무시무시한 장점이잖아?'

이탄은 골격 변화를 통해서 할 수 있는 다양한 일들을 머릿속으로 떠올려 보았다. 그러자 이탄의 입꼬리가 저절로 씰룩거렸다.

"가만!"

그러다 무슨 생각이 들었는지 이탄의 시선이 아래로 향했다. 볼록 튀어나온 배가 이탄의 시야에 잡혔다.

"설마 이것도 가능할까? 후우읍."

이탄이 숨을 훅 들이마셨다. 이탄의 갈비뼈가 촤촤촤 열리면서 가슴 쪽에 빈 공간이 생겼다.

이탄이 복근을 조절하자 그의 아랫배에 꽉 들어차 있던 음차원 덩어리가 가슴 쪽으로 스르륵 올라왔다.

덕분에 이탄의 상체는 근육질의 전사처럼 두툼하게 커졌다. 대신 볼록하게 튀어나왔던 이탄의 배는 쏙 들어갔다.

그 순간 이탄의 뇌리에는 희열이 작열했다.

"으어어어어!"

이탄이 괴성을 질렀다.

임산부처럼 볼록 나온 배 때문에 이탄이 그동안 얼마나 망신스러웠던가. 이놈의 복부 때문에 그동안 얼마나 수치스러웠던가.

"으어어어어어어!"

이탄은 차마 말문을 잇지 못했다. 그저 짐승 같은 신음만 토할 뿐이었다. 순간적으로 이탄의 눈가에 물기가 살짝 나타났다가 빠르게 다시 사라졌다.

언데드인 이탄의 눈에 물기가 살짝 비칠 만큼 이탄은 감격하고 또 감격했다. 이탄은 백팔수라 제6식을 손에 넣었을 때보다 어쩌면 지금 이 순간을 더 기뻐하는지도 몰랐다.

지금까지 이탄은 사행술의 세 가지 특징 가운데 두 가지를 차례로 점검해 보았다.

1, 포식자의 움직임.

2, 자유자재의 골격 변화.

"그러니 이제 사행술의 마지막 단계를 구현해볼 차례인가?"

북명의 선인은 사행술의 이 마지막 단계를 유령체(幽靈體), 즉 유령의 몸이라 명명했다. 이탄은 바로 이 사행술의 세 번째 단계를 발휘했다.

펑!

멀쩡하던 이탄의 몸뚱어리가 검은 연기처럼 팍 흩어졌다가 수십 미터 밖에서 다시 뭉쳐서 나타났다.

이것은 뱀족 특유의 움직임에 북명의 술법이 더해진 결과였다.

이탄은 그렇게 연기로 변했다가 다시 나타나는 동작을 반복했다. 지금 이 모습은 이탄이 소환한 데쓰 호스, 즉 사령마의 움직임과 다를 바가 없었다. 혹은 벨린다의 만랑회진 속 유령늑대들의 움직임과도 흡사했다.

이탄도 이 점을 강하게 느꼈다.

"하긴. 만랑회진도 북명의 술법을 바탕으로 만들어진 거잖아. 그러니 비슷한 면이 있을 테지."

이탄은 한 바탕 벽들 사이를 휘젓고 다닌 뒤, 다시 제자리로 돌아왔다.

사행술이 너무나 마음에 든 탓일까? 도그마의 별에 남아 있는 나머지 흑체술들은 이탄의 눈에 차지 않았다.

"하찮은 것들을 잔뜩 익혀봤자 아무짝에도 쓸모없지. 그래도 똘똘한 흑체술을 하나 건졌으니 피사노교의 보고에 들어온 보람이 있구나."

이탄은 사행술을 손에 넣어서 정말 기분이 좋았다.

이탄의 발이 이제 새로운 곳으로 향했다. 이탄은 피사노교의 역대 교리사도들이 남긴 흑체술들을 쭉 지나친 뒤, 마보를 모아놓은 벽들로 향했다.

마보가 보관된 벽들은 흑마법, 흑주술, 흑체술이 기록된 벽에 비해서 크기가 작았다. 상당수의 벽들은 이탄의 허리 높이에 불과하였으며, 일부 벽들만 이탄보다 더 컸다. 벽의 한복판에는 커다란 구멍이 뚫려 있는데, 이 구멍 안에 마보가 진열되어 있었다.

큼지막한 벽에는 당연히 커다란 마보가 보관 중이었다.

반면 작은 벽에는 조그만 마보들이 진열되었다.

이탄은 우선 큰 벽들부터 살폈다.

피사노교의 교리사도들 가운데는 머리에 로브를 뒤집어 쓰고 한 손에 네모반듯한 해머를 들고 다니는 자들이 많았다. 신도들에게 교리를 가르치다가 상대가 말귀를 잘 알아듣지 못하면 이 해머로 신도의 손을 찍어버리기 위함이었다.

"어째 전부 다 해머뿐이냐?"

이탄은 해머들을 쭉 지나쳤다.

이곳에 진열 중인 해머들은 대부분 모양이 사각형으로

동일했다. 다만 해머의 색은 제각기 달랐다. 얼핏 보더라도 검붉은 색의 해머가 가장 많았다.

해머 다음으로 숫자가 많은 마보는 쇠사슬 종류였다.

역대 교리사도들 중에는 허리에 쇠사슬을 차고 다니는 자들도 꽤 많았다. 그들은 이 쇠사슬로 교리를 잘 습득하지 못하는 신도들의 목을 매달곤 했다.

이탄은 해머뿐 아니라 쇠사슬에도 별 관심이 없었다. 이탄은 대부분의 무기 종류에 무관심했다.

이탄은 처음 이 백색 공간에 들어왔을 때 난쟁이 악마종에게 "마보를 그냥 주는 것도 아니고 빌려주는 것이라니, 참 쩨쩨하네."라고 투덜거렸다.

그건 그냥 하는 말일 뿐이었다. 이탄은 굳이 이곳에서 어쭙잖은 마보를 빌려갈 생각이 없었다.

"그래도 혹시 모르니까."

이탄은 혹시나 하는 마음으로 진열된 마보들을 감상했다.

해머와 쇠사슬을 지나자 대형 낫 종류의 마보가 등장했다.

교리사도가 로브를 뒤집어쓰고 한 손에 커다란 낫을 들고 있으면 마치 사신과 같은 느낌을 줄 수 있었다. 역대 교리사도들 가운데는 이러한 느낌이 멋져 보여서 대형 낫을 선택하는 자들도 많았다.

이탄은 낫을 보자 아조브를 떠올렸다.

아조브는 기본적으로 큐브 형태였다. 하지만 주인이 원하는 대로 모습을 바꿀 수 있는 것이 아조브의 장점 가운데하나였다.

이탄은 낫이 멋있어 보이기에 아조브를 낫의 형태로 만들어 두었다. 그런 다음 이 특별한 마법아이템에게 둠 사이드(Doom Scythe: 파멸의 낫)라는 이름을 붙여주었다.

Chapter 10

이탄이 아조브를 떠올리자 그의 아공간 속에서 아조브들이 웅웅웅 울었다.

'주인님, 왜 우리를 사용하지 않나요?'

'너무해요. 너무해.'

'우리 좀 자주 써주세요.'

'제발요.'

이탄이 각기 다른 차원에서 획득한 4개의 아조브들은 이탄을 향해 이렇게 아우성치는 듯했다.

본래 이탄은 남이 칭얼거리는 소리를 잘 들어주는 성격이 아니었다.

"쓰읍! 조용히 안 해."

이탄이 인상을 썼다.

'우힉.'

그 즉시 모든 아조브들이 아우성을 멈췄다.

"진즉에 그럴 것이지."

이탄인 씨익 웃었다. 그런 다음 대형 낫들을 지나쳐서 조 그만 벽 앞에 섰다.

큼지막한 벽에는 주로 해머, 대형 낫, 기다란 쇠사슬 등 이 보관되어 있다면, 조그만 벽에는 다양한 마보들이 진열 중이었다.

목걸이 형태의 마보.

반지형 마보.

손톱처럼 생긴 마보.

귀걸이형 마보.

이러한 장신구부터 시작하여, 로브나 허리띠, 신발, 모자 와 같은 의복 종류의 마보들도 눈에 띄었다.

이탄은 이 모든 마보들을 눈으로만 훑고 지나갔다. 이탄 의 마음을 잡아끄는 마보는 쉽게 등장하지 않았다.

그러던 중 한 가지 마보가 이탄의 눈에 띄었다.

아니, 엄밀하게 말해서 이탄이 이 마보를 발견한 게 아니 었다. 오히려 이 마보가 이탄을 보자마자 반응을 보였다.

우우우웅!

이탄이 옆을 스쳐 지나가는 순간, 마보가 부르르 진동했다.

'어라? 금강 종주님의 상급 법보 창고에서도 몇몇 법보들이 이렇게 떨던데, 이 마보도 똑같은 짓을 하네?'

이탄은 발걸음을 멈추고 마보를 가만히 살펴보았다.

이 마보는 투구였다. 양 옆에 2개의 뿔이 나있고, 뒤통수에는 악마의 얼굴이 새겨져 있는 투구.

그런데 투구의 한쪽 부분이 움푹 꺼진 모습이었다.

"마치 둔중한 흉기에 의해 내리 찍힌 듯한데? 그런데 이렇게 반쯤 망가진 마보가 폐기처분을 당하지 않고 도그마의 별에 남아 있는 이유가 뭐지?"

이 투구는 현재 상태로는 머리에 쓸 수가 없었다. 투구의 한 귀퉁이가 네모난 모양으로 움푹 꺼진 탓이었다.

게다가 투구에 매달린 2개의 뿔 가운데 하나도 반으로 부러져 있었다. 투구 뒤편에 새겨진 악마의 얼굴은 절반쯤 뭉그러졌다.

사용이 불가능한 폐기물처럼 보이는 투구가 이탄 앞에서 격렬하게 울음을 토했다.

"이 마보가 왜 이러지?"

이탄이 투구를 향해 손을 뻗었다.

이탄은 무기나 방어구가 필요 없는 언데드였다. 설령 이 투구가 온전하다고 하더라도 이탄은 불편하게 투구 따위를 쓰고 다닐 생각은 없었다.

그럼에도 불구하고 이탄이 투구를 향해 손을 뻗은 이유는, 이 투구를 갖고 싶어서가 아니었다. 그저 궁금함 때문이었다.

이 투구가 왜 울고 있는지.

왜 유독 이탄에게 반응을 보이는지.

이탄은 이런 점들이 알고 싶어서 투구를 손에 잡았다.

샤랑!

이탄의 손가락이 투구에 닿는 순간 경쾌한 소리가 울렸다. 그와 동시에 이탄의 눈앞에는 홀로그램처럼 투구에 대한 설명이 떠올랐다.

이곳 도그마의 별에 전시 중인 마보들은 단순한 무기가 아니었다. 이 마보들은 예전 사용자들의 마력과 주술이 고스란히 담겨 있는 악마의 법보들이었다. 그러므로 사용자가 정확한 사용법을 숙지하지 못하면 마보의 제 위력을 낼 수가 없었다.

때문에 역대 교리사도들은 자신들이 사용하던 마보에 한 줄기 사념을 남겨두었다. 후배들을 위해서 마보의 유래와 사용법 등을 사념에 담아 저장해둔 것이다.

지금 이탄의 눈앞에 떠오른 영상—간씨 세가 세상의 홀로그램처럼 보이는 영상—에도 당연히 이전 사용자의 사념이 담겨져 있었다.

이탄은 그 사념을 읽다가 눈을 둥그렇게 떴다.

"어라?"

이탄의 얼굴에는 놀라움이라는 감정이 담겼다.

지금으로부터 5년쯤 전, 이탄은 트루게이스 시의 영애인 헤스티아를 모시고 대륙 중부를 다녀왔다.

그 여정에서 이탄은 라폴리움이라는 중립 진영 도시에 들리게 되었다.

라폴리움은 라폴 도서관으로 유명했다. 사실 라폴리움이라는 도시보다도 그 도시 안의 도서관이 더 유명할 정도로 라폴 도서관은 대단한 곳이었다. 알고 보면 라폴리움이라는 도시 이름도 라폴 도서관에서 유래된 것이었다.

라폴 도서관은 지성의 상징이라 칭송을 받을 만큼 언노운 월드의 희귀한 고서들을 잔뜩 보유하였다.

그러나 단지 오래된 책이 많다고 해서 라폴 도서관이 명성을 떨치는 것은 아니었다. 특이하게도 라폴 도서관은 그 자체가 하나의 강력한 무력집단이었다.

오랜 옛날, 책과 지식과 지성과 논리를 숭배하던 초인들이 자발적으로 모여서 도서관을 설립했다.

이것이 라폴 도서관의 시작이었다.

Chapter 11

당시의 초인들은 흑 진영과 백 진영, 그 어느 쪽에도 가담하지 않은 채 라폴리움을 중립 도시로 이끌었다.

이처럼 지성을 사랑하는 초인들 덕분에 라폴 도서관은 언노운 월드의 피 튀기는 역사를 정면으로 관통하면서 그 명맥을 이어올 수 있었다.

그러다 1,700년쯤 전, 유명한 사건이 발생했다. 라폴 도서관의 당대 관장이 고위급 흑마법사를 책 모서리로 찍어 죽인 것이다.

이 사건이 널리 알려지면서 라폴 도서관의 명성은 하늘을 찌를 듯이 높아졌다. 그 결과 라폴리움 시청 앞 광장에는 도서관장의 영웅적 행적을 기리는 동상이 세워졌다.

동상이 설치된 시청 앞 광장은 오늘날까지도 라폴리움을 찾는 사람들의 관광 명소가 되었다. 5년쯤 전, 이탄도 헤스티아 일행과 함께 시청 앞의 동상을 구경했었다.

이상이 과거에 벌어졌던 일이었다. 이탄은 과거에 대한 회상을 마친 다음, 나직이 중얼거렸다.

"한데 그 일이 이렇게 연결이 되나? 인연이라는 것이 참 묘하네."

이탄은 찌그러진 투구에 담긴 사념을 읽으면서 5년 전의 일을 머릿속에 되감아 보았다.

알고 보니 1,700여 년 전, 라폴 도서관의 관장에게 머리가 찍혀서 죽었다는 고위급 흑마법사는 다름 아닌 피사노교의 교리사도였다.

"이야아, 그러니까 투구의 이 움푹 꺼진 부분이 책 모서리에 찍힌 흔적이었어? 와아. 이거 꺼진 폭이 15 센티미터는 족히 되는 거 같은데, 그때 라폴의 도서관장은 이렇게 두꺼운 책으로 상대의 대가리를 찍어버린 거구나. 끄으으읏."

벽돌 같은 흉기—사실은 책이지만—로 적의 대가리를 찍어버리는 상상을 하자 이탄의 폭력적 성향이 들끓었다. 이탄은 변태같이 입술을 씰룩거렸다. 이탄의 손은 둔중한 흉기로 적의 대가리를 찍는 시늉을 했다.

그러면서 이탄은 1,700년 전에 벌어졌던 일들을 머릿속으로 다시 복원했다.

그러자 몇 가지 새로운 시야가 열렸다.

"어라? 이거 라폴리움 시의 동상에 오류가 있는걸?"

이탄이 어이없다는 듯이 중얼거렸다.

라폴리움 시청 앞에 세워진 동상은, 멋지게 생긴 도서관장이 늙은 흑마법사의 정면에 서서 상대의 이마를 책 모서리로 내리찍는 장면을 재현해 놓았다.

한데 이탄의 손에 들린 투구는 뒤쪽이 움푹 꺼졌다.

투구의 뒤쪽 부분이 뭉그러졌다는 것은, 도서관장이 뒤에서 몰래 달려들어서 교리사도의 뒤통수를 찍어버렸다는 것을 의미했다.

"에이. 도서관장이 정면에서 싸운 게 아니었네. 뒤에서 깠네. 뒤에서."

이탄이 피식 웃었다.

설령 그렇다고 하더라도, 대(大)피사노교의 교리사도가 한낱 도서관장에서 맞아 죽었다는 점은 틀림없는 사실이었다.

그것만으로도 피사노교는 무척 망신스러웠을 것 같았다.

당장 이탄이 혀를 찼다.

"아울 검탑의 검수와 싸우다 죽은 것도 아니고, 어떻게 책에 찍혀 죽냐? 쯧쯧쯧."

이탄뿐만이 아니었다. 지금까지 이 투구를 만져보았던 역대 교리사도들은 모두 다 1,700년 전의 교리사도를 비웃었다. 당연히 역대 교리사도들 가운데 누구도 찌그러진 투구를 선택하지 않았다.

'책에 찍혀서 찌그러질 정도면 말 다 했지. 아마도 이건 형편없는 마보일 거야.'

도그마의 별을 거쳐 간 역대 교리사도들은 하나 같이 이런 생각을 품었다. 다들 투구를 거들떠보지도 않았다.

이탄의 지금 심정도 이와 다를 바 없었다.

"쳇. 이건 쓰레기 마보네."

이탄이 투구를 다시 제자리로 돌려놓으려고 할 때였다. 찌그러진 투구는 이탄의 폄하에 항의라도 하듯이 거세게 웅웅웅 울어댔다.

이탄은 문득 이상함을 느꼈다.

"이상하다? 이렇게 크게 울어댈 정도면 이 투구가 보통 마보는 아닐 텐데, 어쩌다 책 모서리에 찍혀서 찌그러지는 신세가 되었을까?"

이탄은 다시 한번 투구를 자세히 살펴보았다.

그러자 지금까지는 보이지 않았던 새로운 점들이 느껴졌다.

이탄이 판단하기에 찌그러진 투구는 보통 물건이 아니었다. 이 투구에는 꽤나 강력한 방어 흑마법이 새겨져 있을 뿐 아니라 재질도 심상치 않았다. 이탄이 비록 언노운 월드의 수많은 재료들을 전부 파악하고 있는 것은 아니지만, 이 투구의 소재는 언노운 월드의 것 같지가 않았다. 마치 다른 차원에서 넘어온 것처럼 여겨졌다.

"히야아. 이건 음차원의 마나를 머금을 수 있는 소재구나. 게다가 이 정도 용량이면 그릇된 차원의 상급 음혼석을 대체해도 될 정도야."

이탄은 신기한 듯 투구를 이리저리 살폈다.

1,700년도 더 전, 라폴의 도서관장은 책 모서리로 이 투구를 내리찍어서 투구에 걸린 방어마법을 단숨에 으깨버렸다.

투구의 앞쪽은 오랜 세월이 지나도 여전히 멀쩡한 반면, 투구의 뒷부분에 새겨진 방어마법은 완전히 박살 난 상태였다.

"흐으음. 여기 함몰된 부분을 보면 마치 엄청나게 무거운 무게로 눌러서 찌그러뜨린 것 같단 말이지. 대체 어느 정도 무게면 방어마법을 깨뜨리고 이 투구를 찌그러뜨릴 수 있는 것일까?"

이탄은 시험 삼아 투구의 앞쪽을 엄지로 눌러보았다.

투와앙!

그 즉시 투구가 반탄력을 뿜어내었다.

이탄은 손가락에 조금 더 힘을 주었다.

투아앙! 투와아앙!

투구에 내재된 방어마법이 벼락처럼 일어났다. 이 방어마법은 이탄의 손가락을 튕겨내려 들었다.

이탄은 마법저항을 무시하고 엄지를 좀 더 세게 눌렀다. 이 정도면 거의 산봉우리를 하나를 허물어뜨릴 정도의 힘이었다.

그런데도 투구는 멀쩡했다.

그러다 이탄이 힘을 두 배까지 끌어올리자 비로소 방어마법이 와그작 깨졌다. 투구 앞쪽이 움푹 패면서 이탄의 손가락이 안으로 쑥 들어갔다.

"이 정도 힘이면 부서지는구나. 어쨌거나 1,700여 년 전에 도서관장은 책으로 이 만큼의 파괴력을 낼 수 있었다는 소리네. 상대의 뒤통수를 깠건 어쨌건, 도서관장이 제법 괴력을 발휘할 수 있었나 봐."

이탄은 투구의 뒤쪽 찌그러진 부위를 손가락으로 슬슬 문질렀다.

찌릿!

그 순간 묘한 감각이 이탄의 손가락을 타고 올라왔다.

제3화

피사노교의 보고 Ⅱ

Chapter 1

우우우웅!

찌그러진 투구가 더욱 거세게 웅웅웅 울어댔다.

"어엉?"

이탄이 눈을 동그랗게 떴다.

이탄은 한 번 더 감각을 곤두세워서 투구의 찌그러진 부위를 문질렀다.

찌릿!

또 다시 짜릿한 전기가 통했다. 이탄의 손가락에서 스파크가 번쩍 번쩍 튀었다. 지금 이탄이 느낀 감각은 부정한 기운이 아니었다.

지극히 정상적이면서도 근원적인 힘.

세계의 뿌리와 맞닿아 있는 힘.

그 웅장하면서도 신적인 기운이 이탄의 감각에 포착되었다. 이탄은 투구의 움푹 꺼진 부위를 세심하게 다시 살폈다.

그러자 새로운 점이 발견되었다.

"오호라! 지금까지 웅웅 울어대었던 것이 이 투구가 아니었구나. 이 움푹 꺼진 상흔이 울고 있었던 거야."

이 투구는 1,700년도 더 전에 책 모서리에 찍혀서 찌그러졌다. 그런데 그 찌그러진 부위에는 미세한 힘 한 가닥이 아직까지 남아 있었다.

찌그러진 부위에 남아 있는 미세한 힘.

투구를 보호하던 방어마법을 단숨에 깨뜨리고 투구의 주인을 격살했던 바로 그 힘.

그것이 이탄과 공명하였다. 그것이 이탄을 보자마자 울어댔다.

"이게 대체 무슨 힘이기에 나를 보자마자 울었을까?"

이탄은 호기심을 느꼈다. 이탄이 투구의 움푹 꺼진 부위 전체를 손바닥으로 덮고 눈을 지그시 감았다.

스스스스슷!

찌그러진 부위로부터 희미하게 정보가 올라왔다. 이탄은

솜털을 바짝 곤두세우고는 이 희미한 정보를 탐지해 나갔다.

가장 먼저 이탄에게 감지된 것은 투구가 내뿜는 음차원의 마나였다.

이탄이 도리질을 했다.

'음차원의 마나는 내가 찾는 게 아니야.'

이탄은 음차원의 마나를 우선 걸러내었다.

그러고 나자 투구 자체가 내뿜는 부정한 기운이 올라왔다.

'이것도 아냐.'

이탄은 이 부정한 기운도 또 걸렀다.

음차원의 마나.

부정한 기운.

이상 두 가지를 제거하고 나자 이번에는 투구 안쪽에 새겨진 방어 계열의 흑마법이 이탄의 감각에 잡혔다.

이것은 꽤나 강력한 흑마법이었다.

'요 흑마법도 범상하지는 않네. 흑마법의 요령을 알아두면 나중에 쓸모가 있겠어.'

문득 이런 생각이 이탄의 뇌리를 스쳐 지나갔다.

하지만 이것 또한 이탄이 지금 찾는 바는 아니었다. 이탄은 방어용 흑마법의 기운도 건너뛰었다.

그런 다음에야 비로소 이탄이 원하던 것이 포착되었다.

이탄이 찾고자 하는 것은 신성력이 아니었다. 1,700여전 전의 라폴 도서관장은 신성력으로 교리사도를 죽이지 않았다.

이탄이 찾고자 하는 것은 마법도 아니었다. 당시의 라폴 도서관장은 시시퍼 마탑의 마법사들처럼 고위급의 마법을 발휘할 능력이 없었다.

이탄이 찾고자 하는 것은 오러의 힘도 아니었다. 당시의 라폴 도서관장은 격투사나 전사 계열이 아니었다. 검사와도 거리가 멀어 오러를 사용할 수 없었다.

'뭐야? 전사나 기사 계열이 아닌데 어떻게 투구의 방어 마법을 깨뜨릴 수 있었지? 오러도 사용하지 않고서?'

물론 이탄이라면 순수한 힘만으로 투구를 으깨버리는 것이 가능했다. 오러를 사용하지 않더라도 이탄은 이미 그 자체로 세상 최강의 괴력을 지닌 언데드였다.

'설마 1,700년 전의 라폴 도서관장이 나처럼 듀라한이었나?'

그럴 리는 없었다.

'에이. 말도 안 돼.'

이탄은 손을 휘휘 저었다.

라폴 도서관장이 듀라한일 가능성도 제로일뿐더러, 지금

투구의 찌그러진 부위에서 느껴지는 기운은 단순한 괴력과는 거리가 멀었다.

이탄은 이 힘이 익숙했다.

이 기운이 친숙했다.

심지어 이탄은 이 권능에 친밀감까지 느꼈다.

'아아아!'

이탄이 감았던 눈을 번쩍 떴다.

'이건 언령이로구나. 정상 세계를 지탱하는 언령의 힘이야.'

이탄은 투구형 마보를 단숨에 찌그러뜨린 근본 원인을 드디어 밝혀냈다. 그것은 다름 아닌 언령의 힘이었다.

투구의 파손 부위에 희미하게 남아 있던 언령이 이탄을 향해서 반갑게 아는 체를 했다.

'이야. 여기서 언령을 만나게 될 줄이야!'

이탄은 마른 침을 꿀꺽 삼킨 다음, 손끝에 감각을 곤두세웠다. 이탄은 최대한 상세하게 이 언령을 느껴보려고 노력했다.

'어서 나와 봐라. 너는 대체 어떤 녀석이냐? 누군데 거기에 숨어 있었던 거야? 무려 1,700년도 넘게 이 투구 속에 갇혀 있었으면 충분하지 않니? 이제는 밖으로 나와서 네 모습을 내게 보여 봐.'

이탄이 마음속으로 언령에게 말을 걸었다.

오랜 과거, 피사노교의 마보를 일격에 찌그러뜨렸던 힘이 차츰차츰 수면 위로 떠올라 이탄에게 자신의 모습을 드러내었다.

'옳지. 옳지. 잘 한다.'

이탄은 최대한 조심스럽게 그 언령을 뽑아내었다.

Chapter 2

조심. 또 조심.

이탄은 찌그러진 투구로부터 언령의 힘을 살뜰하게 이끌어내었다.

지금 이탄의 태도는 마치 농부가 여린 식물의 뿌리를 땅속에서 조심스럽게 뽑아내는 것과 비슷했다. 이탄은 산속에서 산삼을 캐내는 심마니의 마음으로 잔뿌리 하나 끊어뜨리지 않고서 언령을 살포시 떠내었다.

이탄이 공을 들인지 한참의 시간이 흘렀다. 이탄의 등에 땀이 송글송글 맺혔다.

이탄은 언데드인지라 실제로 땀이 나지는 않았다.

하지만 등판이 온통 땀에 젖었다고 느낄 만큼 이탄은 언령의 발굴에 온 신경을 집중했다. 이탄은 시간의 흐름마저 잊었다.

그 결과 이탄의 손아귀에 열세 번째 언령이 들어왔다. 이탄의 입에서는 하나의 단어가 절규하듯이 튀어나왔다.

"증량!"

이것이 이번에 이탄이 발견한 언령의 명칭이었다.

증량: 물체의 질량을 증가시키는 인과율.

'감량'과는 대척점에 위치한 언령.

이탄이 얻은 열세 번째 언령은 다름 아닌 증량이었다.

이탄은 이미 간씨 세가의 중력마법을 능숙하게 사용했다. 한데 간씨 세가의 중력마법과 언령 증량은 차원이 달랐다.

간씨 세가의 중력마법은 정해진 영역 안에서 중력을 컨트롤하여 상대방이 느끼는 무게를 변화시키는 마법이었다.

그동안 이탄은 중력 열 배, 혹은 열두 배 증폭을 즐겨 사용했다. 그 이유는 중력을 그 이상으로 확 늘리는 것이 어렵기 때문이었다.

중력이라는 것은 행성 전체의 질량과도 관계된 힘이라 컨트롤에 제한이 있을 수밖에 없었다. 이것이 중력마법이

가지는 뚜렷한 한계였다.

증량은 이와 달랐다.

이 독특한 언령은 무게(땅이 잡아당기는 힘)가 아니라 대상물의 질량 자체를 확 늘려버리는 것이 특징이었다.

중력마법과 증량의 차이는 명백했다.

열 배의 중력마법이 발휘된 순간, 이탄의 적은 열 배로 늘어난 무게를 견디지 못하고 납작하게 주저앉게 마련이었다.

하지만 적이 마법의 범위를 벗어난다면?

혹은 이탄이 중력마법을 풀어준다면?

그럼 적은 다시 정상 상태로 돌아오게 되었다. 그리하여 중력마법은 범위 마법이자 주변 환경적 마법이었다.

증량은 이와 사뭇 달랐다. 이 신적 언령이 이탄의 입에서 튀어나온 순간, 이탄의 적은 그 즉시 질량이 늘어나서 뚱뚱보가 될 수밖에 없었다.

일단 그렇게 한 번 뚱뚱해지고 나면, 그 대상자는 각별한 각오로 다이어트를 해서 살을 왕창 빼기 전까지는 계속해서 뚱보로 살아가야만 했다.

게다가 증량은 목표물을 선택할 수 있기에 더 무서웠다.

예를 들어서 이탄이 적의 심장만 선택하여 심장의 질량을 수백만 배로 늘인다면?

갑자기 무거워진 심장이 적의 내장을 짓뭉개면서 몸을 뚫고 바닥에 뚝 떨어질 수밖에 없을 것이다.

혹은 이탄이 적의 피만 선택하여 그 질량을 수백만 배로 증폭시킨다면?

그럼 적들의 혈관은 피를 감당하지 못하고 모조리 찢어 질 수밖에 없었다.

이런 이유 때문에 증량은 중격 언령이되 전투에서는 상 격 언령 이상의 효과를 발휘하곤 했다.

이탄은 전혀 뜻하지 않은 장소에서 또 하나의 언령과 인 연을 맺게 되었다. 이탄이 흐뭇하게 미소를 지었다.

'후후훗. 내가 언령과 인연이 깊은가? 어쩌다 보니 또 하나의 문자를 얻게 되었네?'

이탄이 질량과 관계된 중격 언령을 습득하는 동안에도 시 간은 하염없이 흘렀다. 이제 피사노교의 보고가 닫히기까지 는 채 1시간도 남지 않았다. 난쟁이 악마종이 이탄에게 허 용한 72시간 가운데 어느새 71시간 이상이 흐른 것이다.

"이크. 벌써 이렇게 되었나?"

이탄은 찌그러진 투구를 한 손에 든 채 서둘러 남은 마보 들을 둘러보았다.

그러던 중 반듯하게 다림질 되어 있는 노란색 로브가 이 탄의 눈에 띄었다. 이탄은 자신도 모르게 걸음을 멈추었다.

"어라? 이게 왜 여기 있어?"

이탄의 눈에 띈 로브는 싸마니야의 혈족들이 입고 다니는 로브와는 생김새가 달랐다. 시시퍼 마탑의 마법사들이 입는 로브와도 형태가 완전히 딴판이었다. 이 로브는 촌스러울 정도로 깃이 넓었다. 모자의 끝은 뾰족했다. 소매와 밑단에는 눈에 잘 띄지 않는 특별한 문양이 수놓아져 있었다.

이탄은 이와 같은 로브를 간씨 세가의 세상에서도 본 적이 있었다. 또한 이탄은 그릇된 차원에서도 이런 모양의 로브를 목격했었다.

그릇된 차원에 머물 당시 이탄은 수상한 무리들과 맞부딪치게 되었다. 그 무리들은 셋뽀 일족의 셋째 공주인 레니를 납치하려 시도했을 뿐 아니라 흐나흐 일족의 일곱 흉성들 가운데 2명인 피우림 대선인과 오슬로를 실제로 납치하였다.

당시 이탄은 흐나흐 일족의 요청을 받아 피우림과 오슬로를 구출했다.

그 과정에서 이탄은 어둠의 무리를 맞닥뜨렸는데, 그들이 입고 있던 복장이 지금 이 로브와 똑같았다.

한편 이탄의 이러한 경험은 그릇된 차원에서만 국한된 것은 아니었다. 간씨 세가의 세상에서도 이탄은 이와 동일한 로브를 만났었다.

얼마 전, 이탄은 몽골의 분지 지하를 급습하여 쥬신 잔당들의 아지트를 공격했었다. 그때 이탄에게 덤벼들었던 흑마법사들이 이와 같은 로브를 입고 있었다.

다만 흑마법사들은 계급에 따라서 일부는 노란색 로브를 입었고, 나머지는 주홍색 로브를 걸친 모습이었다.

또한 그 흑마법사들은 혈관 속에 스파이럴 적혈구를 지녔다. 노란색 로브를 입은 흑마법사도, 그리고 주홍색 로브를 입은 흑마법사도 모두 같은 피를 보유했다.

Chapter 3

스파이럴 적혈구가 대체 무엇인가?

이것은 피사노교의 혈통을 증명하는 상징이었다. 피사노교의 사도들은 스파이럴 적혈구가 포함된 혈액을 '검은 드래곤의 피'라고 부르며 우러러보았다.

바로 이 점 때문에 이탄은 '쥬신 제국의 잔당들이 혹시 언노운 월드의 피사노교와 연관이 있나?'라고 의심했었다.

한데 그 수상한 자들이 입고 있던 것과 똑같은 로브가 이곳 피사노교에도 남아 있는 것이 아닌가!

　이탄은 지금까지 어둠의 무리에 대해서 알아낸 바를 머 릿속으로 정리해 보았다.

　간씨 세가 세상:

　　— 쥬신 제국의 잔당들이 만든 유령조직원들 가운데 스파이럴 적혈구를 가진 자들이 있음.

　　— 그들은 깃이 넓고 모자의 끝이 뾰족한 로브를 입고 다님.

　언노운 월드:

　　— 피사노교의 사도들이 스파이럴 적혈구를 가졌음.

　　— 피사노교의 보고 속 도그마의 별에 깃이 넓고 모자 의 끝이 뾰족한 로브가 보관 중임.

　　— 북명 코이오스 가문의 수인족 수도자들이 언노운 월드에 침투하여 마르쿠제 술탑의 비앙카 공주를 납치하려 시도한 바 있음.

　그릇된 차원:

　　— 북명 코이오스 가문의 수인족 수도자들이 그릇된 차원으로 건너와서 활동 중임.

　　— 그들 가운데 일부가 깃이 넓고 모자의 끝에 뾰족한 로브를 착용했음.

동차원 북명 지역:

— 북명 코이오스 가문이 수상함 (향후 코이오스 가문을 조사해볼 필요가 있음).

이상이 이탄이 정리한 내용이었다. 이와 같이 정리해 놓고 보니 확연하게 드러나는 단서가 2개나 나왔다.

첫째, 스파이럴 적혈구.
둘째, 깃이 넓고 모자의 끝이 뾰족한 로브.

'한데 그 단서들 가운데 하나가 바로 내 눈앞에 있단 말이지.'

이탄은 의미심장한 눈으로 노란색 로브를 노려보았다. 그러다 손을 뻗어 로브를 꽉 움켜잡았다.

샤랑!

경쾌한 소리와 함께 이탄의 눈앞에 홀로그램 같은 창이 떠올랐다. 이 창에는 노란색 로브에 대한 정보, 즉 로브의 유래 및 기능 등이 담겼다.

창이 알려준 정보에 따르면, 이 로브를 사용했던 전임자는 300년 전 노란색 로브를 도그마의 별에 반납한 뒤, 새로운 마보로 바꿔갔다고 한다.

이탄의 시선은 전임자의 이름에 고정되어 떠날 줄을 몰랐다.

—최근 반납자: 소리샤.

이탄은 한동안 이 이름을 들여다보았다.

소리샤가 대체 누구인가?

그는 싸마니야의 첫 번째 아들이자 싸마니야 혈족들 가운데 우두머리였다. 장차 싸마니야의 뒤를 이을 후계자감으로 손꼽히는 인물이기도 했다.

'그 소리샤가 이 노란 로브의 주인이라고? 그가 어둠의 무리였다고? 흐으으음.'

이탄은 손으로 자신의 코를 감싸 쥐었다.

이탄은 이 자세로 한동안 생각에 잠겼다. 그러다 다시 자세를 풀고 홀로그램 창에 나열된 정보들을 마저 읽었다.

노란색 로브에 대한 정보는 그리 자세하지 않았다. 다만 다음 내용들은 이탄의 뇌리에 단단히 기억되었다.

* 본 마보의 기본 특성:
　　— 착용자가 보유한 음차원의 마나 총량의 12퍼센트 증폭.

— 착용자의 마나 보충 속도 20퍼센트 증가.

— 착용자가 받은 충격의 10퍼센트를 마나로 전환하여 흡수.

* 본 마보의 상위 호환:

— 순백의 로브 (문지기만 착용 가능).

* 본 마보의 하위 호환:

— 주홍색 로브.

이상이 홀로그램 창에 기술된 정보였다.

착용자의 마나를 12퍼센트나 뻥튀기시켜 준다는 것은 대단히 뛰어난 효과였다. 뿐만 아니라 이 마보는 착용자의 마나 보충 속도도 20퍼센트나 증가시켜주었다. 이 두 가지만으로도 로브의 쓰임새는 무궁무진했다.

그런데 보다 놀라운 점은, 이 로브를 입은 착용자가 적에게 받은 데미지의 10퍼센트를 마나로 전환해서 돌려받는다는 것이었다.

'충격을 흡수하면서 마나까지 늘려준다는 것은 정말 획기적인 옵션인데.'

하지만 이탄은 이러한 옵션보다도 다른 정보에 시선이 더 끌렸다.

이탄은 몽골 분지에서 어둠의 무리들과 싸우면서 주홍색

로브를 입은 흑마법사들이 노란색 로브의 흑마법사들보다 실력이 한 단계 아래라는 점을 이미 파악해 두었다.

'그러니까 여기 홀로그램 창에 적힌 이 문구는 분명히 사실이야. 노란색 로브의 하위 호환이 주홍색 로브라는 문구 말이야.'

이어서 더 중요한 정보가 이탄의 마음을 사로잡았다.

'그런데 이 로브에 하위 호환뿐 아니라 상위 호환도 있다고?'

이탄은 눈처럼 새하얀 순백의 로브를 머릿속으로 상상했다. 새하얀 로브를 입은 자들이 노란색 로브를 입은 흑마법사들보다 한 단계 위라고 생각하자 이탄은 가슴이 뛰었다.

'그들은 또 어떤 능력을 가졌을까? 그들은 얼마나 강할까?'

이탄은 어서 그런 자들을 싸워보고 싶었다.

'그런데 여기 이 문장은 무슨 뜻이지? 순백의 로브는 오직 문지기만이 착용 가능하다고? 문지기가 대체 뭘까?'

처음 접하는 문지기라는 단어가 이탄의 뇌리에 꽂혔다.

그와 연동되어 몇 가지 단서들이 이탄의 머릿속에 연달아 떠올랐다. 이 단서들은 비온 뒤 땅거죽을 뚫고 자라는 대나무 순처럼 쑥쑥 올라왔다.

여러 차원에서 동시다발적으로 수상한 일들을 획책 중인 어둠의 무리.

오대군벌의 뒤통수를 노리는 쥬신의 잔당들.

북명의 배신자 코이오스 가문.

납치.

스파이럴 적혈구.

순백색, 노란색, 주홍색의 로브.

소리샤.

그리고 문지기.

이러한 단서들이 이탄의 머릿속에서 어지럽게 뒤엉켰다. 이 단서들을 얻게 되었던 배경 사건들도 다시금 이탄의 기억 속으로 들어와 똬리를 틀었다.

Chapter 4

'이것들을 하나로 연결하면 뭔가 큰 그림이 드러날 것 같은데…… 아직은 퍼즐 조각이 부족해서 그런가? 전체 윤곽이 보이지가 않네.'

이탄이 속으로 이렇게 중얼거릴 때였다. 이탄의 상념을

방해하는 훼방꾼이 불쑥 등장했다.

훼방꾼의 정체는 다름 아닌 난쟁이 악마종이었다.

"꺄하하하. 고작 선택한 마보가 그것이냐? 찌그러진 투구? 꺄하할핥!"

난쟁이 악마종은 마감 시간이 되자마자 이탄 앞에 불쑥 나타나더니 방정맞은 웃음부터 터뜨렸다.

이탄은 그 웃음소리가 듣기 싫어서 눈을 슬쩍 찌푸렸다.

난쟁이 악마종은 한동안 배꼽을 잡고 웃다가 손가락을 튕겼다.

쿠르르릉!

땅이 꺼지는 듯한 굉음과 함께 이탄을 둘러싸고 있던 벽들이 아래로 가라앉았다. 흑마법이 적힌 벽, 흑주술이 기록된 벽, 흑체술을 저장하고 있는 벽, 그리고 마보를 진열 중이던 벽들이 전부 다 자취를 감추었다.

피사노교의 보고는 이탄이 처음 보았던 모습 그대로 되돌아왔다. 이탄의 시야가 닿는 모든 공간이 탁 트인 백색의 세상으로 돌변했다. 이 적막한 공간 안에는 오로지 이탄과 난쟁이 악마종만이 존재했다.

난쟁이 악마종이 다시 한번 이탄을 비웃었다.

"나는 네게 2개의 마보를 고를 기회를 주었다. 키키킥. 그런데 네 선택은 그 노란 로브와 찌그러진 투구란 말이냐? 이제는 후회해봤자 선택을 돌이킬 수 없다. 다음번에 네가 다시 파시노교의 보고에 들어와서 도그마의 별을 열기 전까지는 마보를 교체할 수 없다는 뜻이다. 키키킥킥."

"알아."

난쟁이 악마종이 놀리건 말건 이탄의 마음은 흔들리지 않았다.

솔직히 말해서 이탄은 자신의 선택을 후회하지 않았다.

'이 어리석은 난쟁이야. 네가 뭘 알겠냐? 이 찌그러진 투구에는 정상세계를 지탱하는 언령의 힘이 남아 있었단 말이다. 세상에 그보다 더 귀한 보물은 흔치 않아.'

오히려 이탄은 마음속으로 난쟁이 악마종을 비웃어 주었다. 난쟁이 악마종은 어리석게도 이 투구가 쓸모없다고 생각하겠지만, 사실 이것은 그 어떤 마보보다도 더 귀한 열매를 이탄에게 내주었다. 언령이라는 열매를 말이다.

이탄은 이것만으로도 대만족이었다.

거기에 더해서, 이탄이 두 번째로 고른 노란색 로브도 꽤 성능이 괜찮았다.

'설령 내가 이 로브를 입지 않는다고 하더라도 괜찮아. 이 로브는 존재만으로도 충분한 가치가 있지. 노란색 로브를 잘 연구하다 보면 어둠의 무리들에 대해서 좀 더 많은 정보를 얻게 될 거야.'

이러한 자신감이 이탄을 당당하게 만들었다.

"치잇. 퉤에."

난쟁이 악마종은 이탄의 자신만만한 표정이 역겨운 듯 새하얀 바닥에 침을 뱉는 시늉을 했다. 그런 다음 악마종은 12개의 손가락을 놀려서 허공에 복잡한 마법진을 그렸다.

"맹약에 따라 너에게 도그마의 별을 열어주었으니 나는 할 일을 다 마쳤다. 이제 네 녀석은 여기를 떠나라."

난쟁이 악마종의 말이 떨어지기 무섭게 마법진이 휘황찬란한 광채를 토했다.

후오옹!

마법진에서 뿜어지는 빛줄기들은 사방팔방으로 구부러져 튀어나왔다. 그러다가 한순간 이탄을 향해 와락 달려들었다.

그 모습이 마치 빛으로 만들어진 구렁이들이 이탄을 집어삼키려고 달려드는 것 같았다.

이탄은 피하지 않았다. 이탄은 제자리에 묵묵히 선 채로 마법진이 뿜어내는 빛을 몸으로 받아내었다.

파앗!

환하게 작열했던 빛이 갑자기 꺼졌다.

백색의 세상도 별안간 사라졌다.

이탄이 눈매를 가늘게 좁혔다.

'역시 이곳으로 돌아오는구나.'

이탄의 주변은 어둑했다. 음산한 기운이 맴도는 공간 바닥에는 팔각형의 마법진이 새겨져 있었다. 마법진 위에는 지상에서 10 센티미터 높이로 검푸른 빛이 떠올라 안개처럼 옅게 일렁거렸다.

이곳은 사흘 전 이탄이 피사노교의 보고로 들어갔던 입구였다. 난쟁이 악마종은 이탄을 백색 공간에서 쫓아내어 원래의 자리로 돌려보낸 것이다.

피사노 싸마니야를 섬기는 여우족 사내가 탐색하는 듯한 눈빛으로 다가오더니 이탄에게 말을 걸었다.

"잘 다녀오셨습니까?"

"음."

이탄은 짧게 고개를 끄덕였다.

여우족 사내가 다시 캐물었다.

"교의 보고에서는 많은 성과를 얻으셨습니까?"

"글쎄?"

이탄은 긍정도 아니고 부정도 아닌 모호한 대답을 했다.

여우족 사내도 더 이상 질문하지 않고 공손히 한 발 옆으로 물러섰다.

"저를 따라오시지요. 신인께서 기다리고 계십니다."

여우족 사내가 언급한 신인이란 싸마니야를 의미했다. 이탄은 군소리 없이 여우족 사내의 뒤를 따랐다.

드넓은 대전 안.

싸마니야가 높은 계단 위의 대형 의자에 팔을 괴고 앉아서 이탄을 굽어보았다. 싸마니야가 풍기는 마신과도 같은 위압감은 사흘 전 이탄이 그를 처음 만났을 때나 지금이나 변함이 없었다.

이탄이 싸마니야 앞에 무릎을 꿇었다.

"검은 드래곤의 아들 쿠퍼가 싸마니야 님의 존체를 뵙습니다."

싸마니야는 붉은 별과 같은 눈동자로 이탄을 응시했다.

"아들아."

싸마니야의 낮은 저음이 대전 안에서 메아리쳤다.

사람의 영혼을 짓이기는 듯한 싸마니야의 목소리를 듣고 있노라면 뒷골이 저릿해지고 머릿속이 웅웅 울려야 정상이었다.

한데 이탄에게는 통하지 않았다.

Chapter 5

이탄은 전혀 타격을 받지 않았지만 벌벌 떨면서 납작 엎드리는 시늉을 했다.

"으윽. 싸마니야 님, 말씀하소서."

"고개를 한번 들어보아라."

명에 따라 이탄이 고개를 치켜들었다.

싸마니야는 불덩이와 같은 눈으로 이탄을 훑어보았다.

"보고 안에서 맹약자를 만났더냐?"

싸마니야가 말한 맹약자란 보고의 안내자를 의미하는 것 같았다. 이탄이 조심스럽게 여쭈었다.

"싸마니야 님, 혹시 키가 작은 난쟁이 악마종을 말씀하시는 것인지요?"

"……. 그렇다."

싸마니야가 잠시 머뭇거리다가 답했다. 이탄의 입에서 튀어나온 난쟁이라는 표현이 싸마니야를 멈칫하게 만들었다.

피사노교의 보고를 지키는 맹약자는 꽤나 레벨이 높은 악마종이었다. 어지간한 사람은 맹약자를 마주하는 것만으로도 토악질을 하고 강한 현기증을 느꼈다. 정신적으로도 타격을 받아서, 한번 피사노교의 보고에 들어갔다 나온 사람들은 악마종의 생김새를 기억하지조차 못하곤 했다.

심지어 싸마니야도 처음 피사노교의 보고에 들어갔을 때에는 난쟁이 악마종의 외모를 떠올리지 못하였다.

이탄은 달랐다. 이탄은 악마종의 생김새를 또렷하고 기억하고 있을 뿐 아니라 그 악마종을 전혀 두려워하는 것 같지도 않았다.

'쿠퍼 녀석이 배짱이 두둑한 것은 알고 있었지. 그런데 악마종의 기운을 이겨낼 정도로 정신력이 강했나? 허어어.'

싸마니야는 이탄을 다시 보게 되었다.

이탄이 싸마니야에게 공손히 아뢰었다.

"싸마니야 님, 난쟁이 악마종이라면 만났습니다. 그가 저의 재능을 검사한 다음 도그마의 별을 열어주더군요."

이탄은 피사노교의 보고 안에서 벌어졌던 일들을 싸마니야에게 최대한 솔직하게 밝혔다. 단, 회색 비석과 그 비석 안에 박혀 있던 만자비문의 힘에 대한 이야기는 일언반구도 꺼내지 않았다.

싸마니야도 회색 비석에 대해서는 전혀 모르는 눈치였다.

싸마니야가 이탄에게 다른 질문을 던졌다.

"맹약자가 도그마의 별을 열어주었다면, 네가 교리사도

의 재능을 타고났다는 이야기로구나. 그래, 교리사도의 재
능이 몇 퍼센트라 하더냐?"

"90퍼센트라 하였습니다. 실망을 시켜드렸다면 죄송합
니다."

이탄이 겸손하게 대답했다.

"90퍼센트!"

싸마니야가 놀라서 상체를 바짝 일으켰다.

상대의 호들갑스러운 반응에 이탄이 속으로 입술을 삐쭉
거렸다.

'쳇. 싸마니야 님은 교리사도의 재능이 93퍼센트였다면
서? 그런데 나는 그보다 못한 90퍼센트에 불과한데 왜 저
리 놀라시는 척하지? 지금 나를 놀리는 건가?'

6개 분야에 대한 재능은 개인에 따라 상대적으로 매겨
지는 수치라 싸마니야가 이탄보다 재능이 뛰어나다고 말할
수는 없었다.

하지만 이탄은 이러한 점을 몰랐기에 속으로 '교리사도
방면으로는 내 재능이 별로인가 봐.' 라고 생각했다.

그러는 동안 싸마니야는 자신의 뒤통수에 결합되어 있는
악마종과 뇌파로 대화를 나누었다.

[한 분야에 재능이 90퍼센트 이상이라면 일단 기둥으로
키워볼 만하네. 게다가 도그마의 별을 연 것을 보니 네 피

를 물려받은 게 분명하구먼. 큭큭.]

악마종이 혀를 날름거리며 먼저 이야기를 꺼냈다. 싸마니야의 뒤통수에 흉물스럽게 박혀 있는 이 악마종은 구렁이처럼 긴 혀를 사용하여 공기 중의 냄새를 파악하는 종이었다. 그는 눈과 코가 없는 대신 혀로 모든 감각을 대신했다.

싸마니야도 악마종의 말에 동의했다.

[쿠퍼 녀석은 태어나자마자 백 진영에 보내지는 바람에 피사노교의 마법을 제대로 훈련받지 못했지. 피를 각성한 시기도 많이 늦었고. 설령 그렇다고 하더라도 쿠퍼는 이 싸마니야의 피를 물려받았다. 그러니 재능이 뛰어날 수밖에.]

싸마니야는 은근히 이탄을 자랑스러워했다. 그의 피를 물려받은 친자식은 이미 이탄의 손에 죽었다는 사실을 알게 되면 싸마니야가 뒷목을 잡겠지만, 그걸 모르는 지금은 이탄이 싸마니야의 자랑이었다.

악마종은 이런 싸마니야의 마음에 불을 지폈다.

[싸마니야. 아무래도 네 자식들 중에는 쿠퍼 녀석이 가장 뛰어난 것 같구나. 소리샤보다 더 우수한 게 분명해. 게다가 쿠퍼는 흑마법에 대한 재능만 뛰어난 게 아니라고. 내가 전에도 말했잖아. 내 판정에 따르면 쿠퍼 녀석은 극상품이야.]

[끄으음. 극상품.]

싸마니야가 입술을 꾹 다물었다.

교리사도의 재능이 90퍼센트라는 것은, 이탄이 도그마의 별에 보관 중인 흑마법이나 흑주술, 흑체술 등을 익히기에 적합한 체질이라는 뜻이었다.

한편 악마종으로부터 극상품의 판정을 받았다는 것은, 이탄이 장차 부정 차원의 악마종들과 무난히 결합할 수 있다는 의미였다.

밍니야와 같은 사도들은 전혀 모르는 사실이지만, 피사노교의 수뇌부로 성장하려면 이 두 가지 가운데 후자가 훨씬 더 중요했다. 흑마법에 대한 재능이 아무리 뛰어나도 악마종과 결합할 수 없으면 한계가 뚜렷하기 때문이었다.

이와 반대로 흑마법이 다소 뒤처지더라도 상위 악마종과 무난히 결합하고 나면 무력이 순식간에 급상승하기 마련이었다.

싸마니야가 악마종에게 물었다.

[그렇다면 역시 쿠퍼 녀석을 백 진영으로부터 빼내서 교로 불러들여야 할까? 네 생각은 어떤가?]

싸마니야는 '지금부터라도 쿠퍼 녀석을 옆에 끼고서 교의 기둥으로 키워내야 하나?'를 고민했다.

악마종이 축축하고 긴 혀를 날름거렸다.

[싸마니야, 당연한 것 아냐? 네 아들은 극상품이라고. 피사노교의 사도들을 통틀어서 우리 악마종에게 저 정도로 매력이 있는 존재는 단연코 없어. 저런 극상품을 한낱 첩자로 써먹겠다고? 쯧쯧쯧. 그건 돼지 목에 진주 목걸이를 걸어주는 것처럼 멍청한 짓이지. 쯧쯧쯧쯧.]

악마종이 혀를 찼다.

마침내 싸마니야가 결심을 굳혔다.

[역시 쿠퍼를 내 곁에 두고 가르쳐야겠어.]

이것이 싸마니야의 결정이었다.

Chapter 6

싸마니야는 악마종과의 대화를 멈추고 손을 들었다.

"검은 드래곤의 아들아."

"말씀하소서."

이탄이 치켜들었던 머리를 다시 숙였다.

싸마니야는 흐뭇한 음성으로 이탄을 불렀다.

"계단 위로 한 번 올라와 보거라. 어디 가까이서 네 얼굴을 한번 보자꾸나."

'헉! 가까이 오라고?'

상대의 부름에 이탄이 흠칫했다.

'이러다 내 정체를 들키는 것 아냐?'

이탄은 싸마니야에게 가까이 다가가기 싫었다.

그렇다고 여기서 싸마니야의 말을 거역할 수도 없었다.

'최악의 경우 싸마니야 님을 한 대 후려갈기고 무한공으로 벗어나야 하나? 그렇게 대형사고를 치고 나면 내 원대한 계획이 어그러지는데. 피사노교에도 은화 한 닢을 쥐여주고 돈놀이를 제대로 해보겠다는 것이 내가 원래 세운 계획이었는데. 체엣.'

이탄은 최악의 경우를 각오했다.

이탄이 뭉그적거리며 계단 위로 올라가자 싸마니야가 대형 의자 위에서 고개를 길게 빼고 이탄을 자세히 뜯어보았다.

싸마니야는 신장이 10 미터나 되는 거인이었다. 이탄이 비록 계단 위로 올라왔다고 해도 여전히 이탄은 고개를 바짝 들어 싸마니야를 올려다보아야 했다. 반면 싸마니야는 조그만 강아지를 내려다보는 심정으로 이탄을 굽어보았다.

"네가 내 아들이로구나."

싸마니야는 갓난아이 때부터 적진에 침투시켰던 막내아들을 온화한 눈길로 더듬었다. 그런 다음 굵은 손가락을 뻗어 이탄의 어깨에 대었다.

'또 피검사인가?'

이탄은 계속되는 피검사에 지쳤다.

그래도 이탄은 싫은 내색을 하지 않고 싸마니야에게 어깨를 내주었다.

싸마니야의 손이 이탄의 어깨에 닿는 순간, 이탄의 혈관 속 스파이럴 적혈구들이 반응을 보였다.

싸마니야는 눈을 지그시 감고 무언가를 음미했다. 그럼 다음 몇 초 뒤에 다시 눈을 뜨고는 흡족하게 웃었다.

"크허허허. 역시 내 아들이다. 너의 혈관 속에 흐르는 검은 드래곤의 피가 무척 진하다는 보고는 이미 받았느니라. 그런데 다시 검사해 보니 역시 너는 특별하구나. 흑마법이나 흑주술에 대한 재능도 뛰어나고, 장차 상위 악마종과 결합할 가능성도 높으며, 검은 드래곤의 피까지 진하게 물려받았으니 더는 고민할 필요가 없겠지. 나는 너를 더 이상 구역질 나는 양떼 사이에 놔두지 않겠노라."

싸마니야의 입에서 폭탄선언이 떨어졌다.

이탄이 펄쩍 뛰었다.

"네에? 아니, 그게 무슨 소리십니까?"

"왜 그리 놀라느냐? 역겨운 양떼들로부터 벗어나는 것은 너도 원하던 바가 아니었느냐?"

싸마니야가 고개를 갸웃했다.

'아이고, 이 양반아. 그건 당신 비위를 맞추려고 아무렇게나 내뱉었던 말이었지, 누가 진짜로 피사노교에 오고 싶대? 물론 피사노교도 욕심이 나지만, 나는 모레툼 교단과 은화 반 닢 기사단, 추심기사단, 그리고 남명의 금강수라종도 놓치기 싫다고.'

이탄은 싸마니야가 알게 되면 기겁을 할 이야기를 속으로 퍼부었다.

이탄의 포부는 여기서 끝나지 않았다. 이탄은 곁가지로 시시퍼 마탑과 아울 검탑, 그리고 마르쿠제 술탑에도 한 발을 걸쳐두었다. 이탄은 그릇된 차원의 몇몇 일족에게도 기초공사를 해놓았다.

'그런데 피사노교 하나를 얻자고 이 모든 것들을 포기한다?'

이건 이탄의 성향상 있을 수 없는 일이었다.

물론 능청맞은 이탄이 이런 속마음을 겉으로 내비칠 리 없었다. 이탄은 제 자리에 털썩 엎드렸다. 그런 다음 이탄은 비장한 표정으로 싸마니야를 설득했다.

지금 이탄의 얼굴에는 '말씀은 진심으로 감사하지만 교의 미래를 위해서는 제가 희생을 하겠나이다.' 라는 의지가 새겨져 있는 듯했다.

이탄은 그 의지를 입으로 옮겨 담았다.

"싸마니야 님의 배려가 얼마나 황송하고 감사한지 저의 가슴이 터질 듯하옵니다. 제가 양떼 사이에서 고통을 받는 점이 안타까우셔서 제게 기회를 주시는 것도 잘 알고 있습니다. 아마도 막내인 저를 백 진영에 홀로 둔 것이 싸마니야 님의 마음을 아프게 만들었겠지요. 겉보기에는 강하고 무서우신 분이시나, 마음속으로는 자식들을 염려하는 마음이 애틋하신 분이 싸마니야 님이시니까요."

"쿠퍼야, 그건……."

이탄의 금칠이 낯 뜨거웠는지 싸마니야가 손바닥을 들었다. 험상궂은 외모와 달리 싸마니야는 사실 부끄러움을 잘 타는 성격이었다.

이탄도 그 점을 눈치챘으나 말을 멈추지 않았다. 이탄은 오히려 싸마니야의 이야기를 중간에 쌍둥 자르고 들어갔다.

"싸마니야 님, 부디 황망한 말씀을 거두어 주시옵소서. 싸마니야 님께서 갓난이이인 저를 양떼 사이에 집어넣으신 이유가 있지 않사옵니까? 저는 지금 싸마니야 님의 원대한 안배에 따라 시시퍼 마탑과 아울 검탑, 그리고 마르쿠제 술탑의 깊숙한 곳에 침투하는 데 성공했습니다. 여기서 조금만 더 노력하면 저는 백 진영 삼대 세력의 핵심으로 자리를 잡을 것이옵니다. 그런 제가 싸마니야 님께 얼마나 큰 도움이 되겠습니까? 그런 제가 장차 피사노교를 위해서 얼마나 큰 공을 세우겠습니까? 양들이 구역질 난다는 저의 하찮은 투정 때문에 싸마니야 님의 원대한 안배를 망칠 수는 없습니다. 만약 그런 일이 벌어진다면 저는 이 자리에서 입에 칼을 물고 확 죽어버릴 것이옵니다."

이탄은 최대한 완강하게 버텼다.

싸마니야는 그런 이탄을 보면서 빙그레 웃었다.

"그런 것이 아니니라."

"네?"

"크허허. 네가 오해를 하였구나. 너의 투정 때문에 내가 너를 교로 불러들이겠다는 뜻이 아니니라."

"네에에?"

"나는 단지 너의 뛰어난 재능을 이대로 양떼 사이에서 썩히기 아깝다고 생각하였느니라. 그러니 너는 앞으로 내 곁에 머물면서 교의 비법들을 물려받도록 하여라."

이 정도면 정말 최고의 칭찬이었다. 싸마니야는 이탄을 아주 높이 평가했다.

제4화

피사노교의 보고 Ⅲ

Chapter 1

이탄이 눈썹을 찌푸렸다.

'빌어먹을. 내가 또 뭔가 실수를 저질렀구나. 피사노교의 보고에서 흑주술을 너무 빨리 익혔나? 싸마니야 님이 그 정보를 들으시고는 나를 곁에 붙잡아 두시려는 건가? 안 돼. 안 돼. 이 사태를 어떻게 수습하지?'

이탄은 빠르게 머리를 굴렸다. 그러면서 그는 다시 한번 싸마니야의 발밑에 머리를 조아렸다.

"싸마니야 님, 만약에 저의 재능이 뛰어나다면 그것은 모두 싸마니야 님께서 좋은 유전자를 물려주신 덕분이옵니다."

"뭐어? 허허헛."

이탄의 아부에 싸마니야가 자신도 모르게 헤벌쭉 미소를 지었다.

이탄은 마음에도 없는 말로 밑밥을 깔았다.

"이 좋은 재능으로 피사노교를 위해 헌신하는 것이 저의 운명일진대, 저는 제가 피사노교에 돌아와서 싸마니야 님을 보필하는 것도 큰 의미가 있다 생각하옵니다. 싸마니야 님 께서 그것을 원하신다면 저는 기꺼이 명을 따르겠나이다."

"오냐. 마땅히 그래야지."

싸마니야가 맞장구를 쳤다.

그러기 무섭게 이탄이 말의 방향을 틀었다.

"그러나 제가 싸마니야 님께 물려받은 재능으로 양떼 사 이에서 두각을 나타내어 장차 시시퍼 마탑의 12지파 가운 데 한 곳을 장악한다고 상상해 보시옵소서. 제가 시시퍼 마 탑의 지파장이 된다고 상상해 보시옵소서. 또한 제가 아울 검탑의 재정을 움켜쥐는 예산처장이 되어서 아울 100검에 게 직접적인 영향을 끼친다고 상상해 보시옵소서. 제가 마 르쿠제 술탑의 사천왕과 동급의 자리에 올라서서 역겨운 술법사들을 마음껏 부린다고 상상해 보시옵소서. 모레툼 교단의 추기경으로 추대되어 교단을 좌지우지한다고 생각 해 보시옵소서. 저는 앞으로 10년 이내에 이 모든 일들을 다 해낼 자신이 있사옵니다."

이탄은 평소에 이렇게 확 지르는 성격이 아니었다. 이탄은 오히려 때가 무르익을 때까지 최대한 자신을 낮추고 실력을 감추는 편이었다. 마치 뱀이 풀숲에 납죽 엎드린 것처럼 자세를 낮추는 것이 이탄의 성향에 걸맞았다.

한데 지금 이 순간만큼은 그럴 때가 아니었다. 이탄은 두 눈을 딱 감고 확 질러버렸다.

'10년. 딱 10년만 시간을 벌자. 그럼 어떻게든 되겠지.'

이것이 이탄의 응급조치였다.

"허어! 네가 단 10년 내에 그런 일들을 할 수 있다고?"

싸마니야는 눈을 동그랗게 떴다.

하긴, 싸마니야가 놀랄 만도 했다.

시시퍼 마탑의 최연소 지파장.

아울 검탑의 예산처장.

마르쿠제 술탑의 사천왕급.

모레툼 교단의 추기경.

만약에 어느 한 사람이 이런 자리들을 혼자서 독차지한다면, 그는 백 진영 전체를 손아귀에 쥐고 주무를 수 있었다.

이탄의 넘치는 기백에 싸마니야는 압도를 당했다. 싸마

니야는 원래 남자답고 당당한 사람들을 좋아했다.

'그런데 막내가 바로 내가 찾던 인재였구나. 크허허허. 내가 자식 하나는 정말 잘 두었지. 아암. 그렇고말고.'

이탄을 바라보는 싸마니야의 눈에서 꿀이 뚝뚝 떨어졌다. 싸마니야의 다른 혈육들 가운데 그 누구도 부친으로부터 이런 애정 어린 눈빛을 받아본 적이 없었다.

싸마니야의 마음이 흔들린다 싶자 이탄이 결정타를 날렸다.

"싸마니야 님, 저는 싸마니야 님의 말씀을 거역하겠다는 것이 아니옵니다. 싸마니야 님께서 부르신다면 저는 기꺼이 모든 것을 버리고 교로 복귀할 것이옵니다."

"흐으으음."

"다만 싸마니야 님께서 그동안 백 진영에 안배해놓으신 일들이 이대로 포기하기에는 너무 아깝다고 생각되옵니다. 제가 딱 10년의 시간을 주십시오. 10년 안에 백 진영의 핵심을 통째로 싸서 싸마니야 님의 발밑에 전리품으로 바치겠나이다. 그 후엔 제가 싸마니야 님의 곁으로 돌아와 충심으로 싸마니야 님을 보필하겠나이다. 싸마니야 님, 부디 저의 충심을 알아주시옵소서."

이탄이 울부짖듯이 아뢰었다. 이탄은 충심을 몸짓으로 표현하려는 듯 싸마니야의 발밑에 이마를 쿵쿵 찧었다.

물론 이탄은 머리가 목에서 분리되지 않도록 힘 조절을
했다.

이탄의 기특한 말솜씨가 싸마니야를 움직였다. 이탄의
갸륵한 마음씀씀이가 싸마니야를 감동시켰다. 이탄의 행동
거지 하나하나가 싸마니야를 울컥하게 만들었다.

"쿠퍼야. 아니, 내 아들아……."

이탄을 아들이라 부를 때 싸마니야의 동공이 와르르 흔
들렸다.

싸마니야가 이탄을 아들이라 불렀다.

철혈의 마신과도 같던 싸마니야가 이처럼 인간적인 모습
을 내비치기는 또 처음이었다. 자식들 앞에서 부친의 정을
드러낸 것도 난생처음이었다.

"싸마니야 님. 아니, 아버님."

이탄도 싸마니야의 뜻에 맞장구를 쳐주었다. 아버님이라
는 단어가 싸마니야의 가슴에 날아와 박혔다.

싸마니야의 혈통들은 다들 싸마니야를 어려워하여 아버
지라 부르지 못했다. 평소 싸마니야도 자식들에게 사적인
호칭을 기대하지 않았다.

한데 막내아들(?)인 이탄은 싸마니야를 아버지라 불러주
었다. 싸마니야의 가슴 속에서는 당혹스러운 감정이 몰아
쳤다.

"크험. 험험험."

싸마니야는 울컥하는 마음을 헛기침으로 가라앉힌 다음, 재빨리 말을 이었다.

"쿠퍼야, 너의 뜻은 알겠노라. 교와 애비를 생각하는 너의 마음이 갸륵하구나. 내가 너의 뜻을 알았으니 고민을 한번 해보마. 오늘은 우선 숙소로 가서 쉬도록 하여라. 조만간 너의 거취를 결정해주마."

"알겠사옵니다, 싸마니야 님. 아니, 아버님."

이탄은 싸마니야를 끝까지 아버지라 불렀다. 그런 다음 싸마니야에게 정중히 절을 하고는 대전 밖으로 물러나왔다.

이탄이 밖으로 나가자 싸마니야가 악마종에게 물었다.

[쿠퍼의 의견에 대해서 어찌 생각하나?]

악마종이 혀를 길게 빼서 싸마니야의 어깨 너머로 올렸다. 그런 다음 혀를 뱀처럼 쉭쉭 움직이며 대답했다.

[일리가 전혀 없는 말은 아니야. 네 아들이 10년 안에 시시퍼 마탑의 지파장과 마르쿠제 술탑의 사천왕, 아울 검탑의 예산처장, 그리고 모레툼 교단의 추기경 자리를 동시에 꿰찬다? 그렇게만 된다면 이득이야 무궁무진하겠지. 아마도 싸마니야, 네 말 한 마디에 백 진영이 와르르 허물어질 수도 있음이야. 큭큭큭.]

악마종은 긍정적으로 대답했다.

Chapter 2

싸마니야가 단점을 읊었다.

[대신 쿠퍼 녀석을 교의 기둥으로 세우는 일이 늦어지겠지?]

[이봐, 싸마니야. 왜 이렇게 조급해졌어? 우리들과 같은 존재에게 10년은 눈 한 번 감았다가 뜨면 지나가는 찰나의 시간이라고.]

이제 보니 싸마니야보다도 악마종이 이탄의 언변에 더 홀딱 넘어간 모양이었다. 악마종은 대놓고 이탄을 지지했다.

싸마니야가 손으로 턱을 쓰다듬었다.

[흐으음. 그러니까 네 말은 쿠퍼에게 10년의 시간을 주자 이 말이지?]

[그냥 주면 안 되지.]

악마종이 혀를 좌우로 까딱거렸다.

싸마니야가 의문을 품었다.

[응? 그게 무슨 뜻이냐? 그냥 주지 말라니?]

악마종이 혀를 날름거리면시 대답했다.

[10년이라는 기간을 최대한 단축시켜 줘야지. 그래야 두 마리 토끼를 동시에 잡을 것 아냐? 네 막내아들을 통해서 백 세력들도 손아귀에 넣고, 교의 기둥도 하루빨리 세우고. 크크크큭.]

[오호라!]

싸마니야가 무릎을 쳤다.

악마종이 말을 보탰다.

[싸마니야, 네 막내아들이 시시퍼 마탑의 최연소 지파장이 될 수 있도록 최선을 다해 도와라. 쿠퍼 녀석이 하루 빨리 마르쿠제 술탑의 사천왕과 아울 검탑의 예산처장, 모레툼 교단의 추기경이 될 수 있도록 적극적으로 후원해주라고. 그러면 아마도 10년 안에 저 기특한 녀석은 네 손에 두 마리 토실토실한 토끼를 바칠 게다. 큭큭큭.]

악마종은 이탄을 기특한 녀석이라고 불렀다.

싸마니야게 헤벌쭉 웃었다.

[크허허허. 그렇겠지? 아무래도 쿠퍼에게 한 번 더 기회를 줘야겠구먼. 나의 권한으로 쿠퍼 녀석을 지금 당장 교의 보고에 들여보내 줘야겠어.]

싸마니야를 비롯한 9명의 신인들은 여러 가지 특권을 지녔다.

그 가운데는 한 사람을 지목하여 그를 언제든지 교의 보고에 들여보내 줄 수 있는 권한도 포함되었다.

다만 이 권한은 함부로 쓸 수는 없었다. 100년에 딱 한 번만 이 권한을 사용할 수 있다는 제약 때문이었다.

싸마니야는 지금 그 소중한 권한을 이탄을 위해서 쓰려고 마음먹었다.

[생각 같아서는 쿠퍼 녀석을 하루 빨리 교의 기둥으로 세운 다음, 부정의 요람에 들여보내 주고 싶군. 교의 보고가 아니라 부정의 요람 말이야.]

피사노교의 보고보다도 더 중요한 곳이 부정의 요람이었다.

하지만 안타깝게도 부정의 요람은 지난번 동차원의 침공으로 인하여 타격을 입었고, 지금은 복구공사가 한창이었다.

악마종이 싸마니야에게 조언을 덧붙였다.

[싸마니야, 아직까지 네 막내아들은 부정의 요람에 들어갈 급이 아니야. 지금은 피사노교의 보고가 더 도움이 될 게다.]

[그야 그렇지.]

[마침 네 막내아들이 적진에 침투해 있다며? 그렇다면 잠행사도의 권능이 그 녀석에게 어울리지 않겠어?]

악마종의 제안에 싸마니야가 동의했다.

[그렇지 않아도 맹약자에게 연락할 생각이었다. 쿠퍼를 위해서 키르케의 별을 열어주라고 하려던 참이었어.]

피사노교의 보고에 들어 있는 6개의 별 가운데 키르케의 별에는 잠행사도가 되기 위한 다양한 흑마법과 흑주술, 그리고 흑체술들이 보관 중이었다. 또한 잠행사도들에게 꼭 필요한 마보들도 잔뜩 있었다.

[그런 것들이 쿠퍼에게 도움이 될 게야. 암, 도움이 되고 말고.]

싸마니야는 불덩이 같은 눈으로 대전 밖을 쳐다보았다. 이탄이 뒷걸음질로 물러난 바로 그 방향이었다.

결과적으로 이탄은 숙소에서 쉬지 못했다. 싸마니야의 명을 받은 여우족 사내가 쪼르르 달려와 이탄을 다시 한번 지하로 데려갔다.

이탄은 팔각형의 마법진 속으로 들어가 다시 한번 피사노교의 보고를 방문했다.

처음 이탄이 보고를 방문했을 때와 달리 이번에는 이탄의 눈앞에 광활한 우주가 펼쳐지지 않았다. 대신 이탄은 백색 공간으로 곧장 들어왔다.

부우웅—.

벌떼 우는 소리와 함께 난쟁이 악마종이 또 나타났다.

난쟁이 악마종은 여전히 실체가 아니었다. 그는 멀리서 전송된 3차원 홀로그램과 같은 모습이었다.

"너느……. 너어어? 아니, 이 싸가지가 왜 또 여기에 들어왔지?"

난쟁이 악마종은 넋이 나간 것처럼 "뭔가 오류가 있을 거야. 이건 아니지. 이건 아니야."라고 중얼거렸다.

이탄이 턱을 살짝 들고 고압적인 눈빛으로 상대를 바라보았다.

"키케로의 별을 열어."

이탄이 당당히 요구했다.

난쟁이 악마종은 뚜껑이 열렸다.

"캬악! 뭐라고? 이 새끼가 쳐돌았나? 감히 어디다 대고 명령질이야? 어엉?"

화를 내는 난쟁이 악마종을 향해서 이탄은 맹약을 들먹거렸다.

"맹약에 의하면, 신인은 자신의 후계자에게 원하는 별을 열어줄 수 있다고 들었다. 내 말이 틀렸나?"

"크윽. 그것은!"

난쟁이 악마종이 입술을 꽉 깨물었다.

이탄은 쩔쩔 매는 상대를 향해 다시 한번 당당하게 요구했다.

"나의 부친이신 싸미니야 님께서 이미 네게 연락했을 것이다. 너는 맹약에 따라 키케로의 별을 열어라."

"크우욱. 이런 개싸가지 놈. 어린놈의 새끼가 버르장머리도 없구나."

부와아아앙!

난쟁이 악마종은 느닷없이 다섯 배의 빠르기로 날갯짓을 했다. 분통이 터질 때면 평소보다 몇 배나 빠르게 날갯짓을 하는 것은 난쟁이 악마종의 오랜 습관이었다.

Chapter 3

난쟁이 악마종의 등 뒤에서 벌떼 우는 듯한 소리가 아주 크게 울렸다. 난쟁이 악마종은 그 상태에서 이탄을 위해 키케로의 별을 열어주었다.

사실 난쟁이 악마종은 이탄을 위해서 아무것도 해주기 싫었다.

하지만 맹약은 맹약이었다. 난쟁이 악마종이 맹약을 어기는 순간 그는 아마도 처참한 소멸을 맞이하게 될 것이다.

딱!

난쟁이 악마종은 시뻘건 얼굴로 손가락을 튕겼다.

촤라라락—!

온 사방에서 철로 만든 책장들이 나타났다.

백색 공간을 가득 채우며 나타난 수천 줄의 책장 안에는 오래된 고서들이 보관 중이었다. 뛰어난 마보들도 진열 중이었다.

얼마 전 이탄이 경험했던 도그마의 별은 다양한 모양의 석벽 위에 전대 교리사도들이 남긴 흑마법과 흑주술 등이 새겨져 있었다.

그런데 키케로의 별은 도그마의 별과 달랐다. 이곳에는 반듯한 철책장 안에 여러 종류들의 고서들이 가득했다.

"햐아. 여섯 종류의 별마다 디자인이 다른가 보네? 이것도 참신한걸."

이탄은 반짝이는 눈으로 책장들을 둘러보았다.

"끄으응. 제기랄."

난쟁이 악마종은 호기심 많은 이탄을 마뜩지 않게 노려보았다. 그러다가 그는 별 도움도 되지 않는 설명을 마지못해 내뱉었다.

"네게 72시간을 주마. 그 안에 키케로의 별에 보관 중인 지식들을 마음껏 읽어라. 마보도 2개를 선택해서 빌려갈 수 있다. 도그마의 별에서 고른 마보와 바꿔가는 것이 아니라, 새로운 마보 2개를 빌려갈 수 있다는 뜻이다."

펑!

난쟁이 악마종은 이런 조언만 남기고 재빨리 자취를 감추었다.

이탄은 난쟁이 악마종에게는 이미 신경을 껐기에 그가 사라진 사실도 몰랐다. 이탄은 책장에 꽂힌 흑주술들을 정신없이 읽어 내려갔다.

72시간은 그리 길지 않았다. 이탄은 이 시간을 최대한 효율적으로 쓰고자 마음먹었다.

'우선 흑주술, 그 다음이 흑체술, 그리고 마보를 2개 골라야지. 흑마법은 시간이 오래 걸리니까 가장 나중으로 미루자.'

이것이 이탄의 계획이었다.

키케로의 별에 보관 중인 흑주술들은 양이 어마어마하게 방대했다. 72시간 안에 이 많은 흑주술들을 모두 읽어본다는 것은 불가능했다.

이탄이 무한시의 권능으로 시간을 멈춰놓고 흑주술들을 독파한다면 물론 가능할 수도 있겠으나, 하지만 이탄은 그렇게까지 할 생각은 없었다.

"내 주력은 따로 있으니까, 이곳에서는 그저 쓸 만한 것 몇 개만 건지면 충분해. 중급 이하의 흑주술들은 건너뛰어야지. 상급 위주로 살펴보자."

이탄은 주술서의 앞쪽 한두 페이지만 보고도 이것이 상급 주술인지 중하급 주술인지를 구별해내었다.

덕분에 이탄은 놀라울 정도로 빠른 속도로 흑주술들을 선별해 나갔다.

이렇게 선별작업을 하는 데만도 꽤 오랜 시간이 걸렸다. 도그마의 별에 비해서 키케로의 별에 보관 중인 흑주술의 양이 7, 8배는 더 많은 탓이었다.

선별작업을 모두 마친 뒤, 이탄은 상급 이상의 흑주술서들을 한 번씩 완독했다. 그러다 마음에 드는 주술을 발견하면 두세 번씩 꼼꼼히 읽었다.

가장 먼저 이탄의 마음을 사로잡은 흑주술은 바로 이것이었다.

<<블러드 팩킹(Blood Packing: 피의 포장)>>

이탄이 우선적으로 관심을 둔 이 흑주술은 스파이럴 적혈구를 일정 시간 동안 정상인의 적혈구인 것처럼 포장해 주는 술법이었다.

피사노교의 잠행사도들은 백 진영에 침투해서 첩자 노릇을 해야 하는데, 그러자면 블러드 팩킹과 같은 흑주술이 반드시 필요했다.

이탄도 만일의 경우를 대비하여 블러드 팩킹 흑주술을 꼼꼼하게 뇌리에 새겼다. 이 주술을 읽어 내려가던 도중, 이탄은 흑혈청을 떠올리게 되었다.

예전에 동차원의 동료들과 함께 피사노교로 쳐들어 왔을 때, 이탄은 흑혈청이라는 약을 마셨다. 흑혈청은 정상인의 적혈구를 일정 시간 동안 변화시켜 마치 스파이럴 적혈구인 것처럼 위장해주는 약이었다.

마르쿠제 술탑주의 친손녀인 비앙카가 흑혈청을 만들어 냈다고 하였다.

"그런데 이제 보니 블러드 팩킹은 흑혈청과는 정반대되는 주술이네. 하하."

이탄이 히죽 웃었다.

이탄은 블러드 팩킹을 단순히 암기하는 데 그치지 않았다. 그는 실제로 법력을 운용하여 블러드 팩킹을 직접 구현해보았다.

딱!

이탄이 손가락을 튕겼다.

이탄의 법력이 샘물처럼 맑게 차올라 그의 혈관 속을 차례로 훑고 지나갔다. 그 순간 스파이럴 적혈구는 어디론가 자취를 감추었다. 이탄의 피는 정상인의 그것처럼 깨끗하게 정화되었다.

물론 이것은 포장만 그럴듯하게 했을 뿐이었다. 이탄의 실제 적혈구는 나선형 모양 그대로였다.

딱!

이탄이 손가락을 재차 튕겼다.

그러자 이탄의 피가 다시 검은 드래곤의 것처럼 바뀌었다.

"쉽네."

이탄은 히죽 웃었다.

다만 블러드 팩킹은 상급 흑주술임에도 불구하고 완전하지 않았다. 이탄은 이 주술의 한계를 곧바로 알아차렸다.

"마법탐지기나 하급 마법사, 그리고 만급이나 완급의 술법사들은 블러드 팩킹으로 속여 넘길 수 있을지 모르지. 하지만 선급의 선인들이나 시시퍼 마탑의 마법사, 그리고 모레툼의 주교나 추기경들은 피사노 교도들의 냄새를 기가 막히게 맡아내거든. 블러드 팩킹만 믿고 설치다가는 큰 코 다칠 거야."

이탄이 나직하게 중얼거렸다.

블러드 팩킹이 불완전한 이유는 여러 가지가 있으나, 가장 큰 원인은 이 주술이 만자비문과의 연결고리가 없다는 점이었다. 이러한 한계 때문에 피사노교에서는 그동안 백진영 심장부까지는 첩자들을 침투시키지 못했다.

그나마 피사노 감사의 혈족들은 시시퍼 마탑에 성공적으로 파고들어 마법사의 자리까지 꿰차긴 했었다.

　"아, 맞다. 감사의 혈족들이 있었지."

　이탄은 문득 그때의 일을 떠올렸다.

Chapter 4

　이탄이 판단하기에 감사의 혈족은 블러드 팩킹의 한계를 뛰어넘어서 피의 냄새를 지우는 데 성공한 것 같았다. 실제로 감사의 혈족들은 시시퍼 마탑의 마법사 및 도제생으로 침투하는 데 성공했었다.

　이탄이 과거에 퀘스트를 받아서 시시퍼 마탑으로 들어갔을 당시, 당시 감사의 혈족들은 마탑의 마법사들을 속일 정도로 위장에 능하였다.

　그래도 이탄에게는 통하지 않았다. 이탄은 감사의 혈족들이 가진 스파이럴 적혈구를 족집게처럼 정확하게 찾아내었다.

　비록 이탄을 속이지는 못했을지라도, 당대 피사노교에서 감사의 혈족들만큼 뛰어난 잠행사도들은 없었다.

　이탄을 제외하면 말이다.

　이탄은 세상 그 누구보다도 잠행에 능하였고, 흔적을 잘

지웠으며, 화이트니스도 지녔다.

화이트니스는 음차원의 마나를 신성력으로 포장해줄 수 있는 독특한 악마종으로, 그 덕분에 이탄은 마음 놓고 음차원의 마나를 복리로 증식시켜갈 수 있었다.

블러드 팩킹에 이어서 이탄이 두 번째로 신경을 쓴 흑주술은 바로 이것이었다.

　　<<블랙 투 화이트 트랜스퍼(Black to White
　　Transfer: 흑백 전환)>>

이 긴 이름의 흑주술은 음차원의 마나, 혹은 법력을 정상적인 마나로 전환해주는 것이 특징이었다.

이탄이 중얼거렸다.

"어찌 보면 블러드 팩킹과 비슷하네."

이탄의 독백대로였다. 블랙 투 화이트 트랜스퍼는 잠행 사도들이 백 진영에 침투할 때 반드시 펼치는 필수 흑주술이었다.

만약에 블러드 팩킹과 블랙 투 화이트 트랜스퍼가 없었더라면 피사노교는 백 진영에 감히 첩자를 침투시킬 엄두도 내지 못했을 뻔했다.

이 두 가지는 그만큼 중요했다.

특히 블랙 투 화이트 트랜스퍼는 만자비문 중에서 '성질을 변환시키는' 이라는 의미의 문자와 연결고리를 가졌다. 언령과 직접 연결이 된 만큼 블랙 투 화이트 트랜스퍼의 위력은 보통이 아니었다.

이탄은 바로 이 흑주술에서 묘한 특징을 두 가지나 발견했다.

첫 번째 특징.

블러드 팩킹은 포장만 바꾸는 것이었다. 흑주술사의 스파이럴 적혈구는 혈관 속 깊숙한 곳에 꽁꽁 숨겨놓고, 겉모습만 그럴듯하게 보여주는 것이 블러드 팩킹의 원리였다.

블랙 투 화이트 트랜스퍼는 달랐다.

말도 못 하게 사기적인 이 상급 흑주술은, 실제로 음차원의 마나를 정상 차원의 마나로 치환해주었다. 오염된 법력도 정상적인 법력으로 전환해주었다.

단, 전환 비율은 5대 1.

다시 말해서 음차원의 마나 100이 정상적인 마나 20으로 전환되는 셈이었다. 따라서 피사노교의 잠행사도가 블랙 투 화이트 트랜스퍼 흑주술을 펼치면 마나의 양이 5분의 1로 줄어들었다.

"그래도 이게 어디야? 이 흑주술만 있으면 내가 보유한 음차원의 마나를 정상적인 마나로 바꿔치기를 할 수 있다는 것 아냐."

이탄은 입맛을 다셨다.

이탄이 보유한 음차원의 마나는 그 한계를 헤아릴 수 없을 정도라 5대 1의 비율로만 전환되어도 쓸모가 무궁무진했다.

게다가 블랙 투 화이트 트랜스퍼 흑주술은 포장만 덧씌우는 것이 아니라 실제로 마나의 성질까지 전환해주는 것이기에 들킬 염려도 전혀 없었다.

당연한 말이지만, 흑주술사가 블랙 투 화이트 트랜스퍼를 해제할 경우에는 정상 마나가 다시 음차원의 마나로 복구되었다. 그것도 흑주술사가 본래 가지고 있던 마나의 양 그대로 되돌아왔다.

"하긴. 복구할 때 마나가 5분의 1로 줄어 있다면 누가 이 흑주술을 사용하겠어?"

이어서 이탄은 블랙 투 화이트 트랜스퍼의 두 번째 특징에도 주목했다. 이탄이 파악한 바에 따르면, 블랙 투 화이트 트랜스퍼는 원래 양방향으로 설계된 느낌이었다.

블랙 투 화이트 트랜스퍼: 음차원의 마나 => 정상 마나.
화이트 투 블랙 트랜스퍼: 정상 마나 => 음차원의 마나.

이러한 공식이 이탄의 머릿속에 떠올랐다.

"야아. 이거 조금만 신경을 쓰면 화이트 투 블랙 트랜스퍼(White to Black Transfer: 백흑 전환)도 가능할 것 같은데? 주술에 대칭성이 있으니까 얼마든지 반대 방향으로도 작동할 것 같아."

이 이야기는, 이탄이 보유한 방대한 양의 법력을 오염된 법력으로도 전환할 수 있다는 뜻이었다.

이탄은 새로운 발견에 가슴이 두근두근 뛰었다.

하지만 지금 이탄은 화이트 투 블랙 트랜스퍼를 실험해 볼 여유는 없었다.

"그건 나중에 짬을 내서 연구해 봐야지."

이탄은 일단 화이트 투 블랙 트랜스퍼의 가능성을 뒤로 미뤘다. 그리곤 다른 흑주술들을 습득해 나갔다.

이탄이 선택한 세 번째 흑주술은 다음과 같은 이름을 지녔다.

<<어딕션(Addiction: 중독)>>

이 고약한 흑주술은 피사노교의 잠행사도가 적의 요인을 중독시켜서 포섭할 때 주로 사용하곤 했다.

어딕션에 연결된 만자비문은 '헤어날 수 없는'이었다.

실제로 어딕션 주술에 걸려든 희생자들은 뇌 속의 특정 부위를 강하게 자극받는데, 이 부위는 인간이 마약이나 도박을 할 때 자극을 받는 부위와 동일했다.

문제는 중독성이었다.

어딕션의 중독성은 극악무도한 마약이나 도박보다도 훨씬 더 최악이었다. 일단 이 흑주술에 걸려든 희생자들은 중독성을 이기지 못하고 잠행사도의 노예가 되게 마련이었다. 그런 다음 심신이 피폐해질 대로 피폐해져서 결국엔 파멸의 길로 빠져들거나 자살의 절벽으로 내몰리곤 했다.

이탄은 이 고약한 흑주술도 단숨에 익혔다.

이탄은 원래 주술에 대한 습득능력이 압권일 뿐 아니라 뇌기능에 대한 이해도 높았다. 그런 이탄에게 어딕션은 아주 손쉬운 과제였다.

어딕션에 대한 습득을 마친 뒤, 이탄은 네 번째 상급 흑주술에 눈길을 돌렸다.

　　<<라이트 오브 어블리비언(Light of Oblivion:
　　망각의 빛)>>

흑주술사가 이 상급 흑주술을 펼치면 강렬한 빛이 터져나왔다. 이 빛에 노출된 적들은 짧게는 30분, 길게는 수년 동안의 기억들을 잊어버렸다.

빛의 범위는 제각기 달랐다.

법력이 다소 부족한 잠행사도가 라이트 오브 어블리비언
을 펼치면 그 범위가 수 미터로 제한되었다.

하지만 법력이 넘쳐나는 신인이 이 흑주술을 펼쳐내면
그 범위가 수십 킬로미터 이상 확장되기도 했다.

"야아아, 이거 좋네. 적진에 침투했다가 정체가 발각될
위기에 라이트 오브 어블리비언을 펼치면 위기를 벗어날
수도 있겠어."

이탄은 상대의 기억을 지워버리는 흑주술에 매력을 느꼈
다.

라이트 오브 어블리비언은 사실 만자비문 가운데 '치매
를 일으키는' 이라는 아주 독특한 인과율과 살짝 연결이 되
어 있었다.

Chapter 5

지금까지 이탄이 익힌 상급 흑주술들은 다음과 같았다.

검은 드래곤의 피를 숨겨주는 블러드 팩킹.

음차원의 마나를 정상 마나로 전환해주는 블랙 투 화이트 트랜스퍼.

적을 중독시켜 포섭하는 어딕션.

위기 상황에서 적들의 기억을 지워버리는 라이트 오브 어블리비언.

이상 4개를 제외한 나머지 흑주술들은 이탄에게 별로 필요가 없거나 위력이 떨어졌다.

"흑주술은 이만하면 되었어. 다음은 흑체술을 살펴보자."

이탄은 키케로의 별에 보관 중인 흑체술들을 하나씩 꺼내어 읽었다.

솔직히 이탄은 도그마의 별에서 얻은 사행술만으로도 충분히 만족했다.

'피사노교의 교리사도들이 뱀 수인족이 아니라 사행술의 진가를 알아보지 못해서 그렇지, 사실 사행술은 정말 뛰어나.'

이탄은 사행술에 만족했기에 새로운 흑체술에 대한 기대는 별로 없었다. 실제로도 이탄은 대부분의 흑체술들을 앞부분만 훑어볼 뿐 끝까지 읽지는 않았다. 어지간한 체술들은 이탄의 눈에 차지 않아서였다.

그러다 한 가지 흑체술이 이탄의 눈에 띄었다.

<<세븐 스텝(Seven Step: 일곱 걸음)>>

이것이 체술의 제목이었다.

세븐 스텝은 만자비문과 연결되어 있지는 않았다. 그러므로 위력도 제한적이었다.

대신 세븐 스텝은 공격 보조용으로 사용하기에 적합했다.

이 독특한 체술은 일곱 걸음을 걷는 동안 적의 시야를 벗어나 그림자 속에서 움직이는 것이 요체였다.

"사행술보다는 위력이 현저하게 떨어지네. 그러니까 굳이 내가 세븐 스텝을 사용할 일은 없겠어."

세븐 스텝을 끝까지 완독한 뒤, 이탄은 냉정하게 평가를 내렸다.

그럼에도 불구하고 이탄은 세븐 스텝을 잘 기억해놓았다.

"이건 나중에 333호에게 알려주면 좋겠다. 보조요원들이 써먹기에 딱이야."

이것이 이탄의 의도였다.

사행술은 뼈를 자유롭게 움직일 수 있는 종족만이 익힐

수 있는 어려운 흑체술이었다. 따라서 사행술은 뱀족이나 이탄과 같은 언데드들만이 접근이 가능했다.

반면 세븐 스텝은 접근성이 높았다. 사행술에 비하면 내용도 그리 어렵지 않았다. 그리고 무엇보다 세븐 스텝은 사악한 느낌을 풍기지 않았다.

이탄이 보기에 세븐 스텝은 흑체술이라기 보다는 정통적인 체술에 가까웠다. 이탄은 세븐 스텝을 읽으면서 가장 먼저 333호를 떠올렸다. 이어서 부인인 프레야도 생각이 났다.

"어쩌면 프레야도 세븐 스텝에 관심을 보일지도 모르지."

이렇게 중얼거린 다음, 이탄은 다시 고개를 가로저었다.

"아니다. 프레야는 아울 검탑의 보법을 많이 알고 있을 테니까 굳이 세븐 스텝이 필요가 없을 거야."

이탄은 이렇게 결론을 내렸다.

잘못된 생각이었다. 이탄도 나중에 알게 된 사실인데, 원래 세븐 스텝은 아울 검탑에 그 뿌리를 둔 체술이었다.

아주 오래 전 피사노교가 아울 검탑을 멸망 직전까지 몰아붙였던 적이 있었다. 그때 피사노교는 검탑에서 이 세븐 스텝의 오리지날 폼(Original Form)을 발견하여 전리품으로 가져갔다.

그 후 피사노교의 잠행사도들이 아울 검탑의 오리지날 폼을 발전시켜서 오늘날의 세븐 스텝을 완성했다.

이탄은 이렇게 세세한 역사의 속사정까지 모두 알지는 못했다. 세븐 스텝의 본류가 아울 검탑에 있음도 전혀 몰랐다.

세븐 스텝 이후로는 이탄의 마음에 드는 흑체술이 발견되지 않았다.

"흑체술은 이만하면 되었어. 이제는 마보를 2개 골라야지."

이탄은 나름 합리적으로 시간을 배분해 놓았다. 흑주술 4개와 흑체술 한 개를 익히는 데 제법 시간을 썼으니 이제 잠행사도들을 위한 마보들을 둘러볼 차례였다.

키케로의 별은 도그마의 별보다 흑주술이나 흑마법의 종류나 양이 훨씬 더 많았다.

반면 마보들은 상대적으로 양이 적었다.

키케로의 별에 마보가 별로 없는 것은 어쩌면 당연한 결과였다.

잠행사도들은 백 진영에 침투하는 것이 목적이었다. 그렇게 적진에 들어가는데 사악한 마보를 그냥 들고 갈 수는 없는 노릇이었다.

"그런 바보 같은 짓을 했다가는 당장 정체가 들통나겠지."

이탄이 고개를 가로저었다.

그나마 사악한 기운이 전혀 느껴지지 않는 특별한 마보들은 잠행사도들이 소지할 수도 있겠다.

하지만 악의 기운을 전혀 풍기지 않는 마보는 찾아보기가 힘들었다. 키케로의 별에 마보가 별로 없는 것은 바로 이러한 이유 때문이었다.

대신 키케로의 별에는 쓸 만한 마법 아이템이나 법보들이 제법 많이 쌓여 있었다. 이 아이템과 법보들은 그동안 피사노교가 시시퍼 마탑이나 마르쿠제 술탑, 그리고 아울검탑 등을 공격하여 전리품으로 빼앗아온 것들이었다.

이탄은 마법 아이템보다는 법보들부터 우선적으로 살펴보았다.

이탄 본인이 직접 쓰려고 법보들을 보는 것은 아니었다. 솔직히 이탄에게는 법보가 별로 필요가 없었다.

"괜찮은 게 있으면 선물이나 해야지."

이탄은 이런 의도로 법보들을 구경했다.

사실 이곳에 진열된 법보들은 나중에 이탄이 피사노교의 보고에 반납해야 되는 물건들이었다. 따라서 이 법보들을 누군가에게 선물을 하는 것은 온당치 않았다.

하지만 이탄은 그 점을 신경 쓰지 않았다.

"어차피 빌리는 데 기간 제한이 있는 것도 아니고, 내가

새로운 법보로 바꿔갈 것이라면 모를까 그게 아니면 죽을
때나 반납하면 되는 거잖아. 쳇. 내가 죽겠어? 이미 죽었는
데."

이탄은 씁쓸하게 뇌까렸다.

이탄의 생각이 옳았다. 피사노교의 보고에서 빌려간 마
보와 법보들은 죽기 전에만 반납하면 그만이었다.

그런데 이탄처럼 불멸의 존재는 반납을 언제 하게 될지
기약이 없었다. 그러니 배짱 좋게 이 법보들을 남에게 선물
해도 그만이었다.

Chapter 6

이탄은 선물을 받을 사람을 미리 특정 짓지는 않았다.

'어떤 법보를 만나느냐에 따라서 그 법보를 철룡 사형이
나 막사광 사형에게 선물할 수도 있고, 또 선봉 선자나 마
르쿠제 술탑의 비앙카에게 줄 수도 있겠지. 원래 법보는 적
임자를 만나야 제 위력이 발휘되는 법이잖아.'

이탄은 막연한 생각으로 키케로의 별에 진열 중인 법보
들을 둘러보았다.

그러다 발견한 것이 옥으로 만든 한 쌍의 팔찌였다.

하나는 붉은색.

다른 하나는 파란색.

붉은 옥팔찌는 활활 타오르는 불의 기운을 발산했다.

파란 옥팔찌는 이와 반대로 차갑게 흐르는 물의 기운을 내포했다.

이 한 쌍의 팔찌를 발견한 순간, 이탄의 머릿속에서는 '선물용'이라는 단어가 싹 지워졌다.

"어라?"

그릇된 차원에서 이탄은 한 쌍의 옥팔찌를 손에 넣었다. 하얗고 까만 흑백의 옥팔찌 쌍이었다.

이 팔찌로부터 늑대의 형상을 소환할 수 있다는 점을 제외하면 이탄은 흑백 옥팔찌의 효용가치를 아직까지 파악하지 못하였다. 그래서 이탄은 그냥 이것들을 아공간 슬롯 속에 처박아두었다.

한데 지금 이탄의 눈앞에 놓인 붉고 푸른 옥팔찌의 생김새가 흑백 팔찌와 판박이처럼 똑같았다.

"설마 4개의 팔찌가 한 쌍이었나? 2개의 차원에 걸쳐서 나눠진 팔찌라? 이거 뭔가 그럴싸한 사연이 있을 것 같은데?"

이탄은 붉고 푸른 팔찌를 진열대에서 꺼냈다.

샤랑!

이탄이 한 쌍의 팔찌를 손에 잡자 산뜻한 소리가 울렸다.
그와 함께 홀로그램 창이 이탄의 눈앞에 떴다.

"어디 보자."

이탄은 일말의 기대를 품고서 홀로그램 창에 적힌 설명
을 읽었다.

* 본 법보의 기본 특성:
— 착용자가 적을 공격할 때 공격력의 10퍼센트
에 해당하는 불 속성 공격이 자동으로 더해짐 (적팔
찌 착용 시 적용).
- 착용자가 적의 공격을 받았을 때 방어력의 10
퍼센트에 해당하는 불 속성의 방어막 자동 발동 (적
팔찌 착용 시 적용).
— 착용자가 적을 공격할 때 공격력의 10퍼센트
에 해당하는 물 속성 공격이 자동으로 더해짐 (청팔
찌 착용 시 적용).
- 착용자가 적의 공격을 받았을 때 방어력의 10
퍼센트에 해당하는 물 속성의 방어막 자동 발동 (청
팔찌 착용 시 적용).
* 본 법보의 추가 특성:
— 아직까지 파악된 바 없음.

    * 본 법보의 유래:
    — 6,000여 년 전, 동차원 북명의 슭과 전투 중
전리품으로 획득.
    * 사용 시 주의할 점
    — 적팔찌와 청팔찌 중 하나만 선택하기를 권
함.
    — 2개의 팔찌를 동시에 사용하면 불 속성과
물 속성이 서로 상쇄되어 효과가 저하됨.

    "이게 6,000년쯤 전에 북명의 슭으로부터 빼앗아온 팔
찌라고? 추가 특성은 아직까지 파악하지 못했고?"
    이탄은 추가 특성을 확인하는 방법을 알 것 같았다.
    "모양이 같으니까 추가 특성을 확인하는 방법도 흑백 팔
찌와 비슷하지 않을까?"
    이탄은 책장이 없는 곳으로 나가서 붉고 푸른 팔찌를 양
손에 나눠 쥐었다. 그런 다음 팔찌 표면의 미세한 홈을 따
라 일정한 순서로 손가락을 움직였다.
    후웅!
    이탄의 손가락에 맺힌 법력이 2개의 팔찌로 스며들었다.
    [크아앙!]
    [크와아앙!]

순간 팔찌로부터 거센 포효가 터졌다. 그와 함께 두 마리 늑대의 형상이 거창하게 일어났다.

붉은 팔찌로부터는 타는 듯이 붉은 털을 휘날리는 늑대가, 그리고 푸른 팔찌로부터는 물처럼 푸른 털을 가진 늑대가 소환된 것이다.

두 늑대의 크기는 얼추 수십 미터가 넘었다.

다만 이 크기는 법력의 양에 따라서 얼마든지 더 커지거나 작아질 수 있기에 수치가 정해진 것은 아니었다.

이탄은 여기서 실험을 멈추었다.

"좀 더 자세한 것은 나중에 4개의 팔찌를 한데 모아놓고서 알아봐야겠구나."

이탄은 추가로 실험해보고 싶은 것은 많았으나 지금은 때가 아니었다.

이탄이 법력을 거둬들이자 붉은 늑대와 푸른 늑대는 파도에 모래성이 씻겨나가는 것처럼 아스라이 사라졌다.

"일단 법보 하나는 골랐네."

이어서 두 번째 법보를 선택할 차례였다.

이탄은 나머지 진열품들을 하나씩 살펴보았다.

딱히 이거다 싶은 물건은 쉽게 나타나지 않았다. 이탄은 항아리 모양의 법보와 술병 모양의 법보 등을 만지작거리다가 다시 제자리에 돌려놓았다. 홀로그램 창을 통해 이들

법보의 효능을 읽어본 결과 이탄의 기대치에는 미치지 못했다.

그러던 중 길쭉한 상자에 가지런히 담긴 귀걸이 세트가 이탄의 눈에 들어왔다.

귀걸이 법보의 외관은 흡사 간씨 세가 세상의 높은음자리표처럼 생겼다. 테두리는 금 재질인 듯했다. 귀걸이의 중앙에는 조그만 옥이 박혀 있었다.

이러한 귀걸이가 총 여섯 세트나 되었다.

여섯 세트 모두 모양은 동일했다. 다만 귀걸이의 중앙에 박힌 옥의 색깔이 세트마다 조금씩 달랐다.

"청옥, 백옥, 홍옥, 흑옥, 황옥, 녹옥. 이렇게 여섯 세트가 있구나."

옥귀걸이 법보들은 우선 모양이 예뻤다. 게다가 이탄이 홀로그램 창을 읽어보니 옥귀걸이의 효능도 굉장히 좋았다.

Chapter 7

홀로그램 창에 기술된 설명은 다음과 같았다.

* 본 법보의 기본 특성:

— 착용자가 적을 공격을 받았을 때 방어력의 40퍼센트에 해당하는 청룡이 소환되어 적을 자동 공격 (청옥 귀걸이 착용 시 적용).

— 착용자가 적을 공격을 받았을 때 방어력의 40퍼센트에 해당하는 백룡이 소환되어 적을 자동 공격 (백옥 귀걸이 착용 시 적용).

— 착용자가 적을 공격을 받았을 때 방어력의 40퍼센트에 해당하는 적룡이 소환되어 적을 자동 공격 (홍옥 귀걸이 착용 시 적용).

— 착용자가 적을 공격을 받았을 때 방어력의 40퍼센트에 해당하는 흑룡이 소환되어 적을 자동 공격 (흑옥 귀걸이 착용 시 적용).

— 착용자가 적을 공격을 받았을 때 방어력의 40퍼센트에 해당하는 황룡이 소환되어 적을 자동 공격 (황옥 귀걸이 착용 시 적용).

— 착용자가 적을 공격을 받았을 때 방어력의 40퍼센트에 해당하는 녹룡이 소환되어 적을 자동 공격 (녹옥 귀걸이 착용 시 적용).

* 본 법보의 유래:

— 8,500여년 전, 동차원 남명의 오수문을 멸망

시키고 전리품으로 획득.

　* 사용 시 주의할 점

　　— 여섯 세트의 귀걸이 중 한 번에 한 종류만
착용 가능.

　　— 법력이 없는 사람도 착용할 수 있음.

"오수문? 8,500년쯤 전에 피사노교와 싸우다가 멸망했
다고? 이 귀걸이들이 그 오수문의 보물이었단 말이지?"

　적의 공격을 받았을 때 방어력의 40퍼센트에 해당하는
드래곤을 소환할 수 있다면, 이것은 상당히 뛰어난 법보였
다.

　"갓 입문한 수도자라면 방어력이 약하니까 제대로 된 드
래곤을 소환할 수 없겠지. 하지만 선인급의 수도자라면 방
어력도 꽤 높을 테고, 그에 따라 소환되는 드래곤도 상당할
거야. 내가 법보에 대해서는 잘 모르지만 이만하면 충분히
상급 법보로 분류될 만해."

　단, 이 귀걸이 세트는 여성용이었다. 당연히 이탄도 이
귀걸이들을 직접 차려고 만지작거리는 것은 아니었다.

　"푸른 청옥 귀걸이는 프레야에게 참 잘 어울릴 것 같구
나."

　이탄은 아울 검탑에서 검의 길에 매진 중일 부인을 머릿

속으로 떠올렸다. 이탄이 아는 프레야는 선머슴과 같아서 반지나 귀걸이들을 꺼리는 편이었다. 그래도 이 푸르스름한 청옥과 프레야는 매치가 잘 되었다.

"다음에 혹시 프레야를 만나게 되면 슬쩍 선물이나 해 줄까? 모양도 예쁜 것 같고, 이 귀걸이만 있으면 방어력이 1.4배로 늘어나는 셈이잖아? 그럼 그녀에게도 도움이 될 거야."

이탄이 프레야에게 줄 선물을 고른 것까지는 괜찮았다. 프레야도 이탄에게 귀한 청옥 귀걸이를 선물로 받으면 은근히 기뻐할 것이었다.

한데 이탄의 생각은 엉뚱한 쪽으로 나아갔다.

"이 하얀 백옥 귀걸이를 보니까 선봉 선자가 생각나네."

음양종의 선봉 선자는 예전에 이탄과 함께 피사노교를 함께 탈출한 동지였다. 선봉은 하얀색이나 하늘색을 좋아할 뿐 아니라 얼음 계열의 술법을 익히고 있어서 백룡, 즉 화이트 드래곤과 잘 어울릴 것 같았다.

"그래. 나중에 동차원에 가게 되면 이걸 선봉 선자에게 선물하자."

이탄은 이렇게 중얼거렸다.

그러다 보니 나머지 4개의 귀걸이가 이탄의 눈에 들어왔다. 이탄의 생각이 한 발 더 나아갔다.

"빨간 홍옥 귀걸이는 비앙카와 잘 맞으려나?"

마르쿠제의 손녀인 비앙카는 화염 계열의 술법을 익혔다. 이탄이 아는 여자들 가운데 붉은 홍옥 귀걸이와 가장 잘 어울릴 만한 사람이 비앙카였다.

"최근에 대륙 남부에서 비앙카가 프레야를 도와준 적이 있었지. 그러니까 비앙카는 이 귀걸이를 받을 만한 자격이 있어."

이제 홍옥 귀걸이도 임자가 정해졌다.

이탄은 흑요석처럼 까맣게 반들거리는 흑옥 귀걸이를 손에 쥐었다.

이탄이 아는 여성—꼭 인간종이 아니더라도—들 가운데 흑옥 귀걸이와 가장 어울릴 만한 상대는 셋뽀 일족의 에스더였다.

셋뽀가 상족으로 섬기는 닉스는 암흑과 밤을 상징했다. 때문에 하족인 셋뽀 일족도 자연스럽게 검은색을 일상에서 자주 사용하게 되었다.

"에스더는 내가 차원의 벽을 허물어뜨리는 바람에 얼떨결에 이곳 언노운 월드까지 쫓아오게 되었잖아? 그 점이 미안해서라도 이 흑옥 귀걸이는 에스더에게 줘야겠다."

이탄은 이런 핑계를 대었다.

이제 4개의 귀걸이가 주인을 찾았다. 남은 것은 우아하게 노란 빛을 뿌리는 황옥 귀걸이와 청량한 느낌의 녹색 귀걸이뿐이었다.

"이것들은 누구에게 선물할까?"

몇몇 여성들의 얼굴이 이탄의 뇌리를 스쳐 지나갔다.

닉스 일족의 이자벨라.

그녀도 이탄이 차원의 벽을 허무는 바람에 언노운 월드로 넘어오게 되었다. 하지만 이탄은 이자벨라에게 미안함을 느끼지는 않았다.

흐나흐 일족의 샤론.

흐나흐 일족의 마그리드.

그리고 흐나흐 여왕.

이 세 여성의 얼굴이 연달아 이탄의 뇌리에 떠올랐다. 그녀들은 모두 이탄에게 사근사근하게 잘 대해주었다.

하지만 이들 3명 모두 그릇된 차원에 머무는지라 선물을 주기가 쉽지 않았다. 이탄은 당분간은 그릇된 차원을 다시 방문할 계획이 없었다.

이어서 모레툼 교단의 레오니 추기경이 이탄의 뇌리에 떠올랐다.

이탄은 추심기사단의 별동대장이고, 레오니는 기사단장이었다.

상관이라는 신분 때문일까?

이탄에게 레오니는 그리 편한 상대는 아니었다. 이탄은 선물을 줄 명단에서 레오니 추기경은 제외했다.

다음으로는 시시퍼 마탑의 씨에나가 있었다.

씨에나는 이탄과 함께 한 스승을 모시는 동기였다. 그녀는 이탄에게 무척 친절하게 대해주었다.

게다가 최근에는 씨에나가 이탄에게 큰 도움도 주었다. 이탄이 솔노크 시에서 까마귀 깃털 고르기 퀘스트를 수행할 때 씨에나의 도움 덕분에 이탄은 큰 무리 없이 일을 처리했다.

"씨에나 님에게 황옥 귀걸이를 선물하면 어떨까?"

그러다 이탄이 또 다른 여자를 떠올렸다.

"아! 시시퍼 마탑에는 씨에나 님뿐 아니라 헤스티아 님도 계시지. 아마도 지금쯤 헤스티아 님은 도제생이 되었을 거야."

헤스티아 영애는 이탄이 처음 언노운 월드에 정착했을 때 인연을 맺었다. 그 무렵 이탄은 헤스티아 영애를 모시고 대륙을 종단하면서 이런저런 사건들을 겪었다. 이탄이 아나테마의 악령과 만나게 된 것도, 그리고 솔노크 시에서 아나톨 주교의 살해사건에 휘말려 은화 반 닢 기사단에 가입하게 된 것도 모두 헤스티아와 관련이 있었다.

Chapter 8

헤스티아 .VS. 씨에나.

이 둘을 비교하자 무게추는 헤스티아에게 기울었다.

"황옥 귀걸이는 헤스티아 님에게 선물해야겠구나. 나중에 시시퍼 마탑에 들리게 되면 헤스티아 님에게 슬쩍 쥐여줘야지. 씨에나 님에게는 조금 미안하지만 말이야. 히히힛."

이탄은 민망한 듯 뒤통수를 긁적였다.

이제 남은 것은 녹옥 귀걸이였다. 이탄은 이미 이 초록색 귀걸이의 주인을 마음속으로 정해두었다.

"이건 내가 퀘스트를 수행할 때 뒷바라지를 하느라 고생하는 333호에게 줘야지."

이렇게 6개 귀걸이의 주인이 정해졌다.

이탄은 지금까지 한 번도 여성과 사귀어본 적이 없었다.

이탄은 그동안 치열하게 살아오느라 이성에게 눈을 돌릴 새가 없었다. 더군다나 이탄은 듀라한이라는 정체성 때문에라도 일부러 여성들을 멀리했다.

따라서 이탄은 귀걸이와 같은 장신구를 여성에게 선물한다는 것이 어떤 의미인지 잘 몰랐다. 색깔만 다르지 똑같이 생긴 귀걸이를 여러 여자들에게 나눠서 선물하는 것이 어떠한 풍파를 일으킬 것인지도 전혀 예상하지 못했다.

이탄은 이 방면으로는 숙맥이었다.

법보를 고른 이후, 이탄은 잠행사도들을 위한 흑마법에 집중했다.

아쉽게도 이탄의 입맛에 딱 맞는 흑마법은 쉽게 찾아지지 않았다. 어느새 72시간이 지나 이탄은 피사노교의 보고에서 나갈 때가 되었다.

"쳇. 역시 나는 마법과는 상성이 안 좋은가 봐."

이탄이 가볍게 투덜거렸다.

그래도 이탄은 속이 상하지는 않았다. 그는 이미 도그마의 별에 이어서 키케로의 별에서도 많은 것들을 얻었기 때문이었다.

펑!

때가 되자 기다렸다는 듯이 난쟁이 악마종이 나타났다.

"그래. 이번에는 또 뭘 골랐냐?"

난쟁이 악마종이 넉 장의 날개로 부우웅 소리를 내면서 물었다.

"여기 이것들을 가져갈 거다."

이탄은 붉고 푸른 팔찌 한 쌍과 귀걸이 세트가 담긴 박스를 난쟁이 악마종에게 내밀었다.

"이것들을 골랐다고? 이건 마보가 아닌데?"

난쟁이 악마종이 고개를 갸웃했다.

이탄은 당당하게 대답했다.

"반드시 마보만 빌려갈 수 있는 건 아니잖아? 적진에 침투하는 잠행사도들은 마보 대신 법보를 가져가도 될 텐데?"

난쟁이 악마종이 코웃음을 쳤다.

"흥! 법보를 사용할 줄은 알고?"

난쟁이 악마종은 이탄이 이미 금강수라종의 제자이자 뛰어난 술법사라는 사실을 꿈에도 몰랐다.

이탄도 상대에게 그 사실을 굳이 밝히지 않았다.

"그거야 내 사정이지."

이탄의 시니컬한 대꾸에 난쟁이 악마종이 발끈했다.

"크윽. 역시 네 녀석은 재수가 없구나. 알았으니 어서 그것들을 가지고 꺼져라."

난쟁이 악마종의 말이 떨어지기 무섭게 키케로의 별에 보관 중인 철제 책장들이 촤라락 사라졌다.

사삭, 사사삭—.

난쟁이 악마종은 12개의 손가락을 놀려서 허공에 마법진을 그렸다. 난쟁이 악마종의 입에서 추방 의사가 전달되었다.

"맹약에 따라 너에게 키케로의 별을 열어주었으니 나는 할 일을 다 마쳤다. 이제 네 녀석은 여기를 떠나라."

후오웅! 후오웅! 후오오웅!

마법진이 온 사방으로 빛줄기를 내뿜었다. 그 빛줄기들이 백색 공간을 휘젓고 다니다가 다시 이탄에게 달려들었다.

파앗!

환하게 작열했던 빛이 사라졌다. 이탄은 백색의 공간을 떠나서 다시 피사노교 8구역의 지하로 돌아왔다.

72시간, 즉 3일 만의 복귀였다.

이탄은 복귀와 동시에 싸마니야의 앞에 다시 불려갔다.

싸마니야는 이탄에게 이것저것 묻지 않았다. 솔직히 이탄이 키케로의 별에서 어떠한 성과를 얻었는지 궁금할 만도 하건만, 싸마니야는 꼬치꼬치 파고들지 않았다.

대신 싸마니야는 이탄의 가려운 곳을 긁어주었다.

"검은 드래곤의 아들아."

"싸마니야 님, 말씀하소서."

이탄이 싸마니야를 향해서 머리를 조아렸다.

"전에 네가 나에게 부탁한 것이 있었느니라."

"네?"

뜬금없는 말에 이탄이 고개를 들었다.

싸마니야가 본론을 꺼냈다.

"너는 나에게 세상에서 가장 질긴 줄을 찾아달라고 하였지. 그걸 찾으면 시시퍼 마탑에서 너의 입지가 급격히 상승할 수 있다면서 말이다."

"아!"

이탄은 비로소 싸마니야가 말하고자 하는 바를 깨달았다.

확실히 이탄은 싸마니야에게 세상에서 가장 질긴 줄을 찾아달라는 부탁을 했었다. 이탄은 잠시 과거의 일을 회상했다.

그 일은 몇 년 전에 발생하였다.

지금도 그렇지만 당시에 이탄은 참으로 운이 좋은 사람, 아니 언데드였다. 그는 고대 악마사원의 삼대법보들을 모두 손에 넣었다.

법보1: 신비로운 큐브 아조브.
법보2: 흉포한 파괴력을 지닌 나라카의 눈.
법보3: 단단하기 이를 데 없는 아몬의 토템.

이상 3개의 법보들 가운데 아조브와 나라카의 눈은 온전한 상태로 이탄의 손에 들어왔다. 그런데 아몬의 토템은 반쪽짜리였다. 토템은 남아 있는데, 그 토템에 붙어 있어야 할 아몬의 심혈관 일곱 가닥이 감쪽같이 사라지고 없었다.

　[끼요오옵! 이건 분명히 악마사원의 배신자가 가져갔을 게야. 끼요오오옵! 복수할 테다. 그 배신자 놈에게 반드시 복수하고야 말 테다.]

　당시 아나테마의 악령은 이렇게 주장하면서 길길이 날뛰었다.

　이탄은 속으로 '문명이 한 번 멸망할 만큼 시간이 흘렀는데 복수는 무슨.'이라고 생각하며 아나테마를 비웃었다.

　그러면서도 이탄은 심혈관 일곱 가닥을 다시 찾으려고 노력했다.

제5화
일곱째 신인, 피사노 사브아

Chapter 1

'내가 굳이 아몬의 토템을 사용하지 않을지도 모르지. 설령 그렇더라도 이왕이면 아몬의 토템을 완성품으로 가지고 있는 게 좋겠지?'

이왕이면 다홍치마라는 말이 있다.

이탄은 '이왕에 아몬의 토템을 손에 넣은 판국이니 잃어버린 현을 찾아서 온전하게 만들어야겠구나.' 라고 마음먹었다.

그 노력이 차츰 결실을 맺었다. 이탄은 잃어버린 일곱 가닥 가운데 세 가닥을 운 좋게 발견한 것이다. 세 가닥의 심혈관들은 희한하게도 차원을 뛰어넘어 금강 종주의 상급법보 창고 안에 있었다.

이탄이 잃어버린 세 가닥을 회수한 이후에도 아몬의 토템은 여전히 완성되지 않았다. 아직도 심혈관 네 가닥이 부족했다.

한데 어쩌면 이탄이 찾는 네 가닥은 피사노 사브아의 손에 있을지도 몰랐다. 싸마니야가 이탄에게 밝힌 바에 따르면, 사브아의 채찍이 네 가닥의 아주 질긴 줄을 꼬아서 만들어졌다고 했다. 그런데 그 길이나 생김새가 아몬의 심혈관과 아주 비슷하다나 뭐라나. 네 가닥이라는 개수도 딱 맞았다.

그 이야기를 듣자마자 이탄은 싸마니야에게 "혹시라도 제가 그 줄을 받을 길은 없는지요?"라고 정중하게 질문했었다.

당시에 싸마니야는 이탄에게 확답을 주지 못했다.

이탄도 한동안 그 일을 잊고 지냈다.

이상의 사연들이 이탄의 머릿속에 다시 차올랐다.

"싸마니야 님, 맞습니다. 그 줄을 회수할 수만 있다면 시시퍼 마탑에서 제 입지가 확고하게 올라갈 겁니다. 혹시 방법이 있겠습니까?"

이탄이 싸마니야에게 냉큼 달라붙었다.

싸마니야가 무겁게 고개를 가로저었다.

"쉬운 일은 아니니라. 내 진즉에 누이에게 부탁을 해보 았지. 누이의 채찍을 내게 넘겨줄 수 있느냐고."

싸마니야는 이 중요한 대목에서 말을 잠시 끊었다.

이탄은 애가 타서 침을 꿀꺽 삼켰다.

그 모습을 본 뒤, 싸마니야가 천천히 말을 이었다.

"당연히 누이는 반대하였다. 하긴, 누이가 아끼는 애병 을 쉽게 내줄 리 없지. 내가 누이에게 물물교환을 하자고도 청하였으나, 누이는 그것도 거절하였다."

"저런!"

이탄이 안타까움에 탄식을 토했다.

그러자 싸마니야가 갑자기 씨익 웃었다.

"한데 그렇게 완강하게 거절하던 누이가 최근에 태도를 바꾸더구나."

"네에?"

"쿠퍼야, 네가 교의 보고에 들어가 있는 동안 내가 누이 에게 한 번 더 부탁을 해보았다. 쿠퍼의 재능이 실로 뛰어 나서 장차 교의 기둥으로 키워볼 예정이라고 내가 누이를 설득했지. 그랬더니 누이가 너를 직접 만나보겠다고 하더 라."

"사브아 님께서 저를 직접 보시겠다는 말씀이십니까?"

이탄이 손가락으로 자신의 얼굴을 가리켰다.

싸마니야가 껄껄 웃었다.

"크허허. 그렇다. 사브아 누이는 너를 직접 만나본 뒤에 채찍을 네게 줄지 말지 결정하겠다더구나."

"아아아!"

"그러니 이제 그걸 손에 넣고 말고는 너에게 달렸느니라. 크허허허."

싸마니야는 무엇이 그리 즐거운지 호탕하게 웃었다.

이탄이 곰곰이 생각하다가 질문했다.

"싸마니야 님, 사브아 님께서는 지금 어디에 계신지요?"

"왜? 그녀를 곧바로 찾아가려고?"

"그렇습니다. 제가 싸마니야 님께 10년의 시간을 말씀드렸지 않습니까? 10년 안에 제가 약속을 지키려면 그 채찍이 필요합니다. 하여 저는 사브아 님을 직접 찾아뵙고 채찍을 내달라고 부탁을 드려볼까 합니다."

이탄이 공손히 대답했다.

이탄은 10년 안에 약속을 지키려면 사브아의 채찍이 필요하다고 답했다. 여기서 이탄은 사브아의 채찍에 방점을 찍었다. 이탄에게는 10년이라는 기한이 중요한 게 아니고, 채찍을 손에 넣는 것이 중요했다.

하지만 싸마니야는 10년 안에 약속을 지키겠다는 점에 더 주목했다.

서로의 관점은 이와 같이 달랐으나, 여하튼 이탄의 대답은 싸마니야를 흡족하게 만들었다.

"그래. 너는 10년의 약속을 지켜야 할 게다. 이왕이면 그 10년을 앞당기면 더 좋고."

'썩을! 나는 10년보다 더 앞당길 생각이 전혀 없다고.'

이탄이 속으로 이렇게 소리쳤다.

물론 겉으로는 이런 내색을 내비치지 않았다.

싸마니야가 통나무 같은 손으로 의자 팔걸이를 탁 내리쳤다.

탕!

"좋다. 네가 시간이 별로 없으니 내가 오래 붙잡고 있지 않으마. 원래는 네가 교리사도와 잠행사도의 자격을 얻었으므로 나는 너를 위하여 교리사도 임명식과 잠행사도 임명식을 치러줄 요량이었다. 그런데 네가 바쁘니 그런 절차들은 다음으로 미루자꾸나."

싸마니야는 이탄에게 임명식을 해주지 못하는 게 아쉬운 듯했다.

이탄은 눈곱만큼도 아쉽지 않았다.

"싸마니야 님, 감사합니다. 하면 제가 어디서 사브아 님을 뵈면 될는지요?"

이탄이 일을 서둘렀다.

싸마니야가 사브아의 위치를 이탄에게 알려주었다.

"사브아 누이는 지금 교의 총단을 떠나서 실키 가문에 머물고 있느니라."

"실키 가문 말씀이십니까?"

이탄의 눈빛이 번뜩였다.

지금으로부터 6일 전, 이탄은 실키 가문을 통해서 이곳 피사노교의 총단으로 넘어왔다. 그러니까 이탄이 다시 돌아갈 때도 실키 가문을 거쳐야 했다.

실제로 333호와 같은 보조요원들과 쿠퍼 가문의 호위무사들은 지금도 실키 가문에서 숙박하는 중이었다. 그들은 이탄이 실키 가문의 깊숙한 곳에서 머물면서 실키 가주와 한창 회담을 하고 있을 것이라 믿었다.

사실은 아니었다. 이탄은 이미 6일 전에 실키 가문을 떠났다. 이탄은 장거리 이송마법진을 타고 피사노교의 총단으로 넘어온 것이다.

다만 333호와 호위무사들은 이탄의 외부 이동 사실을 전혀 몰랐다.

Chapter 2

싸마니야가 손가락으로 대전 밖을 가리켰다.

"검은 드래곤의 아들아. 이제 그만 실키 가문으로 돌아가거라. 가서 사브아 누이를 만나보아라."

"명을 따르겠습니다, 싸마니야 님."

이탄이 고개를 바짝 숙였다.

이탄은 순순히 싸마니야의 명을 따랐으나, 한편으로는 속이 불편했다. 사실 이탄은 아몬의 현 말고도 싸마니야에게 원하는 바가 한 가지 더 있었다.

'시곤 형도 구해야 하는데.'

이탄이 속으로 이렇게 되뇌었다.

시곤은 마르쿠제 술탑주의 제자였다. 그런데 그는 지난번 동차원의 술법사들과 함께 피사노교에 쳐들어 왔다가 그만 싸마니야의 부하들 손에 붙잡혔다.

솔직히 이탄은 시곤을 피사노교의 감옥에서 **빼내주고** 싶은 마음이 굴뚝같았다. 싸마니야에게 부탁을 해서라도 말이다.

하지만 그건 안 될 일이었다.

'시곤 형. 조금만 더 참아줘. 내가 다음에 기회를 만들어서 꼭 구해줄게.'

이탄은 그저 마음속으로 이렇게 되뇌는 수밖에 없었다.

이탄이 시곤을 포기하고 싸마니야의 앞을 물러서려 할 때였다. 싸마니야가 아쉬운 듯 말 한 마디를 덧붙였다.

"쿠퍼야, 갓난아이 때 너를 양떼 사이에 보낸 이후로 나는 너를 늘 생각하였느니라. 그런데 이리도 빨리 너를 돌려보내게 되더니, 내 마음이 편치 않구나."

싸마니야의 목소리에서는 뜨거운 감정이 느껴졌다.

'허어, 악마 중의 악마로 알려진 피사노교의 수뇌부가 이토록 인간적인 면모를 가지고 있다니!'

이탄이 눈을 동그랗게 떴다.

다른 한편으로는 이탄의 가슴 속 깊숙한 곳이 찌르르 울렸다.

'죄송합니다. 당신의 아들은 이미 내 손에 죽은 지 오래입니다. 그러니 나를 그렇게 애틋하게 생각하지 마십시오.'

이탄은 마음속으로나마 싸마니야에게 진실을 고했다.

싸마니야의 앞을 물러난 뒤, 이탄은 장거리 이송마법진을 이용하여 다시 실키 가문으로 돌아왔다.

6일 만의 귀환이었다.

실키 가문에서는 집사장이 직접 마법진 앞까지 나와서

이탄을 기다렸다.

실키의 집사장은 6일 전 이탄의 피를 검사하겠다면서 이탄과 키스를 했던 여자였다. 그녀는 사브아의 혈육이기도 했다.

"이렇게 빨리 돌아올 줄은 몰랐네?"

집사장이 건들건들 이탄에게 말을 걸었다.

이탄은 상대가 또 피 검사를 하자고 덤빌까 봐 두려웠다. 그래서 재빨리 본론부터 꺼냈다.

"싸마니야 님께서 말씀하시기를, 일곱째 신인께서 저를 찾으실 거라 하셨습니다. 부디 그분께 안내를 부탁드립니다."

"쳇. 딱딱하게도 구네."

실키 가문의 집사장은 뭔가에 실망한 듯 입술을 삐쭉거렸다. 그러다 곧 표정을 풀고는 손가락을 까딱했다.

"나를 따라오너라. 그렇지 않아도 사브아 님께서 너를 데려오라고 하셨다."

"네, 누님."

이탄은 살갑게도 상대를 누님이라고 불렀다.

"누님? 호호호호."

이탄의 표현이 마음에 들었는지 실키 가문의 집사장이 깔깔거리며 웃었다.

이단이 재빨리 아부의 말을 덧붙였다.

"당연히 누님이지요. 저는 싸마니야 님의 피를 물려받았고, 누님은 일곱째 신인의 혈육이 아닙니까?"

"호호호. 그래. 그건 네 말이 맞구나. 오호호호."

언노운 월드에는 "말 한 마디로 은화 1,000닢을 갚는다."는 속담이 있었다. 지금 이탄은 말 한 마디로 상대의 마음을 돌려놓았다.

이탄의 혀는 침이 없어도 잘만 돌아갔다.

언노운 월드의 서부는 척박한 땅이라는 선입견이 있었다.

그러나 실키 가문은 이러한 통념에서 벗어났다. 소규모 도시를 방불케 하는 실키의 본가는 밝고, 온화하며, 풍요로웠다.

특히 산중턱을 넘어서 그 위쪽에 자리 잡은 궁전은 화려함의 극치를 이루었다.

이 화려한 궁전에서는 실키 가문 전체가 한눈에 내려다보였다. 전망이 좋은 이 궁전이야말로 사브아가 주로 머무는 집이였다.

실키의 집사장은 이탄을 사브아의 궁전으로 안내했다. 그런데 특이하게도 그녀의 발길이 향하는 곳은 지상이 아니라 어두컴컴한 지하였다.

궁전의 지하 1층에는 수천 개의 램프가 불을 밝혔다. 바닥엔 두툼하게 양탄자가 깔렸다. 천장을 떠받치는 대리석 기둥엔 정교한 조각들이 세밀하게 새겨져 있었다.

속이 훤히 비치는 휘장 안쪽에서는 서부의 복식을 갖춰 입은 여인들이 삼삼오오 모여서 흐느적흐느적 웃었다. 여인들은 한결같이 아름다웠으며, 얇은 면사로 코 아래쪽을 가렸다. 대신 배꼽은 훤히 드러내었다.

'사브아 님의 취향이 독특하시네? 마치 간씨 세가 세상에 존재하는 술탄의 하렘처럼 이곳을 꾸며놓으셨잖아?'

이탄은 이렇게 생각했다. 실키 가문의 궁전 지하 1층이 풍기는 느낌은 술탄의 하렘과 딱 맞아떨어졌다.

집사장은 지하 1층을 그냥 지나쳐서 이탄을 지하 2층으로 이끌었다.

이탄이 궁전의 지하 2층으로 내려오자 분위기가 갑자기 돌변했다. 감옥을 연상시키는 철장들이 사방에 즐비했다. 철장 앞에는 화롯불이 타타탁 소리를 내면서 타올랐다. 화롯불 옆에는 타우너스 전사들이 양날 도끼를 손에 들고 경비 중이었다.

집사장이 내려오자 타우너스 전사들이 꾸벅 목례를 했다. 집사장은 그들의 인사를 받는 둥 마는 둥 하면서 지하

3층으로 내려갔다.

지하 3층은 칙칙한 회색 벽돌로 꾸며진 모습이었다. 회색 벽 군데군데에 피 묻은 흔적들이 엿보였다. 벽면 곳곳에는 철로 만든 수갑과 쇠사슬들이 주렁주렁 매달렸다. 바닥에는 고문도구들이 널려 있었다.

'거 참. 지하 1층은 하렘이고, 2층은 감옥, 3층은 고문실인가? 이러다 4층쯤 되면 또 뭐가 튀어나올까?'

이탄은 문득 호기심이 생겼다.

Chapter 3

드디어 이탄이 궁전 지하 4층에 도착했다.

이곳 지하 4층도 회색 벽돌로 이루어진 벽 천지였다. 벽과 벽 사이로 좁은 회랑이 나 있었는데, 이리저리 얽힌 회랑은 숨이 턱 막히는 미로를 연상시켰다.

칙칙한 회랑에는 음침한 초상화들이 드문드문 걸렸다. 초상화 아래에는 빛이 바랜 나무 관짝들이 으스스하게 자리했다.

실키 가문의 집사장이 이탄을 힐끗 돌아보았다.

의외로 이탄의 표정은 편안해 보였다.

집사장은 의외라는 듯이 이탄에게 말을 걸었다.

"보통 이곳을 처음 방문하면 주눅이 들던데……. 여기 분위기가 좀 소름 끼치잖아?"

"그런가요? 저는 괜찮은데요. 어딘지 모르게 안락한 느낌도 들고요."

이탄이 솔직하게 대답했다.

집사장은 어이가 없다는 듯이 이탄을 바라보았다.

"하! 안락하다고? 여기가?"

"네. 저는 그냥 이곳에서 풍기는 느낌을 말씀드렸을 뿐입니다. 누님은 이곳이 안락하지 않으신가요?"

이탄이 동그란 눈으로 반문했다.

"하!"

집사장은 더 이상 말하기 싫은 듯 고개를 절레절레 내저은 다음, 이탄을 미로 안쪽으로 안내했다.

구불구불한 회랑을 지나 한참을 걸어가자 탁 트인 공간이 나타났다.

이 공간도 회색 벽돌로 둘러싸인 점은 지금까지와 다를 바 없었다. 다만 바닥이 피칠을 한 듯 온통 시뻘건 색이었다. 바닥 곳곳에는 살점 파편, 혹은 고깃덩이 같은 것들이 널브러졌다.

탁 트인 공간 한쪽에는 나무 관들이 겹겹이 쌓인 모습이었나. 또 다른 쪽에는 액자가 걸린 캔버스가 아무렇게나 널려 있었다.

이탄은 이곳의 풍경을 전체적으로 조망한 다음, 중앙 쪽으로 눈길을 돌렸다.

넓게 트인 중앙 지역에는 그림을 그릴 때 사용하는 이젤이 놓였다. 그 이젤 앞에서 구불구불한 머리카락을 가진 여인이 열심히 붓질을 하는 중이었다.

실키 가문의 집사장이 즉각 한쪽 무릎을 꿇었다. 집사장은 머리를 푹 숙이며 목청을 높였다.

"신인의 딸이 감히 신인의 존체를 알현하나이다."

이젤 앞의 여인은 집사장의 말을 듣지 못한 듯 계속해서 붓을 놀렸다.

집사장은 긴장을 한 듯 침을 꿀꺽 삼켰다. 그런 다음 용기를 내어서 한 번 더 아뢰었다.

"신인의 딸이 감히 신인의 존체를 알현하나이다. 신인께서 말씀하신 대로 쿠퍼를 데려왔습니다."

이젤 앞의 여인이 비로소 반응을 보였다.

여인의 정체는 다름 아닌 사브아였다. 사브아가 큼지막한 캔버스 옆으로 고개를 쭉 내밀고는 이탄을 바라보았다.

이탄은 집사장의 뒤쪽에 무릎을 꿇고 공손히 머리를 조아렸다. 그러면서 이탄은 형식적인 말을 내뱉었다.

"싸마니야 님의 피를 물려받은 쿠퍼입니다. 미흡한 제가 감히 신인의 성스러운 존체를 알현합니다."

"네가 그 쿠퍼구나?"

사브아가 이탄에게 관심을 보였다. 그런 다음 사브아가 집사장을 향해 손가락을 까딱거렸다.

집사장이 눈치를 채고는 다시 한번 사브아에게 머리를 조아렸다.

"신인이시여, 그럼 저는 이만 물러나겠나이다."

사브아는 집사장의 말을 듣지도 않았다.

집사장은 뒷걸음질로 조용히 물러났다.

그러는 동안 이탄은 고개를 푹 숙인 채 미동도 하지 않았다.

집사장이 완전히 물러나고 나자 사브아가 이탄에게 말을 걸었다.

"얘. 고개 좀 들어봐라. 얼굴이나 한번 보게."

"신인의 말씀을 따르겠습니다."

이탄은 사브아의 명이 떨어지자 비로소 고개를 들었다. 이탄의 눈에 사브아의 모습이 맺혔다.

피사노 사브아.

피사노교의 서열 7위.

쌀라싸의 누이이자 채찍으로 유명한 마녀.

지금까지 이탄의 머릿속에 박힌 사브아는 이러한 이미지였다.

그런데 이탄의 눈앞에 드러난 사브아의 실제 모습은 이탄이 가지고 있던 이미지와는 완전히 딴판이었다.

구불구불 풀어헤친 사브아의 머리카락은 그녀를 쾌활하게 보이게끔 만들었다. 어딘지 모르게 졸린 듯한 눈은 사브아를 나른해 보이게끔 만들었다. 이런 것 말고도 사브아는 그동안 이탄이 상상해왔던 모습과는 많이 달랐다.

사브아는 대륙의 삼대부호로 꼽히는 실키 가문의 주인이었다. 그것도 이탄처럼 허수아비가 아니라 실키 가문의 실질적인 지배자였다.

그런 대부호치고는 사브아의 차림새가 참으로 소박했다. 리넨 소재의 헐렁한 옷은 오랫동안 사브아가 입어서 축축 늘어져 있었다. 그 옷 여기저기에 물감이 묻어 있는 모습도 독특했다.

사브아는 그 흔한 반지나 목걸이도 착용하지 않았다. 머리나 귓볼에 장신구 하나 매달지 않았다.

그렇게 수수한 차림에도 불구하고 사브아는 별처럼 빛이 났다. 물결처럼 구불구불한 머리카락 사이로 드러난 사브아의 얼굴은 가루가 묻어날 것처럼 하얀색이었다. 주근깨가 살짝 박힌 얼굴은 유쾌하면서도 시원시원한 느낌을 주었다. 사브아의 나른한 눈은 어딘지 모르게 섹시했다.

지금까지 이탄이 만나본 인간족 여인들 가운데 비앙카가 가장 화려하고 아름다웠다. 그 다음으로는 선봉 선자가 뛰어났다. 프레야나 헤스티아 영애도 이들 두 여인에게 그리 뒤지지 않는 미인들이었다.

그 밖에도 이탄은 여러 미녀들을 알고 있었다.

이런 미인들에 비하면 사브아는 어딘지 모르게 부족해 보였다.

한데 그 부족함이 부족함으로 느껴지지 않았다. 오히려 사람을 잡아끄는 매력은 사브아가 더했다.

그것도 어두운 쪽이 아니라 밝은 쪽으로 사람의 마음을 잡아끌었다.

Chapter 4

'훅 빨려드는 매력이 있네. 참으려고 해도 자꾸 눈길이 가게 만들어.'

이탄도 남자이다 보니 아무래도 사브아의 외모부터 먼저

보게 되었다. 이어서 이탄은 사브아의 몸 주변에 흐릿하게 흐르는 문자들을 관찰했다.

피사노교의 서열 3위인 쌀라싸는 만자비문 가운데 '화형을 시키는' 이라는 문자를 가졌다.

서열 4위인 아르비아는 '빙의하는' 이라는 문자를 아주 조금 연마했다.

서열 5위인 캄사는 '뒤틀리는' 이라는 문자를 흐릿하게나마 깨우쳤다.

서열 6위인 싯다는 '단절된' 이라는 문자와 인연을 맺었다.

서열 8위인 싸마니야는 무려 두 가지 만자비문과 연결이 되었는데, 그 만자비문들은 '꺼지지 않는' 과 '영원히 지워지는' 이었다.

한편 서열 9위인 티스아의 만자비문은 '전진밖에 모르는' 이었다.

이탄은 어쩌다 보니 피사노교의 신인들 가운데 6명이나 만났다. 그러면서 이탄은 각 신인들의 만자비문에 대해서도 낱낱이 파악했다.

오늘 이탄의 리스트에 한 명이 추가되었다. 드디어 이탄은 사브아의 권능에 대해서도 알게 된 것이다.

사브아가 가진 만자비문은 '우아하게 고통스러운' 이었

다.

이탄은 만자비분의 진정한 주인이므로 당연히 이 문자에 대해서도 알고 있었다. 하지만 이탄은 '우아함'과 '고통스러움'이 서로 어울릴 것이라 여기지는 않았다.

한데 사브아를 보는 순간 이탄은 깨달았다.

'사브아 님은 둘 다 가졌네. 우아함과 고통스러움을 말이야.'

물론 이 고통스러움이라는 단어는 사브아 본인을 향하지 않았다. 이건 타인을 향한 단어였다. 이탄의 눈에 비친 사브아는 우아함을 유지하면서도 타인을 고통의 지옥으로 처넣을 수 있는 여인이었다.

이탄이 사브아를 평가하는 동안 사브아도 이탄을 평가했다.

"너, 좀 희한하다?"

"네?"

"희한하다고. 너 진짜 싸마니야의 아들 맞아?"

"네에에? 그게 무슨 말씀이십니까?"

솔직히 이탄은 가슴이 철렁 내려앉았다.

사실 이탄은 싸마니야의 친아들이 아니었다. 아들이기는커녕 오히려 싸마니야의 친아들을 죽이고 그 자리를 꿰찬 원수가 바로 이탄이었다.

'혹시 내 정체를 꿰뚫어 보았나? 그렇다면 사브아 님을 죽여서 입을 막아야 할까?'

이탄이 이런 고민을 할 때였다.

사브아가 말문을 이었다.

"비록 내 동생이기는 하지만 싸마니야는 완전히 아저씨처럼 생겼잖아. 턱도 사각턱이고. 그런데 그 아저씨가 어떻게 너 같은 꽃미남을 낳았대? 재주도 좋아. 호호호."

사브아가 붉은 입술을 종알종알 놀려서 싸마니야를 깠다.

이탄은 잠시 머리가 멍했다. 하지만 곧 정신을 바짝 차리고는 고개를 가로저었다.

"사브아 님, 지금 하신 말씀은 못 들은 것으로 하겠습니다."

"야야. 너 웃긴다? 못 들은 것으로 하긴 뭘 못 들은 것으로 해? 다 들었으면서."

이렇게 말한 다음, 사브아는 이탄에게 손짓을 보냈다.

"이리 와봐."

"네? 아, 네."

이탄은 내키지 않았으나 사브아가 시키는 대로 가까이 갔다. 그러면서 이탄은 몇 가지 사실을 깨닫게 되었다.

이곳 바닥에 붉게 칠해져 있는 것은 물감이 아니었다. 실제 피가 맞았다.

이곳의 한구석에 쌓여 있는 관들도 진짜 관이었다. 수백 개의 관 안에는 죽은 시체들이 하나씩 들어 있었다.

사브아의 이젤 앞에도 관이 하나 놓였다. 지금 사브아는 관 속 시체의 초상화를 캔버스 위에 옮겨 담는 중이었다.

'하아아, 그러면 그렇지. 외모가 밝고 경쾌해 보이는 것은 눈속임일 뿐, 역시 사브아 님은 피사노교의 마녀답구나.'

이탄은 그제야 깨달았다.

아마도 궁전 지하 4층의 회랑 벽에 걸린 초상화들은 모두 사브아가 그렸을 것이다. 그리고 초상화 아래에 놓인 관에는 초상화의 주인공들이 시체가 되어서 들어가 있을 터.

'영락없는 마녀네. 마녀.'

이탄은 문득 유리알 안경을 쓴 마녀를 떠올렸다.

'내가 처음 언노운 월드에 정착했을 때 내 머리를 뎅강 잘라서 듀라한으로 만든 그 마녀 말이야. 나는 이전에 혹시 사브아 님이 그 마녀가 아닌가 의심했었더랬지. 그때 그 마녀도 겉모습만 보면 전혀 마녀처럼 느껴지지 않았어. 하여튼 나중에 만나기만 해봐라. 그년의 모가지도 확 뽑아버릴

테다.'

원수를 떠올리는 순간, 이탄은 자신도 모르게 뿌드득 이빨을 갈았다.

사브아가 눈을 동그랗게 떴다.

"너, 설마 나에게 이빨을 간 거니?"

"아닙니다. 절대 아닙니다. 제가 어찌 신인께 그런 황망한 짓을 저지르겠습니까."

이탄이 펄쩍 뛰었다.

"아닌데? 나한테 이빨을 간 것 같은데?"

사브아는 미심쩍다는 듯이 이탄을 흘겨보았다.

이탄은 연신 도리질을 했다.

"아닙니다. 절대 그렇지 않습니다."

이탄이 딱 잡아떼자 사브아도 그냥 넘어갔다.

"뭐, 그게 중요한 것은 아니지. 싸마니야의 말에 따르면 네가 내 채찍을 원한다며?"

이때 사브아의 얼굴엔 마치 '네가 그렇게 내 채찍을 원하면 짜릿하게 한 대 때려줄 수도 있는데.'라는 말이 쓰여 있는 듯했다.

이탄은 그런 느낌을 애써 무시한 채 대답했다.

"아, 네. 사브아 님. 사실 제가 싸마니야 님의 명을 받아 백 진영에 침투 중입니다. 그러다 운이 좋게도 제가 시시퍼 마탑의 쎄숨 지파장의 제자가 되었습니다. 그런데 시시퍼 마탑에서 사브아 님의 채찍을 찾고 있어서……."

이탄이 한창 설명을 하고 있는데, 중간에 사브아가 이탄의 말을 끊었다.

"시시퍼 애들이 채찍을 찾으면, 내가 줘야 하니?"

사브아가 나긋나긋한 목소리로 물었다. 사브아의 말투는 나긋나긋하였으나 내용은 싸늘했다.

이탄이 재빨리 대답했다.

"물론 그렇지는 않습니다. 하지만 제가 백 진영 놈들의 신임을 얻으면 그놈들의 중요 정보들을 좀 더 많이 빼올 수 있지 않겠습니까? 저는 오로지 피사노교의 이익을 위해서 싸마니야 님께 부탁을 드렸을 따름입니다."

"피사노교의 이익을 위해서라고? 네 이익을 위해서가 아니고?"

사브아가 계속해서 질문을 던졌다.

그 질문들은 시니컬하면서도 정곡을 찔렀다.

'하아, 이 여자 참 까다롭네.'

이탄은 짜증이 났지만, 속마음을 숨기고는 최대한 성실하게 답변을 했다.

Chapter 5

'사람이, 아니 언데드가 이 정도 성의를 보이면 사브아님도 좀 넘어가 줘야지. 하아아.'

처음에 이탄은 이런 기대를 품었다.

안 통했다. 사브아는 정말 징그럽게도 이탄의 설득이 먹히지 않았다. 이탄이 피사노교를 위한 일이라고 아무리 설명해도, 사브아는 삐딱하게 보았다.

"어쨌거나 쿠퍼 네가 시시퍼 마탑에서 승승장구하고 싶다는 소리 아냐? 너 그러다 시시퍼 마탑의 높은 자리에 올라가면 입을 싹 닫고 노선을 갈아타는 것 아냐? 흑에서 백으로 말이야."

"하아."

마침내 이탄이 입으로 한숨을 내뱉었다.

'이만하면 나도 참을 만큼 참았지.'

이탄은 나름 성격이 있는 언데드였다. 이탄은 여 보란 듯이 사브아 앞에서 눈을 감고 입술을 달싹거렸다.

사브아는 그런 이탄을 묘한 눈으로 응시하다가 한 마디를 더했다.

"왜? 내가 정곡을 찌르니까 할 말이 없니?"

그 말에 이탄이 눈을 번쩍 떴다.

'이걸 확 엎어? 그런 다음 강제로 채찍을 빼앗아?'

이탄은 얼핏 이런 과격한 생각을 품었다. 마음에 폭력이 깃든 순간 이탄의 눈에 섬뜩한 광채를 머금었다.

하지만 이탄은 내면의 폭력성을 억지로 억눌렀다.

'아니야. 피사노교와의 관계가 어그러지면 곤란해. 그동안 내가 피사노교에 뿌린 시간과 공이 얼마인데 그걸 어떻게 포기해? 나중에 다 쪽쪽 빨아먹을 거다. 오늘의 이 수모까지 이자를 붙여서 내 외상장부에다 적어놓을 거란 말이다.'

이탄은 초인적인 인내력으로 화를 참은 다음, 사브아에게 숙이고 들어갔다.

"사브아 님께서 정히 저를 의심하신다면 채찍을 포기하겠습니다."

"포기한다고?"

"네. 제가 사브아 님의 말씀을 들어보니 사브아 님의 말씀에도 일리가 있는 것 같습니다. 제 욕심 때문에 사브아 님께서 그렇게 아끼시는 애병을 백 진영 놈들에게 넘기는 것도 온당치 않은 일 같습니다. 괜히 사브아 님의 바쁘신 시간만 빼앗은 것 같아 죄송합니다."

이탄은 사브아의 앞에서 물러나려는 듯 주섬주섬 일어서려 했다.

그때 사브아가 불쑥 손을 내밀었다.

"가져가."

"네?"

이탄이 눈을 끔뻑거렸다.

"뭐해? 가져가라고. 내 채찍."

사브아가 내민 손에는 둘둘 말린 채찍이 들려 있었다. 이탄은 멍한 눈으로 그 채찍을 바라보았다.

채찍의 색깔.

채찍의 생김새.

채찍의 길이.

이 모든 것들이 금강 종주의 창고에서 찾은 아몬의 심혈관과 동일했다. 심지어 채찍을 구성하는 줄의 개수도 네 가닥이 분명했다.

'이거다! 이게 맞아.'

이탄은 심장이 두근두근 뛰었다.

그러면서도 이탄은 선뜻 채찍을 받지 못했다. 오히려 이탄은 사브아가 내민 채찍을 끔뻑끔뻑 바라만 보았다.

"사브아 님, 이 채찍을 제게 주시겠다는 말씀이십니까?"

이탄이 사브아에게 물었다.

그러자 오히려 사브아가 더 어이없다는 듯이 되물었다.

"달라며? 아니야?"

이탄은 말문이 막혔다. 그래서 잠시 멍하게 있다가 고개를 끄덕였다.

"아, 뭐, 제가 사브아 님께 채찍을 내달라고 말씀드리기는 했습니다. 하지만 조금 전까지만 해도 저는 받는 것을 포기하고 있었습니다."

"왜 포기해? 이 채찍이 있어야 피사노교에 보탬이 된다며? 백 진영 놈들의 중요한 정보를 빼올 수 있다며? 아니야?"

사브아는 속눈썹을 깜빡거리며 천진난만한 표정으로 이탄을 바라보았다.

그 순간 이탄은 속에서 열불이 터졌다.

'캬악! 이럴 거면 진즉에 주지. 나처럼 착한 언데드를 놀리는 것도 아니고, 왜 말을 빙빙 돌리고 한참 동안 약을 올리다가 주는 건데?'

이탄은 사브아가 정말 얄미웠다.

'사브아 님에 비하면 싸마니야 님은 정말 순진하시구나. 외모만 보면 사브아 님은 천사, 싸마니야 님은 악마에 가깝지만, 실제로는 둘이 바뀌었어.'

이탄은 속으로 이런 평가를 내렸다.

이탄의 속마음과 달리 그의 얼굴에는 황송하다는 표정이 자리를 잡았다. 이탄의 혀도 저절로 움직였다.

"아니긴요. 사브아 님의 말씀이 맞습니다. 교를 위해서 애병까지 기꺼이 내주시는 사브아 님을 생각해서라도 제가 꼭 시시퍼 마탑으로부터 열 배, 아니 백 배의 가치를 빼앗아 오도록 하겠습니다. 저를 믿어주십시오."

이탄이 단호하게 외쳤다.

사브아가 도리질을 했다.

"아니. 열 배건 백 배건 그런 건 네가 알아서 하고, 나는 채찍을 준 대가로 다른 것을 받고 싶은데."

"사브아 님, 혹시 무엇을 받길 원하십니까?"

이탄이 살짝 긴장했다.

사브아가 빙그레 웃으면서 관을 가리켰다.

"조금 전 그림을 하나 완성했거든. 다음 작품으로 바로 들어갈 예정인데 네가 좀 도와줬으면 해서. 만약에 네가 도와준다면 노동의 대가로 채찍을 주고. 싫으면 말고."

"당연히 돕겠습니다. 대가가 없더라도 저는 꼭 사브아 님을 돕고 싶습니다. 돕게 해주십시오."

이탄이 반사적으로 대답했다.

Chapter 6

그때부터 이탄은 조수가 되어 사브아의 페인팅 작업을 도왔다.

알고 보니 관에 들어 있는 시체는 시체가 아니었다. 온몸이 마비되기는 하였지만 아직까지 생생히 살아 있는 사람이었다.

이탄이 관을 번쩍 들어 사브아의 앞으로 옮기자 관속의 사람이 눈꺼풀을 빠르게 깜빡거렸다.

사브아가 이탄에게 턱짓을 했다.

"거기 안에 들은 시체를 꺼내서 배를 좀 예쁘게 찢어줘. 그런 거 있잖아? 리얼리즘인가? 그래. 리얼리즘. 생동감이 있어야 하니까 배에서 내장도 좀 꺼내놓고, 뼈도 좀 부러뜨려서 튀어나오게 만들고, 목도 좀 옆으로 비틀까? 하여간 내가 그림을 그리기 좋게 재료 손질 좀 해주면 돼."

사브아의 입에서 튀어나온 이야기들은 너무 끔찍하여 차마 들어줄 수 없었다. 이탄은 대놓고 눈을 찌푸렸다.

'체엣. 내가 비록 듀라한이기는 하지만 악마는 아니라고. 어떻게 생사람을 이렇게 물건처럼 다루지? 이건 너무 비인간적이야.'

이탄은 적에게는 가차 없지만, 무고한 사람을 해칠 마음은 없었다.

'내가 더러워서 아몬의 토템을 포기하고 만다. 아니지.

오늘은 이대로 물러나지만, 나중에 복면을 쓰고 쳐들어와서라도 강제로 채찍을 빼앗아 갈 테다.'

실제로 이탄은 손을 탁탁 털고 일어서려 했다.

그 전에 이탄이 사브아에게 한 가지 질문을 던졌다.

"사브아 님, 참으로 송구스럽습니다만, 관 속에 들어 있는 사람…… 아니 시체가 사브아 님이나 우리 피사노교에 무슨 죄라도 지었습니까?"

"그런 건 왜 묻는데?"

순간 사브아의 눈빛이 서늘해졌다.

이탄이 사고를 쳤다. 지금 이탄이 보인 태도는 보통 심각한 문제가 아니었다.

피사노교에서 신인의 말은 절대적이었다. 그런데 조금 전 이탄은 신인의 명령에 감히 거역하는 듯한 태도를 내비쳤다. 이탄의 대답 여하에 따라서 사브아는 이탄을 크게 벌할 수도 있었다.

이탄도 여기서 판을 깨버릴 정도로 어리석지는 않았다.

"죄송합니다. 저는 그저 이자가 생전에 무슨 죄를 지었는지 궁금해서 사브아 님께 여쭤보았을 뿐입니다. 그런데 아무래도 제가 실수를 한 모양입니다."

이탄이 한 번 더 사브아에게 숙이고 들어갔다.

사브아는 묘한 눈으로 이탄을 훑어보았다.

사브아의 관점에서 보면 이탄은 확실히 이상했다.

　'싸마니야와 전혀 닮지 않은 외모도 그렇고, 교활하게 혀를 놀려서 아부를 하는 솜씨도 그렇고, 영 이상해. 그런데 그렇게 아부를 잘하는 것치고는 나를 겁내는 것 같지도 않단 말이지? 이 녀석은 이상할 정도로 내 앞에서 당당해. 그런데 또 나를 대하는 태도는 비굴할 정도로 공손하단 말이야. 그러다 조금 전에 갑자기 불손해졌어. 이렇게 카멜레온처럼 변화가 무쌍하다니, 참으로 흥미로운 녀석이야.'

　조금 전 이탄은 건방지게도 사브아의 기휘를 범했다. 사브아는 단숨에 이탄의 목을 채찍으로 휘감아 관속에 처넣어 버리고자 하는 마음이 생겼다.

　'나중에 싸마니야에게 개 값을 물러주는 한이 있더라도 말이지.'

　그런데 이탄의 이중적인 태도가 사브아의 호기심을 자극했다.

　비굴한 아부 .VS. 신인도 겁 내지 않는 당당함.

　공손하고 예의 바른 성격 .VS. 꼬박꼬박 말대꾸를 하는 성격.

이탄은 이러한 양면성을 두루 갖추었다.

희한하게도 사브아는 이렇게 이중적인 사람을 편애했다. 이탄에 대한 호기심이 사브아의 마음을 누그러뜨렸다.

사브아는 이탄의 목을 꺾어 버리려다 말고 이탄의 질문에 대답을 해주었다.

"관 속의 시체가 무슨 죄를 지었냐고 물었니?"

"네."

"저 늙은이는 감히 실키 가문의 돈을 빌리고도 갚지 않았단다. 갚을 능력이 충분히 되면서도 일부러 떼어먹었지. 그래서 내가 저 늙은이를 관속에 처넣은 거야."

사브아의 말은 사실이었다. 이탄은 비록 간파 능력자는 아니었으나, 이런 방면으로는 간파 능력자 이상의 촉을 지닌 언데드가 바로 이탄이었다.

"캬악! 이런 개자식을 봤나!"

순간 이탄의 눈이 돌아갔다. 이탄은 느닷없이 시체(?)의 배를 양손으로 붙잡아 좌우로 부욱 찢어버렸다.

피가 폭발하듯이 튀어서 이탄의 얼굴에 점점이 흩뿌려졌다. 이탄은 얼굴에 피가 묻건 말건 상관하지 않았다.

부욱, 북, 북, 북.

이탄은 상대의 배를 찢고 내장을 줄줄 뽑아서 목에다 한

바퀴 두른 뒤, 다시 사타구니로 내려와서 또 한 바퀴를 감았다.

마치 내장을 X자 멜빵처럼 만들어서 꽁꽁 묶어버린 뒤, 이탄은 상대의 팔뚝 뼈를 부러뜨려서 뾰족한 단면이 살갗을 뚫고 나오도록 만들어주었다. 두 무릎도 쩍쩍 쪼개서 뼈를 위로 뽑았다. 그러고도 부족하여 이탄은 상대의 뱃속으로 손을 처넣어 갈비뼈를 또각 또각 부러뜨렸다.

이탄은 전쟁터에서도 사람을 마구 찢어버리는 것으로 유명했다. 이탄은 원래 적을 사람으로 보지 않았다.

그런 이탄에게 '빚을 갚지 않는 자'는 적보다도 더 최악이었다. 노인은 이탄에게 완전히 잘못 걸린 셈이었다.

'끄어억!'

관속의 노인이 두 눈을 부릅떴다.

노인은 온몸이 마비되어서 비명도 제대로 지르지 못했다. 노인의 눈에는 핏발이 곤두서다 못해서 피눈물이 주르륵 흘렀다.

이 노인은 사브아의 저주로 인해서 손가락 하나 까딱할 수 없는 처지였으되 신경은 생생하게 살아 있었다. 따라서 노인은 이 모든 고통을 생생하게 느낄 수밖에 없었다.

이탄도 이 점을 잘 알았다. 노인이 시체가 아니라 살아 있는 사람이라는 사실을 알면서도 이탄은 전혀 개의치 않았다.

"이 미친 늙탱이가 어디서 감히 돈을 빌리기도 갚지 않아? 너는 잘 죽었다. 너 같은 놈은 시체가 되어서도 이렇게 사지를 뽑고 내장으로 리본을 만들어 줘야 해. 캬아악!"

이탄이 두 눈을 희번덕거렸다.

얼굴이 피를 잔뜩 묻히고 눈을 까뒤집은 채로 노인을 해체하는 이탄의 모습은 괴기, 그 자체였다.

"무, 무슨!"

사브아는 입을 쩍 벌린 채 말문을 잇지 못했다.

원래 사브아는 쿠퍼(이탄)에게 채찍을 그냥 선물할 생각이었다.

싸마니야의 말에 따르면 쿠퍼는 이미 백 진영에 깊숙이 침투하여 많은 공을 세웠을 뿐 아니라, 장차 교의 기둥으로 성장할 인재라 했다.

사브아는 싸마니야로부터 쿠퍼에 대해서 전후 사정을 듣고 난 뒤, 자신의 애병을 기꺼이 쿠퍼에게 내주기로 마음먹었다.

'솔직히 요새는 채찍을 쓰지도 않는걸. 이걸 선물하여 장차 교의 기둥이 될 인재를 키워낼 수만 있다면 당연히 내줘야지.'

사브아는 교를 위해 헌신하는 마음으로 오래 전에 처박아 두었던 채찍을 다시 꺼내들었다.

Chapter 7

물론 사브아는 이 귀한 채찍을 이탄에게 그냥 줄 생각은 없었다. 그 전에 그녀는 이탄을 시험해보고자 마음먹었다.

'쿠퍼 녀석이 재능이야 뛰어나겠지. 그러니까 싸마니야가 그렇게 입에 침이 마르도록 칭찬을 하였겠지. 하지만 쿠퍼는 갓난아이 때부터 양떼 사이에서 자랐다며? 그러다 보면 성격이 물러터질 수도 있어. 그렇게 물렁한 자세로는 장차 교의 기둥이 될 수 없지.'

사브아는 이렇게 생각했다. 그리곤 '만약 쿠퍼에게서 더러운 백 진영의 때가 묻어난다? 그럼 나는 그에게 채찍을 주지 않을 거야.' 라고 결심했다.

그런데 시험 결과는 사브아의 눈으로 보고도 믿지 못할 정도였다.

이 처절한 광기!

이 살 떨리는 폭력성!

사브아의 눈에 비친 쿠퍼는 지옥을 뚫고 올라온 악마, 그 자체였다.

아니, 이탄은 그 정도를 넘어섰다.

'와아, 얘 좀 봐라. 이단을 심판하는 피사노교의 교리사도도 이 녀석처럼 살벌하지는 않을 거야. 보는 내가 다 살이 떨리네.'

사브아는 혀를 내둘렀다.

'완벽해. 너무나도 완벽해.'

사브아는 이탄의 폭력에 전율을 느꼈다.

사브아는 이탄의 과격함에 오줌을 찔끔 지릴 듯했다.

사브아의 팔뚝에 오소소 소름이 돋았다.

'더러운 양떼 사이에서 자랐는데도 어쩜 저렇게 때가 하나도 묻지 않았을까? 어떻게 저렇게 올곧은 피사노교의 교인으로 성장했을까? 정말로 쿠퍼는 기특하구나.'

사브아는 자신의 팔뚝을 손으로 문지르면서 이탄을 칭찬했다. 사브아의 마음속에서 그녀의 채찍은 이미 이탄의 것이었다.

"너 가져. 이거 너 가지라고."

사브아가 이탄의 손에 채찍을 쥐여주었다.

아몬의 심혈관들은 이탄의 손에 닿자마자 살아 있는 장어처럼 펄떡펄떡 뛰었다. 그 모습을 본 사브아가 손바닥으로 자신의 이마를 쳤다.

"와아, 이것 봐라? 나 갑자기 배신감이 드네."

"네에?"

"어떻게 내 애병이 네 손에 들어가자마자 저렇게 좋아서 펄떡펄떡 뛰느냐고. 치잇. 이건 배신이야, 배신."

사브아는 세상이 무너진 듯한 표정을 짓고 있었다. 그녀의 생동감 넘치는 표정에 이탄이 입에서 "풉!"소리를 냈다.

"죄송합니다, 사브아 님."

이탄이 재빨리 사죄했다.

그러면서 이탄은 손에 꾸욱 힘을 주어 아몬의 심혈관들이 더 이상 날뛰지 못하도록 진정시켰다.

사브아가 이탄을 물끄러미 뜯어보았다.

"사브아 님, 왜 그런 눈으로 저를 보십니까?"

이탄은 불안한 듯 손으로 자신의 얼굴을 더듬었다.

얼굴에 튄 피가 이탄의 손에 묻었다. 이탄은 피를 잔뜩 묻히고도 아무런 거리낌이 없었다. 소매로 얼굴을 닦지도 않았다.

이탄은 원래 피 보기를 두려워하지 않았다. 그렇다고 미친놈처럼 피 냄새에 광분하지도 않았다. 이탄에게 피는 물과 다를 바가 없었다. 지금도 이탄은 물 몇 방울이 얼굴에 묻은 것처럼 편안했다.

사브아가 한 번 더 감탄했다.

'햐아아, 싸마니야가 정말 자식 하나는 잘 두었네.'

사브아는 진심으로 싸마니야가 부러웠다.

이탄이 사브아에게 다시 물었다.

"사브아 님, 혹시 제 얼굴에 뭐라도 묻었습니까?"

"으응? 그냥 피가 좀 튀긴 했어. 그거야 나중에 닦으면 되지."

"네. 피야 뭐 종종 묻히고 다니니까요."

이탄은 무감각하게 대답했다.

사브아도 이제 그러려니 생각했다. 사브아가 문득 이탄에게 조건을 붙였다.

"내가 원래 구질구질한 사람은 아니거든."

"사브아 님, 그게 무슨 의미십니까?"

이탄은 경계심 가득한 눈으로 사브아를 바라보았다. 그러면서 이탄은 채찍을 쥔 손을 은근슬쩍 등 뒤로 숨겼다.

사브아는 어이없다는 듯이 이탄의 행동을 지켜보다가 턱으로 채찍을 가리켰다.

"그 채찍 말이야, 내가 한 번 준다고 했으니까 뒤에서 이런저런 조건을 붙이지는 않을 거야. 하지만 내가 아끼던 채찍을 내준 만큼 네게 시키고 싶은 일이 있어."

이것은 이탄도 각오했던 이야기였다.

'관속의 노인을 찢어준 것으로 아몬의 심혈관과 퉁을 칠수는 없겠지. 아마도 이 심혈관의 가치에 부합하는 임무가 주어질 거야.'

이탄은 이렇게 짐작했다.

이탄의 짐작이 맞았다. 사브아는 이탄에게 한 가지 임무를 내걸었다.

"채찍은 오늘 미리 줄 테니까, 그 대신 한 가지만 해줘."

"명을 내려주십시오."

이탄이 절도 있게 고개를 숙였다.

사브아가 손가락을 수평으로 그었다.

샤랑!

경쾌한 소리와 함께 허공에 입체 영상이 떠올랐다.

이탄은 그 영상을 찬찬히 뜯어보았다. 영상 속의 물체는 길고 검은 빛깔의 무기였다.

'검같이 생겼는데?'

이탄은 영상 속의 검은 물체가 검 같다고 느꼈다. 다만 검집이 없고 검날에 비늘이 빼곡하게 돋아있어 검이 맞는지 확신이 들지는 않았다.

사브아가 이탄을 위해서 부연설명을 해주었다.

"보다시피 이것은 낭창낭창한 연검이야. 평소에는 허리 띠처럼 차고 다니다가 전투가 벌어지면 검으로 사용하는 무기지."

"아하!"

이탄이 무릎을 쳤다.

Chapter 8

사브아가 조금 더 설명을 이었다.

"60여 년쯤 전인가? 흑과 백 사이의 전쟁이 막바지에 도달할 무렵이었어. 당시 나는 적의 함정에 빠져서 아울 검탑 놈들에게 포위를 당했었지. 그때 아울 검탑의 미치광이 노친네에게 이 연검을 빼앗겼지 뭐야."

"아아!"

이탄은 적당히 추임새를 넣으며 사브아의 설명을 들었다.

"그게 쪽팔려서 그동안 아무에게도 이 이야기를 못 했었거든. 60년 전만 하더라도 나는 채찍이 아니라 검을 썼던 사람이야. 그런데 애병을 적에게 빼앗기고 나서 주무기를 채찍으로 바꿔버린 척했던 거지. 남들이 알면 쪽 팔리니까."

사브아는 자신의 약점을 이탄에게 거리낌 없이 털어놓았

다.

"푸읍!"

이탄이 손으로 자신의 입을 막았다. 손으로 막지 않으면
웃음이 터질 것 같아서였다.

그 때문일까? 사브아는 자신의 입 안에 바람을 불어넣어
볼을 복어처럼 부풀렸다.

"씨이."

그 모습이 마치 사탕을 빼앗긴 아이 같았다.

"죄송합니다, 사브아 님."

이탄은 재빨리 사브아에게 사과했다.

사브아가 화를 풀고는 다시 말을 이었다.

"네가 나를 위해서 저 연검을 다시 찾아주렴. 채찍을 선
물하는 대가로 말이야."

결국 사브아의 요구는 "채찍을 내줄 테니 원래 쓰던 애
병을 되찾아 와라."였다. 이탄이 생각하기에 이 요구는 나
름 합리적이었다.

이탄이 사브아에게 물었다.

"사브아 님, 혹시 저 연검이 지금 아울 검탑에 보관되어
있습니까?"

이탄은 몇 해 전 아울 검탑으로부터 아조브를 빼돌렸던
일을 떠올렸다.

사브아가 어깨를 으쓱했다.

"나도 몰라. 내 연검이 지금 아울 검탑 안에 있는지, 아니면 그 미치광이 노친네가 가지고 있는지."

"미치광이 노친네라고 하시면……?"

이탄이 말꼬리를 흐렸다.

사브아가 답을 했다.

"아울3검. 검에 미쳐서 검치(劍癡)라고 불리는 늙은이가 있어."

"검치 방케르!"

이탄이 깜짝 놀랐다.

검치 방케르가 누구인가?

그는 현존하는 최고의 검수 중 한 명이자 아울 검탑의 세 봉우리 가운데 한 명이었다. 또한 검치 방케르는 검의 역사를 논할 때 절대 빠지지 않는 최고의 검수였다.

지난 세기에 발발했던 흑과 백의 대전쟁은 정말로 엄청났다.

피사노교의 제1신인인 와힛은 그야말로 마신과도 같아서 그의 손짓 한 번에 산이 허물어지고 강이 좌우로 갈라졌다.

피사노교의 제2신인인 이쓰낸도 어마어마한 마녀였다.

이쓰낸이 휩쓸고 지나간 자리엔 풀 한 포기도 남지 않았다.

시시퍼 마탑의 마법사들이 엄청난 광역 마법으로 피사노교의 진격을 틀어막고, 마르쿠제 술탑이 대규모 술법으로 피사노교의 배후를 쳐도 와힛과 이쓰낸은 눈 하나 깜짝하지 않았다. 그들은 암흑의 파도가 되어서 온 세상을 쓸어버렸다.

시시퍼 마탑의 전대 탑주가 와힛의 손에 스러졌다. 마르쿠제 술탑의 부탑주는 이쓰낸에 의해 죽었다. 백 진영의 삼대마탑이 아무리 애를 써도 이 2명의 극악한 마인들만큼은 막을 수가 없었다.

그 순간 아울 검탑의 세 봉우리들이 나섰다.

검의 주인이라 불리는 검주(劍主) 리헤스텐.
검의 노예라 불리는 검노(劍奴) 우드워커.
검에 미친 백치라 일컬어지는 검치(劍癡) 방케르.

이들 3명은 피사노교에 의해서 온 세상이 고통을 받을 때도 모습을 드러내지 않았다. 그러다 진짜로 세상이 피사노교의 손에 떨어질 시점이 되자 신기루처럼 나타났다.

검주 리헤스텐은 아울1검이었다.

검노 우드워커는 아울2검이었다.

검치 방케르는 아울3검이었다.

이 1, 2, 3이라는 숫자가 아울 검탑의 서열을 대변할 수는 있겠다.

하지만 꼭 이 순서대로 강한 것은 아니었다. 리헤스텐과 우드워커, 방케르 가운데 누가 더 강한지 약한지는 의미가 없었다. 이들 3명 모두 이미 구도자의 끝자락을 넘어서서 절반쯤은 신의 반열에 올라서 있었다.

마침내 이전 세기 최후의 날이 도래했다. 언노운 월드의 어느 한 곳에서 세상의 종말을 방불케 하는 대접전이 벌어졌다.

검주 리헤스텐과 시시퍼 마탑의 현재 탑주, 그리고 마르쿠제 술탑주가 힘을 합쳤다. 그들은 마신과도 같은 와힛과 정면으로 맞서 싸웠다.

피사노교의 서열 3위인 쌀라싸와 6위인 싯다, 그리고 8위인 싸마니야가 옆에서 와힛을 도왔다.

한편 몇십 킬로미터가 떨어진 계곡에서는 검노 우드워커와 검치 방케르, 시시퍼 마탑의 부탑주인 라웅고가 의기를 투합했다. 그들은 피사노교의 마녀 이쓰낸과 맞서서 치열한 쟁투를 벌였다.

피사노교의 서열 4위인 아르비아와 5위인 캄사가 이쓰낸을 측면에서 지원했다.

이 마지막 쟁투의 결과는 무승부.

이전 세기의 종식을 알리는 대전쟁은 그렇게 승자도 없고 패자도 없는 채로 끝이 났다.

이상이 70여 년 전에 벌어진 일이었다.

그 후로 10년 동안 흑과 백은 자잘한 국지전을 이어갔다.

마치 대지진 뒤에 찾아오는 여진처럼, 피사노교와 백 진영은 이 기간 동안 여러 차례의 전투를 주고받았다.

이 10년 동안 와힛이나 이쓰낸과 같은 초거물급은 모습을 보이지 않았다.

검주 리헤스텐과 검노 우드워커, 마르쿠제 술탑주, 시시퍼 마탑주도 약속이라도 한 듯이 모두 자취를 감추었다.

대신 피사노교의 일부 신인들과 백 진영의 몇몇 수뇌부들이 10년에 걸친 국지전을 지휘했다. 피사노교의 서열 7위인 사브아가 검치 방케르에게 애병을 빼앗긴 것은 바로 이 시점이었다.

그렇게 10년이 흐르자 마침내 자잘한 국지전마저 종결되었다. 피가 마를 날이 없다는 언노운 월드도 비로소 온전한 종전을 맞이했다. 그 후 언노운 월드의 백성들은 60년이 넘는 긴 평화의 시기를 누리게 되었다.

그러니까 사브아는 60년도 더 전, 대전쟁의 시대 때 강적에게 빼앗긴 자신의 애병을 이탄에게 되찾아오라고 말하는 셈이었다.

'아우! 검치 방케르는 곤란한데. 상대가 너무 세잖아.'

이탄은 머리카락을 벅벅 긁었다.

Chapter 9

솔직히 이탄은 자신이 얼마나 강한지 알지 못했다.

물론 지금까지 이탄은 다른 사람과 싸워서 져본 적은 없었다.

'그래도 말이야, 검치 방케르는 이전 시대의 절대자 가운데 한 명이잖아? 그는 반신급의 전설적인 검수라고. 하아아. 이런 건 곤란해.'

이탄이 속으로 한숨을 내쉬었다.

그렇다고 방케르가 무섭냐?

희한하게도 이건 또 아니었다. 지금 이탄은 한편으로는 곤란해하면서도 다른 한편으로는 가슴이 두근거렸다. 이전 시대의 전설과 한번 맞부딪쳐보고 싶다는 영웅 심리가 이탄의 마음 한구석에서 조그맣게 싹을 틔웠다.

사브아가 이탄을 떠보듯이 물었다.

"어때? 내 진짜 애병을 찾아줄 수 있겠어?"

이탄이 충성스럽게 대답했다.

"누구의 명령이라고 거역하겠습니까? 저는 최선을 다해서 사브아 님의 뜻을 받들 것입니다. 다만…… 저에게 실키가문의 옛 문서들을 살펴볼 기회를 주셨으면 합니다."

"옛 문서? 그건 왜?"

사브아가 고개를 갸웃했다.

"제가 아울 검탑에 접근할 때 필요한 정보가 있나 살펴보고자 합니다."

이탄은 미리 생각해두었던 대답을 했다.

사실 이건 거짓말이었다. 이탄은 사브아의 연검 때문이 아니라 은화 반 닢 기사단의 싹 틔우기 퀘스트 때문에 사브아에게 이런 요청을 한 것이다.

333호가 이탄에게 복사해준 문서에 따르면, 모레툼교의 13대 교황인 누암 실키는 실키 가문 출신이었다.

바로 그 누암이 교황급 가호에 대한 실마리(연은의 가호를 발아의 가호로 진화시키기 위한 실마리)를 실키 가문에 남겨놓은 것 같았다.

이탄이 모레툼 교황청으로부터 받은 싹 틔우기 퀘스트는 바로 그 실마리를 회수하는 것이었다.

사브아는 이탄의 요청을 순순히 들어주었다.

"그래? 집사장에게 말해놓을 테니 1, 2, 3번 서고에 들어가 봐. 그곳에 옛날 문서들을 연도별로 모아두었으니까 말이야."

"감사합니다, 사브아 님."

이탄의 심장이 또다시 두근두근 뛰었다.

'이거 일이 잘 풀리는데? 이러다 운이 좋아서 연은의 가호를 발아의 가호로 업그레이드시키는 것 아냐?'

이탄은 기대감에 가슴이 설렜다.

그날 밤.

이탄은 집사장의 안내를 받아서 실키 가문의 2번 서고에 들어갔다.

늙은 서고지기의 설명에 따르면, 2번 서고에 보관된 문서들이 모레툼교의 13대 교황이 활동한 시기와 연대가 일치했다.

집사장은 이탄을 서고 앞까지만 안내한 뒤, 돌아갔다. 늙은 서고지기도 이탄만 서고 안에 들여보냈을 뿐이었다.

덕분에 이탄은 마음 편하게 2번 서고를 뒤져볼 기회를 갖게 되었다.

넓은 서고 안에는 오래된 종이 냄새가 퀴퀴하게 풍겼다.

이탄은 책장에 표시된 연도를 기준으로 살펴야할 서류들을 골라내었다.

그 분량만 해도 이탄의 키보다 더 높았다.

이탄은 이것들을 빠르게 넘기며 누암과 관련된 문서들을 찾았다.

밤이 빠르게 지났다.

새벽을 지나 먼 동이 터올 무렵, 이탄은 드디어 단서가 될 만한 내용을 찾아내었다. 낡은 양피지에 적힌 글들이 이탄의 눈을 사로잡았다.

연은이란 다른 물질을 은으로 바꾸는 기술이다.

모레툼 님으로부터 연은의 가호를 하사받은 자는 돌, 풀, 나무, 물, 심지어 공기마저도 은으로 바꿀 수 있음이다.

하지만 아무것도 없는 무(無)에서 유(有)를 만들어낼 수 있을까?

공기조차 없는 곳에서 은을 생성할 수 있을까?

빈 땅에서 싹이 터서 잎사귀를 만들어내는 것을 무에서 유를 창조했다고 할 수 있을까?

싹이 튼다는 것은 땅 속의 씨앗이 발아하여 뿌리와 줄기, 잎사귀로 분화하는 일이다.

하지만 이것을 땅 위의 입장에서만 보면, 아무것도 없던

곳에서 싹이 튼 셈이다.

빈 땅이 무라면, 싹은 유다. 아무것도 없는 무(빈 땅) 속에는 이미 유(싹)가 될 만한 근거, 즉 씨앗이 있었던 것이다.

아무것도 없는 빈 땅에 씨앗을 심어라.

겨우내 땅 속에서 자라난 그 씨앗이 봄이 되어 싹을 틔우리라.

이탄은 이 짧은 글을 다섯 번이나 내리읽었다.

속으로 곱씹고 또 고민했다.

처음에 이탄이 이 글귀를 처음 읽었을 때는 무슨 소리인지 이해하지 못했다.

"철학적인 글 같기도 하고, 뜬구름 잡는 개소리 같기도 하고."

이탄은 고민 끝에 처음으로 다시 돌아갔다.

"모든 복잡한 문제들은 단순화를 통해야 비로소 답이 나오는 법이지."

이탄은 이러한 생각으로 문제에 접근했다.

이탄이 검지를 곧추세웠다. 그런 다음 연은의 가호를 끌어올렸다.

스스슥!

이탄의 검지 위에 소복하게 쌓인 공기가 은으로 바뀌었다. 가느다란 은실이 이탄의 검지 위에 꼿꼿이 섰다.

"이게 바로 연은의 가호지."

연은의 가호는 모레툼이 하사하는 4,000개의 가호 가운데 3,991번에 당당히 자리매김한 고위급 가호였다.

이탄은 여기서 한 발 더 나아가 3,991번 연은의 가호를 3,997번 발아의 가호로 발전시키기를 원했다.

제6화

모레툼 교황청으로

Chapter 1

이탄이 다시 한번 검지를 곧게 폈다.

"철학적인 것은 어려우니까 일단 글자 그대로 한번 해보자. 겨우내 땅속에 파묻혀 있던 씨앗이 봄이 되어 싹을 틔우는 것처럼 말이야."

이번에는 이탄의 검지 위에 공기가 놓이지 않았다. 이탄은 마나를 주입하여 검지 위의 공기를 다른 곳으로 뽑아내었다.

그러자 이탄의 검지 위쪽이 순간적으로 진공 상태로 변했다.

"이제 검지 위에는 아무것도 없지?"

이탄은 이 상태에서 자신의 손가락 속에 씨앗을 심었다. 이탄의 손가락 속 피 한 방울이 연은의 가호에 의해서 은으로 변했다.

"이제 씨앗이 만들어졌으니 싹을 틔워 볼까?"

이탄이 의지를 일으켰다.

이탄의 검지 속 은 덩어리가 가늘게 올라와 이탄의 피부 밖으로 튀어나왔다. 황무지 땅에서 씨앗이 발아하여 싹이 트는 것처럼 이탄의 검지 위로 은색의 싹이 텄다.

여기까지는 전혀 어렵지 않았다.

이탄이 고개를 갸웃했다.

"이렇게 하면 발아의 가호인가?"

진공 상태에서 은실을 뽑아내었으니 어떻게 보면 발아의 가호가 성공한 듯도 싶었다.

하지만 이탄은 고개를 내저었다.

"쳇. 이게 성공일 리 없잖아? 이딴 것은 눈속임에 불과할 뿐 제대로 된 가호가 아니라고. 게다가 가호의 진화가 이렇게 쉽게 되면 이게 무슨 신의 가호겠어?"

이탄이 은실을 다시 없앴다.

은실이 펑! 하고 사라졌다. 그 자리엔 이탄의 피 한 방울이 둥실 떠올랐다.

쪼옥!

이탄은 북극의 별 마법을 발휘하여 허공에 뜬 피를 쪽 빨아들였다. 피 한 방울도 허투루 흘리지 않는 게 이탄이었다.

이어서 이탄은 다른 문서들도 더 찾아보았다.

별 소용은 없었다. 발아와 관련된 실마리는 이 글귀 이외에는 전혀 나오지 않았다.

"어휴우. 이 짧은 단서 하나만 가져가도 될까 모르겠네. 은화 반 닢 기사단의 원로기사들이 나에게 욕을 퍼붓는 것 아닌가? 까딱하면 이번에는 퀘스트 실패가 뜰지도 모르겠구나. 이 사태를 어떻게 수습하지?"

이탄은 손으로 이마를 문질렀다.

고민해봤자 뾰족한 수는 나오지 않았다. 이탄은 일단 문서의 해당 부분을 다른 종이에 그대로 옮겨 적었다.

"휴우, 어쩌겠어? 일단은 이거라도 원로기사들에게 제출할 수밖에."

이탄이 속으로 탄식했다.

8월 23일 오후.

쿠퍼 가문과 실키 가문, 그리고 아바니 가문의 가주들 사이에 합의문이 도출되었다. 온갖 미사여구로 치장된 합의문의 내용을 짧게 요약하면 다음과 같았다.

1. 쿠퍼 가문과 실키 가문, 그리고 아바니 가문은 상호신뢰 하에 서로에게 최선의 대우를 해준다.

2. 쿠퍼 가문과 실키 가문, 그리고 아바니 가문은 향후 교역량을 대폭 늘리기로 합의한다.

3. 쿠퍼 가문과 실키 가문, 그리고 아바니 가문은 매년 정기적인 교류를 갖기로 합의한다.

이상이 합의문의 내용이었다.

합의문 자체는 별 것 없었다. 다만 언노운 월드에서 가장 부유한 세 가문이 서로 우호적인 합의를 했다는 점이 중요할 뿐이었다.

막상 합의문은 발표가 되었지만, 이탄은 합의문과 관련된 그 어떤 회의에도 참석하지 않았다.

사실 가주들 사이에는 합의문과 관련된 회의가 열린 적이 없었다. 심지어 이탄은 아바니 가문의 가주와 얼굴도 마주치지 못했다.

그러니까 이 합의문은 사브아가 미리 만들어둔 것이었다. 합의문 위에는 남부의 대부호 아바니 가주의 직인이 찍혀있는 상태였다.

이탄도 쿠퍼 가문의 가주를 상징하는 반지를 손가락에서 뽑았다. 이 반지가 곧 쿠퍼 가주의 직인이었다. 이탄은 합의문에 반지를 꾹 눌러 찍었다.

이것으로 공식적인 이탄의 업무는 종료되었다.

7일 동안의 실키 가문 방문을 마친 뒤, 이탄은 장거리 이송마법진을 통해서 대륙 북동부의 쿠퍼 가문으로 복귀했다.

공식적인 발표에 따르면, 이탄을 비롯한 세 곳 대부호 가문의 가주들은 7일 동안 강도 높은 회의 결과 합의를 도출해낸 것으로 세상에 알려졌다.

하지만 이것은 공식적인 발표일 따름이고, 사실 이탄은 이 7일 가운데 사브아와 단 하루만 만났을 뿐이었다. 이탄은 아바니 가주와는 얼굴도 마주치지 못했다. 아니, 어쩌면 아바니 가주는 실키 가문에 온 적이 없을지도 몰랐다.

나머지 6일 동안에도 이탄은 딴 짓만 했다.

이 기간 동안 이탄은 아무도 모르게 피사노교로 넘어가서 싸마니야를 알현하였다. 그런 다음 이탄은 피사노교의 보고에 들어가서 피사노의 비석을 얻었다. 이어서 그는 피사노교의 흑주술과 흑체술, 흑마법들을 다수 익혔다. 그 결과 이탄은 피사노교의 교리사도와 잠행사도의 자격을 동시에 획득했다.

이탄은 사브아로부터 아몬의 심혈관 네 가닥도 받아내었

다.

　물론 이에 따른 반대급부도 이탄에게 주어졌다. 사브아
의 옛 애병을 찾아오라는 임무가 이탄에게 덤으로 따라온
것이다.

　이탄은 가주회의 마지막 날 새벽에 실키 가문의 서고를
뒤진 끝에 발아의 가호에 대한 단서도 찾았다.

　비록 그 단서가 허술해 보여서 탈이었지만 말이다.

　'그래도 이번 여행은 성과가 많으니 보람이 있구나.'

　쿠퍼 본가로 돌아온 뒤, 이탄은 이렇게 자평했다.

　이탄의 마음에 뿌듯함이 차올랐다.

Chapter 2

　이탄이 실키 가문의 서고에서 베껴온 글귀가 333호의 손
을 통해서 은화 반 닢 기사단으로 전해졌다.

　은화 반 닢 기사단의 원로기사들은 이 내용을 모레툼 교
황청으로 올렸다.

　이탄이 이번에 받은 퀘스트는 원로기사들이 내린 것이
아니었다. 이 퀘스트는 교황청에서 직접 하달한 임무였다.

　따라서 임무의 성공과 실패도 교황청이 직접 판정할 수

밖에 없었다.

　은화 반 닢 기사단의 49호를 교황청에 등청시키라. 49호
로부터 직접 퀘스트에 대한 보고를 받겠다.

　이상의 명령이 은화 반 닢 기사단에 하달되었다. 명령서
를 발부한 사람은 교황청 추기경 가운데 한 명이었다.

　쿠퍼 가문의 집사장 세실이 교황청의 명령을 이탄에게
전달했다.

　이탄은 레몬차 속에서 명령서를 꺼내 읽었다. 그런 다음
명령이 적힌 종이는 벽난로 속에 던져서 없앴다.

　이탄이 스쳐 지나가는 듯한 말투로 뇌까렸다.

　"요새 자꾸 자리를 비우게 되네."

　"그러게 말입니다. 요 근래에 가주님께 바쁜 일정이 많
이 생기십니다."

　세실이 맞장구를 쳐주었다.

　이탄은 세실에게 턱짓을 했다.

　"이번 방문은 집사장이 준비 좀 해줘."

　"알겠습니다. 바로 준비하겠습니다."

　세실은 노련하게 맡은 바 소임을 해내었다. 그녀는 이탄
이 은화 반 닢 기사단의 요원 신분으로 교황청을 정식 방문

할 수 있도록 서류를 꾸몄다. 교황청 등청을 할 때 이탄이 입을 복장도 준비했다.

그러는 동안 333호는 은화 반 닢 기사단 소속 점퍼들을 대기시켜 놓았다. 이탄이 지체 없이 교황청으로 떠날 수 있도록 만반의 준비를 갖춘 것이다.

한편 이탄도 마음의 준비를 마쳤다.

'모레툼 교황청을 가보기는 또 처음이구나.'

솔직히 이탄은 감개가 무량했다.

교황청에 가게 되면 이탄은 비크 교황을 만날지도 몰랐다.

설령 그렇지 않더라도 이탄은 비크의 심복인 추기경들을 만나게 될 것이다.

'나에게는 아직 남은 퀘스트들이 있지. 나는 그 퀘스트를 무사히 마치고, 또 누명도 벗어야 해. 그런 다음 모레툼 교황청이 나에게 진 빚을 받아내야지. 이자까지 듬뿍 쳐서 톡톡히 받아낼 거야.'

이탄은 이미 미래의 계획을 세워놓았다.

이탄이 그리는 미래가 순탄하게 이루어질 것인지, 아니면 일이 꼬일 것인지, 이번 교황청 방문이 그 가늠자 역할을 하게 될 가능성이 높았다.

이탄은 그렇게 판단했다.

물론 일이 꼬인다고 해서 포기할 이탄이 아니었다. 이탄은 다른 것이라면 몰라도 빚의 회수를 포기한 적이 없었다.

상대가 누구건 상관없었다. 모레툼의 교황이건, 피사노교의 신인이건, 아니면 그릇된 차원의 초강자들이건, 이탄은 상대의 지위가 높다고 해서 빚을 탕감해주는 타입이 아니었다. 빚쟁이들이라면 그게 누구든 이탄에게 빚진 것을 반드시 갚아야만 했다.

그것도 이탄이 요구하는 이율대로.

이탄이 스톱이라고 외칠 때까지.

계속해서 갚고 또 갚아야 했다.

당장 좋은 예가 트루게이스 시의 모레툼 신도들이었다. 지금까지 트루게이스 지부의 신도들 가운데 이탄에게 진 빚을 청산한 사례는 단 한 건도 없었다. 이탄은 한 번 손에 넣은 빚쟁이들을 결코 놓아주지 않았다.

하물며 비크 교황과 그 아래 추기경들은 말할 필요도 없었다.

"쥐어짜주마. 쥐어짜고 또 쥐어짜서 몸속의 마지막 기름 한 방울까지도 몽땅 토해놓도록 만들어주마. 그렇게 바짝 짠 뒤에도 계속해서 짜주마. 너희들의 입속에 먹을 것을 처넣어서라도 계속 짜내줄 것이야."

이탄이 다짐하고 또 다짐했다.

이탄의 다짐이 그의 영혼 속에 셋방살이를 하는 아나테마에게까지 들렸다.

[끼요옵! 이번에는 또 어떤 재수 없는 녀석이 이 지독한 놈에게 걸렸나? 이 모진 놈에게 코가 꿰면 답도 없는데. 끼요오옵.]

이탄의 영혼 속에서 아나테마의 악령이 부르르 몸서리를 쳤다. 고대 문명의 리치는 이탄의 중얼거림을 듣는 것만으로도 소름이 끼쳤다.

[그나저나 내 일수도장은 왜 끝이 나지 않는 게야? 왜 맨날 도장을 찍어도 빚이 줄지가 않아? *끄요오오옥. 끄요옥.*]

아나테마는 이탄이 들을까 봐 무서워서 조그맣게 중얼거렸다.

8월 26일.

이탄은 쿠퍼 본가를 벗어나 은화 반 닢 기사단으로 향했다.

은화 반 닢 기사단에는 모레툼 교황청으로 직접 이동할 수 있는 이송마법진이 설치되어 있었다.

은화를 반으로 자른 듯한 모양의 마법진은 마탑의 이송마법진과 달리 마나가 아니라 신성력으로 구동되었다.

이탄이 도착했을 때, 이송마법진 앞에는 이미 교황청 직할 수호기사단의 성기사들이 두 줄로 늘어서서 이탄을 기다리는 중이었다.

20명의 수호성기사들은 전원 다 은빛으로 번쩍거리는 풀플레이트 아머(Full Plate Armor: 머리부터 발끝까지 모두 감싸는 갑옷)를 입었다. 오른손에는 창을, 왼손에는 타원형의 방패를 들고 있는 모습도 모두 동일했다. 묵직한 은빛 투구 속에서 수호성기사들의 숨소리가 쉭쉭 들리는 듯했다.

교황청 직할 수호기사단은 모레툼 교단의 삼대무력 가운데 하나였다.

첩보와 공작에 특화된 은화 반 닢 기사단.

모레툼교의 정체성을 가장 잘 드러내는 추심기사단.

교황청을 지키는 수호기사단.

이들 세 기사단이야말로 모레툼 교단의 창과 방패들이었다.

수호성기사 가운데 한 명이 한 발 앞으로 나와 이탄을 맞았다.

"그대가 49호인가?"

"그렇다."

이탄은 당당하게 대답했다.

눈처럼 새하얀 무복을 입고, 긴 검을 허리에 비끄러매고,

팔과 정강이에 하얀 토시와 각반을 착용한 이탄의 모습은
한 폭의 그림처럼 멋있었다.

수호성기사는 투구 속에서 형형한 눈빛으로 이탄을 훑어
본 다음, 절도 넘치게 등을 돌렸다.

"교황청의 지시다. 49호는 우리를 따라와라."

성기사의 말이 끝나기 무섭게 나머지 수호성기사 19명
이 척척 소리를 내면서 이탄을 좌우에서 에워쌌다.

Chapter 3

333호가 이탄의 옆에 바짝 따라붙었다.

이번에 교황청의 부름을 직접적으로 받은 요원은 49호,
즉 이탄이지만, 333호도 동행을 명 받았다.

"저도 이번 실키 가문 퀘스트에 함께 참여했잖아요. 헤
헤헤. 그래서인지 함께 부르시더라고요."

333호가 이탄을 보면서 배시시 웃었다.

이탄은 333호의 웃음 속에 어린 긴장감을 엿보았다.

"그래? 그럼 너도 같이 가자. 내 옆에 붙어라."

무심한 듯한 이탄의 말 속에는 "어디를 가든 너를 지켜
주마."라는 의미가 내포되어 있었다. 최소한 333호는 그렇

게 알아들었다.

"네. 49호 님."

333호가 단발머리를 귀 뒤로 넘기며 한 번 더 배시시 웃었다. 이탄의 말에 용기를 얻은 듯 그녀의 눈빛도 한결 밝아졌다.

수호성기사가 이탄과 333호를 재촉했다.

"이제 그만 출발해야 한다."

"알겠다."

이탄은 상대를 향해 고개를 살짝 끄덕인 다음, 333호와 어깨를 나란히 하여 이송마법진 안으로 들어갔다.

수호성기사들도 이탄과 발걸음을 맞췄다.

이송마법진에 완전히 들어온 뒤, 20명의 성기사들은 타원형 방패를 앞으로 내밀어 이탄과 333호의 주변을 빙 둘러쌌다.

직후,

후오옹!

이송마법진에서 뿜어진 새하얀 빛의 기둥이 주변을 환히 밝혔다. 모레툼 교단 특유의 신성력이 폭발적으로 솟구쳤다.

이탄과 333호, 그리고 20명의 수호성기사들은 한 줄기 빛이 되어 머나먼 교황청으로 이동했다.

모레툼 교황청은 고딕풍의 딱딱한 건물들로 채워져 있었다.

교황청의 정면 입구 쪽에도 고딕풍의 쌍둥이 타워가 딱 버티고 섰는데, 이 쌍둥이 타워야말로 모레툼 교황청의 상징이었다. 교황청의 정문 양쪽에 세워진 쌍둥이 타워는 얼핏 보기에도 교황청의 출입문을 지키는 수호신처럼 보였다.

쌍둥이 타워는 둘 다 100층 높이였다. 그런데 각 층마다 40개씩의 계단을 두어 총 4,000개의 계단 개수를 맞추었다.

이 4,000이라는 숫자는 모레툼이 신관들에게 하사하는 가호의 숫자와 일치했다. 실제로 각 계단에는 가호의 이름이 조그맣게 새겨져 있었다.

당연히 맨 꼭대기의 계단에는 4,000번째 가호의 이름인 '창조의 가호'가 음각되었다.

이탄이 가진 가호들도 타워의 계단에 이름이 박혔는데, 치유의 가호는 999번 계단에, 분신의 가호는 3,004번에, 지둔의 가호는 3,024번에, 그리고 연은의 가호는 3,991번에 그 명칭을 남겼다.

쌍둥이 타워 바깥쪽에는 커다란 시계가 걸려서 모레툼 시의 백성들에게 정확한 시각을 알려주었다.

이 시계가 어찌나 컸던지 시의 외곽에서도 보일 정도였다.

쌍둥이 타워를 지나 교황청 안으로 들어가면 본 건물들이 줄지어 나타났다. 모레툼 교황청의 규모는 상당히 커서, 그 안에 거주하는 인원만 100,000명에 육박했다. 물론 이 100,000명이라는 숫자는 교황청의 거주 인원만 추산한 것이고, 교황청을 포함한 모레툼 시의 총인구는 수백만 명이 훌쩍 넘었다.

이탄이 도착한 곳은 쌍둥이 타워 중 오른쪽 타워의 1층 로비였다.

후오옹!

로비 바닥의 이송마법진 위에 신성력으로 가득한 빛의 기둥이 내리쬐었다. 이윽고 이송마법진 안에서 이탄과 333호, 그리고 20명의 수호성기사들이 등장했다.

"기사님들, 오셨습니까?"

로비를 지키고 있던 경비병들은 수호성기사들을 보자마자 발목을 척 붙여 인사를 했다. 수호성기사들은 경비병들의 인사도 제대로 받지 않고 그냥 지나쳤다.

잠시 후, 수호성기사들은 이탄을 3층짜리 건물로 데려갔다. 하늘에서 내려다보면 'ㅁ'자 모양으로 생긴 고딕풍의 건물이었다. 벽돌로 지어진 건물 외벽엔 넝쿨식물들이 빼곡하게 붙어 있어 어딘지 모르게 고풍스러웠다.

이 건물 입구에도 창을 든 경비병 2명의 지키고 서 있었다.

"기사님들, 오셨습니까?"

수호성기사들이 접근하자 경비병들을 차렷 자세를 취했다.

수호성기사들은 이번에도 경비병들의 인사를 받지 않았다. 그들은 경비병들을 투명인간 취급하며 지나쳐서 건물 안으로 들어갔다.

2명의 경비병들도 성기사들의 태도를 당연한 것처럼 받아들였다.

수호성기사들이 발걸음을 멈춘 곳은 건물 3층의 집무실 앞이었다.

똑똑똑.

수호성기사들 가운데 대표가 한 걸음 앞으로 튀어나와 집무실의 문을 두드렸다.

두꺼운 나무문이 살짝 열렸다. 문틈으로 귀엽게 생긴 소년이 얼굴을 빼꼼 내밀었다. 대략 12살 내외로 보이는 소년이었다. 소년은 남색 복장에 머리에 동그란 빵모자를 쓴 차림이었다. 그 소년이 풀플레이트 아머를 착용한 수호성기사를 올려다보더니 문을 좀 더 활짝 열었다.

"추기경님의 손님이신가요?"

소년이 물었다.

수호성기사가 은빛 투구 사이로 대답했다.

"그렇다. 추기경님께서는 안에 계시느냐?"

"네. 손님을 기다리고 계세요."

소년이 냉큼 대답했다.

그러자 수호성기사가 이탄과 333호를 돌아보았다.

"안으로 들어가서 추기경님의 알현하라."

이탄을 대하는 수호성기사의 태도는 굉장히 딱딱하고 사무적이었다.

'수호기사단에 들어가지 않기를 잘했네. 내가 만약 이 딱딱한 기사단에 들어갔으면 돌아버렸을 거야.'

이탄은 속으로 이렇게 생각했다.

333호도 이탄과 비슷한 생각을 품었다.

Chapter 4

쿠웅.

이탄과 333호가 추기경의 집무실로 들어가자 문이 다시 닫혔다.

20명의 수호성기사들은 집무실 문을 등진 다음, 열중쉬어 자세로 대기했다. 일렬로 늘어서서 꿈쩍도 하지 않는 수호성기사들의 모습은 영혼이 없는 인형을 보는 듯했다.

한편 이탄은 문 안으로 들어간 뒤, 2개의 나무문을 연달아 또 통과했다.

각 문 앞에는 추기경을 섬기는 행정직들이 앉아서 열심히 문서를 정리 중이었다.

머리에 빵모자를 쓴 소년들이 행정직들을 도와서 이런저런 서류들을 나르고 잔심부름을 했다.

이탄과 333호가 세 번째 문을 통과하자 비로소 추기경의 진짜 집무실이 나왔다.

광장을 연상시킬 정도로 드넓은 집무실 바닥에는 부드러운 카펫이 깔렸다. 집무실 벽에는 박제된 동물의 머리가 장식되었다. 넓게 트인 창문 앞에는 커다란 책상이 자리했는데, 그 책상 앞에 추기경이 깍지를 끼고 앉아 있었다.

머리가 희고 주름이 잔뜩 진 추기경이었다. 그는 깍지 낀 손 위로 날카로운 눈빛을 드러내었다.

"추기경님, 말씀하신 손님들을 모셔왔습니다."

빵모자를 쓴 소년이 추기경을 향해서 공손히 아뢰었다.

"수고했다. 너는 그만 나가 보거라."

늙은 추기경이 카랑카랑한 음성으로 말했다.

"네, 추기경님. 필요한 것이 있으시면 또 불러주십시오."

소년은 이렇게 대답하고는 집무실의 문을 닫고 나갔다.

추기경은 비로소 책상에서 일어나 호두나무 소파를 가리켰다.

"거기들 앉으시게."

"네."

이탄은 묵묵히 소파로 가서 앉았다.

333호도 종종걸음으로 이탄을 따랐다.

둘이 자리에 착석을 하고 나자 추기경은 성큼성큼 걸어와 'ㄷ'자 모양으로 배치된 소파의 상석에 앉았다.

추기경의 손에는 보고서가 하나 쥐어져 있었다.

'저건 내가 올린 보고서 같은데?'

이탄이 눈을 가만히 빛냈다.

아니나 다를까, 추기경이 들고 있는 보고서는 이탄이 실키 가문의 2번 서고에서 베껴온 내용이었다.

늙은 추기경은 소파 앞 테이블 위에 보고서를 툭 던졌다. 그런 다음 천천히 입을 열었다.

"나는 도미니코라고 하네."

"아!"

333호가 작게 탄성을 흘렸다.

333호는 전에 이 추기경을 만난 적은 없었다. 하지만 그녀는 도미니코라는 이름이 얼마나 유명한지는 잘 알았다.

모레툼 교단은 굉장히 교세가 큰 곳이었다. 언노운 월드의 백 진영을 다 뒤져도 모레툼 교단과 어깨를 나란히 할 만한 곳은 그리 많지 않았다.

물론 백 진영의 최고봉은 시시퍼 마탑, 마르쿠제 술탑, 그리고 아울 검탑이었다.

압도적으로 강한 이들 세 탑을 제외하면, 그 다음은 6, 7개의 백 세력들이 서로 엇비슷한 전력을 보유했다.

이들이 이른바 2위 그룹이었다.

모레툼 교단은 당당히 이 2위 그룹에 들어갔다.

혹자는 2위 그룹이라 하여 모레툼 교단을 우습게 볼 지도 모른다. 하지만 그것은 대단한 착각이리라.

사실 언노운 월드는 어마어마하게 큰 세계였다. 간씨 세가의 세상보다 가로 방향으로 100배, 세로 방향으로 100배, 그러니까 면적으로는 족히 10,000배 이상 더 크고 넓은 세상이 바로 언노운 월드였다.

이 광활한 세상에서 상위 20위권(백 진영만 따지면 10위권) 이내에 든다는 것은 참으로 범상치 않은 일이었다.

게다가 언노운 월드는 간씨 세가의 세상보다 훨씬 더 각

박하여, 수시로 대전쟁이 터졌다. 이종족들 간의 국지전까지 따지면 언노운 월드에는 거의 피가 마를 날이 없다고 보면 되었다.

이 치열한 세상에서 어지간한 세력들은 10년도 버티기 힘들었다.

한데 모레툼 교단은 줄잡아 수천 년, 혹은 그보다 훨씬 더 오랜 세월 동안 건재했다.

모레툼 교단은 그만큼 대단한 곳이었다. 당연히 모레툼 교단을 이끌어가는 추기경들의 수도 많았다.

123명.

이것이 모레툼의 추기경들 숫자였다.

이렇게 수가 많다 보니 교황청에서 일을 하는 일꾼들도 추기경들의 이름을 다 외우지 못했다.

하지만 일꾼들 가운데 도미니코라는 이름을 모르는 사람은 없었다.

도미니코는 수많은 추기경들 사이에서도 우뚝 솟은 산봉우리와 같은 존재였다. 몇 년 전 비크 교황과 슈로크 교황이 차기 교황 자리를 놓고 치열하게 암투를 벌일 무렵, 도미니코도 그 사이에 끼어들어 삼파전을 형성했었다.

한데 어느 순간 도미니코는 경쟁에서 물러났다. 그리곤 비크 교황의 편에 섰다.

비크도 도미니코를 우대하여 그에게 상당한 실권을 양보했다.

지금 모레툼 교황청의 2인자는 비크의 오른팔이라 불리는 세본 추기경이지만, 공식적인 직함으로는 도미니코가 세본보다 더 높았다.

도미니코는 단지 직함만 높은 것이 아니었다.

학자 출신의 추기경답게 도미니코는 교리에 정통했다. 교의 교리와 역사를 중요하게 여기는 늙은 주교와 신관들은 열성적으로 도미니코를 지지했다. 덕분에 도미니코는 명예와 세력을 동시에 갖추었다.

또한 도미니코를 섬기는 자들 가운데는 수호기사단도 있었다.

비크 교황이 은화 반 닢 기사단을 지배하고, 레오니 추기경이 추심기사단을 가졌다면, 도미니코 추기경은 수호기사단의 단장이었다.

학식.

세력.

무력.

도미니코는 이 세 가지를 한 손에 움켜쥐고 모레툼 교단을 좌우하는 거물급 인사였다. 슈로크가 죽은 이후로 비크 교황이 가장 신경을 쓰는 인물도 바로 레오니 추기경과 도미니코 추기경이었다.

333호는 머릿속이 복잡했다.

'도미니코 추기경님이 49호 님과 나를 교황청으로 소환한 거라고? 이건 뭔가 이상한데? 우리 은화 반 닢 기사단은 교황님과 세본 추기경님께 직접 보고하는 조직이잖아. 그런데 왜 49호 님의 보고서가 저분의 손에 들어갔지?'

333호의 상식대로라면 도미니코는 은화 반 닢 기사단의 퀘스트에 대해서 파악할 수가 없었다. 그런 일이 벌어지지 않도록 비크 교황과 세본 추기경이 신경을 곤두세우기 때문이었다.

한데 그 이상한 일이 발생했다.

지금 도미니코는 이탄의 보고서를 손에 쥐고 있었다.

아니, 그 정도를 넘어서 싹 틔우기 퀘스트를 이탄에게 지시한 고위층이 바로 도미니코인 듯했다.

Chapter 5

'모레툼 교단 최상층부에 중대한 변화가 생겼구나. 높으신 추기경님들 사이에서 권력이 움직이고 있어.'

333호는 침을 꼴깍 삼켰다.

'이렇게 추기경님들이 정치적 싸움을 벌이면, 가장 먼저 갈려나가는 대상이 바로 우리와 같은 은화 반 닢 기사단의 정보요원들이지.'

333호는 심장이 쫄깃해졌다. 목덜미도 서늘했다.

333호가 바짝 긴장하는 동안, 도미니코는 깊은 눈으로 이탄만 바라보았다.

이탄은 도미니코를 보지 않았다. 그는 무릎 위에 양주먹을 살포시 얹어놓고 정면만 바라보았다.

지금 이탄의 태도는 충성스러운 전투요원을 연상시켰다.

도미니코가 이탄에 대한 탐색을 마치고는 빙그레 웃었다.

"49호."

"네, 추기경님."

"자네에 대한 이야기는 종종 들었다네. 참으로 뛰어난 전투요원이라지?"

"아닙니다. 제 성과가 과대평가되었을 뿐입니다."

이탄은 과하지도 않고 부족하지도 않게 중간 톤으로 대답했다.

도미니코가 손을 가슴 높이로 들었다.

"49호, 그렇게 긴장할 필요는 없다네. 나는 다만 싹 틔우기 퀘스트에 대한 결과보고서가 궁금하여 자네들을 보자고 한 걸세."

"무엇이 궁금한지 말씀해주시면 답을 올리겠습니다."

이탄이 충직하게 답했다.

도미니코는 이탄을 추궁하듯이 찔러보았다.

"여기 자네가 작성한 보고서를 보면, 순 뜬구름 잡는 이야기뿐이란 말이지. 자네는 이게 무슨 뜻인지 알고 작성한 겐가?"

솔직히 이탄은 실키 가문의 옛 문서에서 찾아낸 내용을 보고서 안에 그대로 베껴놓았다. 이탄은 그 내용에서 토씨 하나 바꾸지 않았다.

이탄이 이렇게 솔직하게 보고서를 작성한 데는 그럴 만한 이유가 있었다.

'옛문서의 내용을 아무리 곱씹어 보아도 연은의 가호를 발아의 가호로 진화시킬 실마리가 보이지 않아. 하지만 혹시 모르지. 교황청에서 이번 퀘스트를 내린 고위층이라면 문서를 보고서 뭔가 실마리를 찾아낼지도 모르겠어. 그러니까 한번 미끼를 던져보자. 밑져야 본전이잖아?'

이탄은 이런 심정으로 옛문서의 내용을 보고서에 옮겨 담았다.

아니나 다를까, 교황청에서 곧 반응이 왔다. 교황청에서는 즉각 이탄과 333호를 불러들였다.

'여기까지는 내 계획대로 되었어. 다만 그 고위층이 비크 교황이나 세본 추기경이 아니라 도미니코 추기경이라는 점이 의외일 뿐이지.'

이탄은 덤덤한 눈으로 도미니코를 바라보았다.

도미니코는 손으로 자신의 눈가를 한 번 비빈 다음, 이탄이 작성한 보고서의 내용을 소리 내어 읽었다.

"연은이란 다른 물질을 은으로 바꾸는 기술이다. 모레툼 님으로부터 연은의 가호를 하사받은 자는 돌, 풀, 나무, 물, 심지어 공기마저도 은으로 바꿀 수⋯⋯. 하지만⋯⋯. 싹이 튼다는 것은⋯⋯. 아무것도 없는 빈 땅에 씨앗을 심어라. 겨우내 땅 속에서 자라난 그 씨앗이 봄이 되어 싹을 틔우리라."

이탄은 도미니코의 낭독을 들으면서 머릿속으로 문서의 내용을 한 번 더 곱씹었다.

그래도 앞이 막막한 것은 마찬가지였다.

'여전히 실마리가 잡히지 않네. 이것으로 어떻게 연은의 가호를 진화시키지?'

이탄은 이런 생각으로 도미니코를 보았다.

그때 도미니코도 이탄을 빤히 응시했다.

"자네가 보기에 이게 무슨 소리인 것 같나?"

이탄이 고개를 가로저었다.

"추기경님, 제 머리로는 도무지 이해가 되지 않습니다."

이탄은 솔직하게 대답했다.

순간 도미니코의 눈동자 속에서 섬광이 번뜩였다.

이탄은 그 순간 깨달았다.

'이런! 도미니코 추기경이 간파의 가호를 지녔구나. 지금 도미니코는 내 말이 거짓인지 진실인지 들여다보고 있어.'

이탄은 상대가 간파 능력자라고 해도 두렵지 않았다. 이미 이탄은 이런 자들을 상대해본 경험이 많았다.

도미니코가 다시금 이탄을 추궁했다.

"허어. 이해가 되지 않는다? 은화 반 닢 기사단의 요원들은 이해도 못 하는 내용을 보고서에 담나?"

도미니코의 추궁은 칼날처럼 날카로웠다.

333호가 이탄을 대신하여 대답하려 했지만, 이탄이 손을 들어 333호를 제지했다. 그런 다음 이탄은 솔직하게 상황을 설명했다.

"추기경님께 있는 그대로 말씀드리겠습니다. 제가 이번 퀘스트를 받을 때 공식적으로 명령받은 바는 쿠퍼 가문을 대표하여 실키 가문에 다녀와라. 실키 가문과 우호를 증진시켜라. 이 두 가지였습니다."

"으으음."

도미니코가 신음을 흘렸다.

이탄의 말이 옳았다. 이번에 이탄에게 내려진 퀘스트는 목표가 분명하지 않고 두루뭉술했다.

이탄이 말을 이었다.

"저는 명을 받은 대로 쿠퍼 가문을 대표하여 실키 가문에 다녀왔습니다. 실키 가주, 그리고 아바니 가주와 합의문도 작성하여 세 가문 사이의 우호도 증진시켰습니다. 333호가 올린 보고서에는 그 내용이 적혀 있을 것입니다."

이탄은 엄연한 사실만을 말하였다.

도미니코도 권능을 통해서 이탄의 말이 진실임을 파악했다.

이 대목에서 이탄이 333호를 힐끗 곁눈질했다.

도미니코는 그 장면을 놓치지 않았다.

Chapter 6

이탄이 잠시 멈췄던 말문을 다시 열었다.

"그런데 저는 이번 퀘스트가 너무 쉽다고 느꼈습니다. 그래서 제 전담보조요원인 333호에게 의견을 물었습니다. 그랬더니 333호가 교황청의 인맥을 통해서 이번 퀘스트의 이면을 알아봐주더군요."

"퀘스트의 이면이라? 허허허."

도미니코는 민망했던지 너털웃음을 흘렸다.

333호는 이탄이 느닷없이 고자질을 하자 손으로 입을 막으며 "앗!" 소리를 내었다.

반면 도미니코의 표정에는 전혀 변화가 없었다.

이탄은 곧바로 깨달았다.

'역시 도미니코 추기경은 333호가 교황청의 인맥을 통해 자료를 복사한 사실을 이미 알고 있었구나. 내 이럴 줄 알았지. 교황청의 늙은 구렁이들이 어떤 자들인데 그렇게 허술하겠어? 역시 교황청에서 벌어지는 모든 일들은 이 늙은 구렁이들의 손바닥 안에 있다니까.'

이탄은 속으로 이렇게 중얼거렸다. 그러면서 이탄은 도미니코의 관심이 333호에게 쏠리지 않도록 빠르게 이야기를 이었다.

"제가 전담보조요원을 통해서 파악한 바에 따르면, 오래전 모레툼교의 중요한 정보가 실키 가문으로 넘어갔다고 합니다. 저는 그 정보를 되찾아오는 것이 이번 퀘스트의 진짜 내용이라고 생각했습니다. 그래서 실키 가문에 머무는 내내 그들의 서고에 밤마다 침투하여 오래된 문서들을 뒤져보았습니다."

"호오? 그래서?"

도미니코가 이탄에게 바짝 다가앉았다.

이탄은 확실히 깨달았다.

'역시 내가 베껴온 옛문서에 뭔가가 있구나. 도미니코 추기경의 태도가 갑자기 돌변했어.'

이탄은 일단 이런 생각들을 머릿속 한구석으로 치워둔 다음, 도미니코에게 보고를 계속했다.

"그런데 제가 6일 동안 매일 뒤졌는데도 모레툼교의 정보라고 할 만한 것이 발견되지 않았습니다. 그러다 겨우 고서의 한 페이지를 발견하여 베껴왔습니다."

"고서를 베꼈다? 혹시 여기에 작성한 것이 그 내용인 겐가?"

도미니코가 보고서를 손에 쥐고 흔들었다.

이탄이 도미니코의 말에 맞장구를 쳤다.

"맞습니다. 추기경님의 말씀대로입니다. 조금 전 추기경님께서 낭독하신 부분을 보면 분명히 모레툼 님이 언급되어 있습니다. 게다가 마지막 문구를 보면 씨앗이 싹을 틔운다고 되어 있습니다. 이번 퀘스트의 명칭이 싹 틔우기가 아닙니까? 저는 교단에서 이 내용을 찾아오라고 저에게 퀘스트를 내린 것이라 생각했습니다."

"흐으음."

"추기경님께 분명히 말씀드릴 수 있습니다. 저는 실키 가문의 옛문서의 내용을 토씨 하나 바꾸지 않고 그대로 보고서에 담았습니다. 더하거나 뺀 부분도 없습니다."

이탄은 모든 상황을 솔직하게 까발렸다.

도미니코는 이탄의 말이 모두 사실임을 파악했다. 굳이 간파의 가호가 아니더라도 이탄의 말에는 허점이 전혀 보이지 않았다.

"추기경님, 혹시 제가 퀘스트를 잘못 이해한 것입니까?"

이탄이 마지막 못을 박듯이 도미니코에게 물었다. 도미니코를 바라보는 이탄의 눈빛은 열정으로 불타올랐다.

도미니코가 판단하기에 이탄은 목숨을 바쳐서라도 임무를 달성해내는 충성스러운 요원의 자세를 갖추었다.

'허어. 49호는 좋은 요원이로구나.'

도미니코는 주름진 손으로 자신의 머리카락을 쓸어 올렸다. 그럼 다음 이탄의 질문에 답을 주었다.

"49호. 자네는 잘못 이해하지 않았다네. 제한된 정보만으로도 자네는 자네의 몫을 충실히 해내었지."

"그러면 제가 제대로 된 정보를 찾아온 것입니까?"

무표정하던 이탄의 얼굴에 얼핏 기쁨이 차올랐다.

도미니코는 이탄의 표정 변화 한 올까지도 놓치지 않았다.

'49호는 사람에게 충성하는 인물은 아니야. 다만 그는 불가능한 퀘스트를 성공해내는 것 자체에 희열을 느끼는 것 같아. 비크 교황은 어디서 이런 훌륭한 사냥개를 뽑았을꼬?'

도미니코는 잠시 이런 생각을 한 뒤, 이탄에게 다른 것을 물었다.

"혹시 실키 가문의 서고에서 연은의 가호에 대한 것은 찾지 못했나?"

연은이라는 단어를 읊을 때 도미니코의 눈에서 기이한 광채가 뿜어졌다. 이탄은 그 점을 놓치지 않았다.

"그런 것은 보지 못했습니다. 만약 발견했다면 그 부분도 베껴왔을 것입니다."

이탄이 단호하게 답변했다.

"으으음. 그런가?"

도미니코는 이탄의 말이 진실임을 알아보았다. 도미니코의 얼굴에 한 가닥의 짙은 아쉬움이 떠올랐다.

이탄은 상대의 감정 변화를 곧바로 캐치했다.

'역시 도미니코 추기경은 연은의 가호에 대해서 신경을 곤두세우고 있었구나. 그 고문서 때문인가? 모레툼 님이 연은의 가호를 가지고 현신한다는 예언 말이야.'

이탄은 그 예언을 믿지 않았다.

그럼에도 불구하고 이탄은 '교황청의 능구렁이 같은 추기경들이 연은의 가호에 대해서 주목하고 있는 이 상황은 심각하지.'라고 판단했다.

"알겠네. 내가 자네들에게 궁금한 것들을 얼추 다 물어보았네만, 혹시 자네는 내게 궁금한 것이 있나?"

도미니코 추기경은 사람 좋게 웃으며 물었다.

이 순간 도미니코는 물길에 매복을 하고 먹잇감을 노리는 악어 같았다. 그는 혹시 이탄이 연은의 가호나 발아의 가호에 대해서 뭔가를 묻지 않을까 기다렸다.

이탄은 도미니코의 함정에 빠지지 않았다.

"없습니다. 저는 다만 이번 퀘스트에 대한 판정이 궁금할 뿐입니다."

도미니코가 어깨를 으쓱했다.

"흐으음. 그거야 당연히 성공이지. 자네와 자네의 파트너는 퀘스트의 이면에 담긴 세심한 부분까지 파악하여 이번 싹 틔우기 퀘스트를 수행했다네. 그런데 이걸 성공으로 판정하지 않는다면 앞으로 누가 퀘스트를 하려 들겠는가?"

"그렇습니까?"

도미니코의 말에 이탄이 하얀 이를 드러내었다.

333호도 눈이 반달 모양으로 둥글게 휘었다.

도미니코가 이탄의 어깨를 툭 쳤다.

"허허허. 처음엔 인상이 딱딱해 보였는데 그렇게 활짝 웃으니 보기 좋구먼. 우리 나중에 또 봄세."

도미니코는 이탄을 친근하게 대했다.

이탄이 감격한 듯 벌떡 일어나 90도로 허리를 숙였다.

"네. 추기경님. 다음에도 퀘스트를 내려주시면 충심을 다해 수행하겠습니다."

"그래, 그래. 내가 바쁘니 배웅은 나가지 않겠네. 허허허."

도미니코는 이런 말로 이탄과 333호에게 그만 나가보라는 뜻을 전했다.

이탄과 333호는 도미니코에게 한 번 더 허리를 숙인 다음, 집무실에서 물러나왔다.

Chapter 7

스르륵—.

이탄이 밖으로 나간 뒤, 도미니코의 집무실 책장이 소리 없이 열렸다. 그 책장 뒤에서 추기경 복장의 사내가 발뒤꿈치를 들고 들어왔다.

놀랍게도 책장 뒤에서 등장한 추기경의 정체는 세본이었

다. 비크 교황의 오른팔이라 알려진 세본이 나타나서는 안 될 장소에 나타났다.

도미니코 추기경이 대체 누구인가?

그는 비크 교황이 세상에서 가장 경계하는 2명의 라이벌 가운데 한 명이었다. 슈로크 추기경이 죽은 이후로 비크는 레오니와 도미니코를 가장 경계했다. 한데 비크의 심복인 세본 추기경이 도미니코의 책장 뒤에 몰래 숨어 있다가 등장한 것이다.

도미니코가 세본에게 턱짓을 했다.

세본은 도미니코 옆에 앉았다.

"49호를 직접 보신 소감이 어떻습니까?"

세본이 도미니코에게 물었다.

도미니코는 손으로 자신의 턱을 쓸면서 대답했다.

"순간적으로 교황 성하가 부러워지더군. 성하께서는 어디서 저렇게 좋은 사냥개를 구하셨을꼬?"

"제가 보기에도 49호는 최고의 사냥개입니다. 교황 성하께서 저 사냥개의 목줄이 풀리지나 않을까 노심초사하는 이유가 있겠지요. 후후후."

"성하께서 노심초사를 하시나?"

도미니코는 속을 알 수 없는 말간 눈으로 세본을 돌아보았다.

세본이 곧장 고개를 주억거렸다.

"그렇습니다, 도미니코 추기경님. 교황 성하께서 49호의 목에 걸린 목줄이 풀릴까 봐 어찌나 걱정을 하시는지 모릅니다."

놀랍게도 세본은 도미니코에게 비크 교황의 약점을 낱낱이 털어놓았다.

도미니코가 또 물었다.

"49호는 좋은 사냥개지만 머리는 나쁜 것 아닌가? 그러니까 목줄이 채워진 신세가 되었겠지. 아닌가?"

세본은 잠시 생각하다가 고개를 끄덕였다.

"제 판단에 49호는 머리가 나쁘기보다는 충직한 성격입니다."

"그래?"

도미니코가 히죽 미소를 지었다. 모든 주인들이 다 그렇겠지만, 도미니코도 사냥개를 고를 때 충직함을 최고의 미덕으로 쳤다.

세본이 말을 이었다.

"49호가 그렇게 충직한 성격이기 때문에 그동안 위험한 퀘스트들을 척척 수행해내었겠지요. 교황 성하도 49호의 능력과 충직함을 알아보고 목줄을 채워 사냥개로 키운 것일 테고요. 이렇듯 49호는 타고난 충직함 때문에 머리가 나빠 보일 수는 있습니다만, 그렇다고 해서 그가 마냥 머리가 나쁠 리는 없습니다. 진짜로 머리가 나쁘면 어려운 퀘스트들을 수행하는 게 불가능하니까요."

"그건 그렇지."

도미니코가 세본의 말에 동의했다.

"그러니까 49호는 충직함 때문에 어리석어 보이는 것뿐입니다. 한데 만약 49호가 자신의 주인에게 속았다는 사실을 알게 되면 어떻게 되겠습니까? 49호의 날카로운 이빨이 어디로 향하게 될 것인지…… 쯧쯧쯧. 저는 그 점이 참 걱정입니다. 쯧쯧쯧."

세본은 안타깝다는 듯이 혀를 찼다. 세본이 안타까워하는 대상이 목에 목줄이 걸린 사냥개(이탄)인지, 아니면 사냥개의 날카로운 이빨에 물리게 될 주인(비크 교황)인지는 알 수가 없었다.

도미니코가 세본을 향해서 상체를 슬쩍 기울였다.

"허허허. 그런 일이야 늘 벌어지는 것 아닌가? 사나운 사냥개를 키우는 주인일수록 사냥개에게 물리지 않도록 주의를 해야지. 평소에 사냥개에게 친구처럼 잘 대해주든가, 아니면 목줄을 잘 채워서 물지 못하도록 강제하든가."

세본이 씨익 웃었다.

"도미니코 추기경님이시라면 전자시겠네요. 추기경님은

사냥개들에게도 친구처럼 잘 대해주시지 않습니까? 말이 나왔으니까 하는 말인데, 이곳 교황청에서 가장 적이 없으신 분이 바로 추기경님 아니십니까. 후후훗."

세본의 칭찬에 도미니코가 손사래를 쳤다.

"어허허허. 대신 나는 써먹을 만한 사냥개가 얼마 없다네. 누구처럼 억지로 사냥개를 만들지는 않으니까 말이야. 허허헛."

"후후훗. 그 대신 추기경님은 진심으로 사냥개를 대해주시지 않습니까? 그러니 기르는 개에게 물리실 염려는 없으시지요. 누구와는 다르게 말입니다. 후후후후."

도미니코와 세본이 언급한 '누구'란 공통적으로 비크 교황을 의미했다.

비크의 심복이던 세본 추기경이 도미니코 쪽으로 줄을 갈아탄 이유는 하나였다.

아들의 죽음.

세본이 후계자로 여겼던 아들은 미유 주교였다. 그 아들이 솔노크 시에서 둔기에 얻어맞아 죽은 뒤, 세본은 심경의 변화를 일으켰다. 아들이 죽은 배후에 비크 교황이 있다고 생각했기 때문이었다.

세본은 복수심에 눈에 돌아갔다. 그 결과 그는 아무도 모르게 도미니코 추기경과 손을 맞잡았다.

이번에 은화 반 닢 기사단을 움직여서 도미니코의 일을 돕게 만든 장본인도 바로 세본 추기경이었다.

정치란 원래 이렇게 비열한 것이었다.

어제의 적과 오늘은 손을 맞잡고.

오늘 손을 맞잡은 친구의 등에 내일은 칼을 꽂고.

이런 것이 정치의 본색이었다. 그리고 모레툼과 같은 대형 교단의 추기경들이 하는 업무는 대부분 정치의 연속일 수밖에 없었다.

Chapter 8

"모처럼 신성한 곳에 왔으니 기도나 하고 갈까?"

이탄이 턱으로 기도실을 가리켰다.

은화 반 닢 기사단의 요원들은 음지에서 양지를 지향하면서 모레툼 님의 은혜를 세상에 퍼뜨리는 자들이었다.

따라서 요원들은 정식으로 모레툼의 기도실에 들어가지도 못했다. 늘 신분을 감추고 살아야 하기에 대놓고 기도실을 쓸 수는 없었다.

이러한 제약이 오히려 요원들의 신앙심을 더욱 굳건하게 다져놓았다. 333호는 이탄의 말이 떨어지기 무섭게 고개를 끄덕인 이유도 바로 이 때문이었다.

"네. 좋아요."

333호는 신이 나서 기도실로 달려갔다.

이탄도 성큼 걸어서 기도실에 들어갔다.

수호성기사들이 묘한 눈빛으로 이탄과 333호를 보았다.

처음에 수호성기사들이 이탄에게 느낀 감정은 경쟁심이었다. 모레툼 교단의 삼대 기사단은 평소 서로에게 라이벌의식을 가지고 있으므로 수호성기사들이 이탄에게 경쟁심을 느낀 것은 그리 이상한 일은 아니었다.

'은화 반 닢 기사단의 전투요원들이 그렇게 목에 힘을 주고 다닌다며?'

'실전 최강은 자신들이라면서 거들먹거리는 자들이 바로 은화 반 닢 기사단의 전투요원들이라지?'

수호성기사들은 이런 선입견을 가지고 이탄을 대했다.

한데 이탄이 추기경 알현을 마치자마자 기도실을 찾는 모습을 보고는 수호성기사들의 마음 한구석이 뭉클해졌다.

'역시 저들도 모레툼 님의 자식들이구나.'

'저들도 우리와 같은 형제자매들이었어.'

수호성기사들은 한결 우호적인 눈빛으로 기도실을 바라보았다.

그러는 사이, 이탄은 좁은 기도실에 들어가 무릎을 꿇었다. 그리곤 모레툼의 은혜에 감사하는 듯한 표정을 취했다.

사실 이것은 겉모습일 뿐, 이탄은 조용한 장소에 처박혀서 복잡한 머릿속을 정리했다.

은화 반 닢 기사단 = 비크 교황의 꼬봉.

이것이 이탄이 알고 있던 공식이었다.

한데 그 공식이 깨졌다.

'도미니코 추기경은 분명 비크 교황파가 아니야. 그런데 그가 은화 반 닢 기사단을 움직였어. 어떻게 이게 가능하지? 비크가 미친 게 아니라면 어떻게 이게 가능하냐고? 혹시 비크가 미쳤나? 아니면 그에게 피치 못할 사정이 생기기라도 했나? 그래서 권력에 공백이 생긴 것일까?'

이탄은 이렇게 유추했다.

설령 그렇다고 쳐도 지금 이 상황은 이상했다.

'비크가 자리를 비웠다고 치자. 그렇다고 하더라도 비크의 오른팔인 세본이 그 공백을 메워야 정상인데? 비크가 비운 자리를 세본이 대신 채워줘야 하는데? 앗!'

이탄이 입을 딱 벌렸다.

'설마 레오니 추기경에 계책이 먹혔나? 레오니 추기경은 비크와 세본 사이를 벌려놓으려고 계획을 세웠잖아. 그래서 솔노크 시에서 세본의 아들인 미유 주교를 해치운 것 아냐.
그런 다음 살인의 배후에 비크 교황이 있는 것처럼 꾸몄지.'

만약 레오니 추기경의 계획이 먹혔다면?

그래서 세본 추기경이 비크 교황에게 앙심을 품었다면?

'그럼 도미니코 추기경이 은화 반 닢 기사단을 움직일
수도 있겠지. 세본이 비크 교황 몰래 도미니코와 손을 잡았
다면 말이야.'

이탄은 이렇게 판단했다.

"아하하하. 이거 일이 재미있게 흘러가는데? 이렇게 위
쪽 물이 혼탁해지면 나야 좋지. 이런 틈을 타서 은화 반 닢
기사단을 내 손에 넣어볼 수도 있을 거야. 아하하하."

이탄이 손바닥을 슥슥 비볐다.

"이거, 그동안 뿌려둔 씨가 여기저기서 싹을 틔우는 느
낌이네?"

이탄이 기분 좋게 자리를 털고 일어날 때였다.

그 순간,

콰콰콰쾅!

이탄의 뇌리에 천둥이 쳤다.

"아아아!"

이탄은 입을 쩍 벌렸다.

아무것도 없는 빈 땅에 씨앗을 심어라. 겨우내 땅 속에서 자라난 그 씨앗이 봄이 되어 싹을 틔우리라.

실키 가문에서 읽었던 마지막 문장이 이탄에게 갑자기 다가왔다.

Chapter 9

솔노크 시에서 이탄은 레오니 추기경의 계획을 도왔다.

그 계획이란 다름이 아니라 세본 추기경의 마음속에 씨앗을 뿌리는 것이었다. 의심이라는 씨앗 말이다.

그때 뿌렸던 의심의 씨앗이 겨우내 땅 속에서 자라나 드디어 싹을 틔운 듯했다. 이탄이 보기에 세본 추기경은 비크의 뒤통수를 치려고 도미니코 추기경과 손을 잡은 것이 분명했다.

발아(發芽).

씨앗이 싹을 틔운다는 것은 무에서 유를 창조하는 것이 아니었다. 이탄은 그동안 아무것도 없는 무에서 유를 창조하려고 별짓을 다 해보았다. 심지어 이탄은 몸속의 피를 은으로 바꾼 뒤, 피부 밖으로 내보내도 보았다.

다 소용없었다.

발아란 그런 것이 아니었다.

발아는 무에서 유를 창조하는 것이 아니라, 씨앗(원인)이
싹(결과)으로 바뀌어가는 일련의 과정을 의미했다.

원인과 결과.

인(因)과 과(果).

인과율.

정상 세계를 구성하는 신의 얼개.

언령.

이탄의 머릿속에서 이와 같은 낱말들이 연쇄적으로 등장
했다. 그리고 그 낱말들은 결국 '언령'으로 귀결되었다.

이제 이탄의 머릿속에는 새로운 공식이 자리를 잡았다.

발아의 가호 = 언령.

가호란 모레툼이 자신을 섬기는 신관들에게 내려주는 선
물이었다. 지금까지 이탄은 이렇게 믿어왔다.

그리하여 가호는 신성력의 발현이었다. 신으로부터 받은
능력에 신성력을 불어넣어야 비로소 가호의 힘이 만천하에

드러났다.

이탄이 지둔의 가호를 펼칠 때에도 마찬가지였다. 이탄은 흙의 방패를 머릿속으로 그린 다음, 그 속에 신성력을 잔뜩 불어넣었다. 그러면 비로소 모레툼의 지둔이 이탄의 눈앞에 나타났다.

은신의 가호도 이와 다를 바 없었다. 이탄이 신성력을 투입해야 비로소 이탄의 몸이 투명하게 변했다.

'한데 언령은 신성력에 의존하지 않잖아? 문자의 의미, 문자의 본질을 깨우친 다음, 그 문자를 입으로 말하면 곧 이적이 구현되잖아? 그게 바로 언령이잖아.'

한데 만약 발아의 가호가 언령이라면?

그럼 신성력이 전혀 없더라도 깨우침만 있으면 구현이 가능해야 했다. 모레툼에 대한 신앙심은 전혀 관건이 아니었다. 여기에는 연은의 가호를 한 단계 업그레이드시키려는 노력도 필요 없었다. 언령이라는 것은 노력을 통해 발전시킬 수 있는 것이 아니었다. 언령은 '번뜩하고 깨우친 순간 그냥 쓸 수 있는 것'이었다.

콰콰쾅!

이탄의 뇌리에 한 번 더 천둥이 쳤다.

이번 천둥은 지금까지 이탄이 겪었던 그 어떤 천둥보다도 더 우렁찼다. 이탄의 영혼을 단숨에 뒤흔들 만큼 강렬했다.

그 천둥과 함께 '발아'의 언령이 이탄에게로 와서 이탄의 것이 되었다.

발아는 상격 언령이었다.

발아는 이탄이 깨우친 열네 번째 언령이었다.

발아는 싹을 틔우는 언령이었다.

모레툼교의 가호 편람에는 연은의 가호가 발전하여 발아의 가호로 진화한다고 쓰여 있었지만, 이탄이 보기에 그것은 거짓말이었다. 조금 전 이탄은 깨우침을 통해 발아가 언령이라는 사실을 확신하게 되었다.

이탄이 두 손을 하나로 모았다.

화악!

이탄의 손바닥 위로 성스러운 빛이 모여들었다.

그 빛이 씨앗이 되었다. 빛의 씨앗 속에서 영롱한 싹이 토토톡 움텄다.

"이것이 발아인가?"

이탄은 황홀한 듯 손바닥 위의 싹을 내려다보았다. 이탄의 얼굴이 환희로 물들었다. 이탄의 동공에 감동이 차올랐다.

그렇게 움튼 싹은 이내 빛이 되어 이탄의 뇌로 박혀들었다. 이탄의 두개골 속 뇌에는 조그만 새싹이 문신처럼 박혔다.

아니, 엄밀하게 말해서 이 싹은 이탄의 뇌가 아니라 이탄의 법력 위에 새겨졌다. 이탄의 뱃속 음차원 덩어리에 만자비문이 조각처럼 새겨졌듯이, 이탄의 뇌에 자리를 잡은 법력의 덩어리에는 도톰한 새싹이 양각되었다.

한편 기도실 밖에서는 수호성기사들이 두 눈을 부릅떴다. 이탄이 들어간 기도실 문틈으로 성스러운 광채가 느닷없이 터져 나왔기 때문이었다.

"이게 무슨!"

"오오오, 은혜로우신 모레툼 님이시여."

20명의 수호성기사들이 그 자리에 주저앉듯 무릎을 꿇었다.

수호성기사들은 은화 반 닢 기사단의 요원들이나 추심기사단의 성기사들보다 신앙심이 훨씬 더 굳건한 자들이었다.

그런 자들이 이 빛을 알아보지 못할 리 없었다.

이건 분명히 모레툼의 성기사들이나 신관들이 발현하는 신성력은 아니었다. 하지만 신성력의 끝, 신성력을 넘어선 그 무언가가 확실했다.

"우흐흑, 모레툼 님이시여."

수호성기사들의 두 눈에서 뜨거운 눈물이 쏟아졌다. 그

눈물은 은빛 투구를 타고 성기사들의 무릎 위로 뚝뚝 떨어졌다.

15분쯤 뒤.

이탄이 기도실 밖으로 나왔다.

"오래 걸리셨네요?"

333호가 이탄을 반겼다. 333호는 이미 10분 전에 기도실에서 나와서 이탄을 기다리던 중이었다.

이탄을 반기는 사람은 333호만이 아니었다. 이탄을 바라보는 수호성기사들의 눈빛이 이전과는 확연히 달라졌다.

'뭐야? 이것들이 왜 이래?'

이탄은 수호성기사들의 초롱초롱한 눈빛이 부담스러웠다.

아몬의 토템을 복원하다

Chapter 1

그 날, 수호성기사들은 이탄과 333호를 은화 반 닢 기사단까지 다시 배웅해 주었다.

이탄과 헤어지기 전, 수호성기사 가운데 한 명이 이탄을 은근히 떠보았다.

"험험. 이거 실례가 되는 말일지도 모르겠는데, 혹시 우리 수호기사단으로 옮길 생각은 없으십니까?"

"으잉?"

뜻밖의 제안에 이탄이 눈을 동그랗게 떴다.

가만히 보니 수호성기사의 태도도 이상했다. 조금 전까지만 하더라도 수호성기사들은 철수세미처럼 뻣뻣했다. 그들은 이탄에게 존칭도 쓰시 않았다.

'그런데 갑자기 웬 존댓말이야? 표정도 사근사근하게 바뀐 것 같고. 혹시 도미니크 추기경이 수호성기사들에게 뭐라고 언질을 줬나? 나를 한번 포섭해보라고?'

이탄은 수호성기사들이 도미니코 추기경의 사주를 받았을 것이라고 의심했다. 그게 아니라면 수호성기사들의 갑작스러운 태도 변화를 설명할 길이 없었다.

실은 그게 아니었다. 수호성기사들의 태도 변화는 이탄이 기도실에서 보여준 이적, 즉 발아의 가호 덕분이었다.

이탄은 그 점을 전혀 인지하지 못했다.

어쨌거나 싹 틔우기 퀘스트는 성공 판정을 받았다. 이것으로 이탄은 아홉 번째 퀘스트를 무사히 끝마친 셈이었다.

이탄은 쿠퍼 본가로 돌아온 뒤, 문부터 꽉 걸어 잠갔다.

"이제 당분간은 밖으로 떠돌지 말아야지. 그동안 바빠서 매듭을 짓지 못했던 일들을 이 기회에 싹 다 정리해야 해."

이탄은 다만 며칠간만이라도 타인에게 방해를 받지 않고 싶었다. 그래서 세실을 따로 불러서 신신당부했다.

"서재에서 며칠 푹 쉴 테니 아무도 들이지 마. 식사는 며칠 치를 서재로 가져다주고. 청소도 필요 없어."

"알겠습니다. 편히 쉬십시오, 가주님."

세실은 이탄이 연속된 격무에 시달렸을 것이라 여겼다. 그래서 군소리 없이 이탄의 명을 따랐다.

이탄은 분신의 가호로 분신을 한 명 만들어서 서재에 앉혀놓았다.

이탄의 분신이 인형처럼 얌전히 서재를 지키는 동안, 이탄은 무한공의 권능을 발휘하여 한 발을 앞으로 내디뎠다.

샤라락~.

이탄의 몸이 빛의 입자로 변하여 와르르 허물어졌다.

같은 시각, 이탄은 아득히 먼 곳에서 다시 나타났다.

이탄이 대륙 북동부의 서재에서 한 발을 내디뎌서 도착한 곳은 머나먼 북서부의 수아룸 대산맥이었다.

대륙의 끝자락에 우뚝 솟아 있는 수아룸 대산맥은 과거 이탄이 피사노교에서 탈출했을 때 선봉 선자와 함께 횡단했던 지역이었다. 당시 이탄은 이곳 수아룸의 깊은 절벽 틈새에서 언령의 벽을 발견했었다.

물론 지금은 언령의 벽이 남아 있지 않았다. 이탄은 언령의 벽이 존재했던 자리에 뒷짐을 지고 서서 벽의 흔적을 물끄러미 바라보았다.

깊은 계곡은 극한의 냉기로 가득했다. 이탄은 살을 저미는 냉기를 아무렇지도 않게 견뎌내었다.

이것은 굳이 견딘다는 느낌도 아니었다. 이탄은 전혀 추

위를 느끼지 않았다. 이탄의 몸 주변에는 서리가 내려앉지
도 않았다.

"이제 시작해 보자."

이탄은 평평한 암반을 찾아서 그 위에 앉았다.

이윽고 이탄이 아공간에서 꺼내든 것은 아몬의 토템이었
다. 고대 악마사원의 법보가 오랜만에 그 모습을 드러내었
다.

우우웅!

아몬의 토템은 오랜만에 바깥 구경을 한 것이 기쁜 듯 마
구 울어댔다.

아나테마의 악령이 이탄에게 말을 걸었다.

[끼요오오옵? 드디어 찾은 게냐? 아몬의 심혈관을 찾아
낸 게야?]

'그렇소. 7개의 현을 드디어 다 모았지.'

이탄이 고개를 주억거렸다.

[끼요오옵! 끼요오옵!]

아나테마는 춤을 덩실덩실 추어서 기쁨을 몸짓으로 승화
시켰다. 엉덩이를 앞뒤로 빠르게 움직이는 아나테마의 저
질 춤이 이탄으로 하여금 눈을 찌푸리게 만들었다. 이탄은
비록 그 꼴이 보기는 싫었으나 굳이 아나테마의 춤사위를
말리지는 않았다.

'리치 영감이 기쁠 만도 하지. 뿔뿔이 흩어졌던 옛 법보를 다시 모았으니 감개가 무량할 거야.'

이탄은 아나테마의 심정을 배려해주었다.

이탄이 아몬의 토템을 뒤집어 놓고 일곱 가닥의 현을 꺼내자 아나테마의 춤사위가 절정에 달했다.

[끼요옵! 끼요오옵! 이런 경사가 있나. 네 녀석이 진짜로 7개의 현을 다 찾았구나.]

'이것들이 부정 차원의 군주 아몬이 자신의 심혈관을 뽑아서 만들었다는 현인가?'

이탄은 새삼스레 현들을 바라보았다. 그런 다음 토템에 박혀 있는 기러기발 위에 한 가닥 한 가닥 현을 걸었다.

일곱 줄의 현 가운데 세 줄은 이탄이 동차원 금강 대선인에게 받은 것이었다. 나머지 네 줄은 이번에 피사노 사브아로부터 입수했다.

검붉은 현을 모두 걸고 팽팽하게 당기자 아몬의 토템이 드디어 본래 모습을 되찾았다. 그 순간 아몬의 토템으로부터 검붉은 마기가 뭉클뭉클 쏟아졌다.

부정 차원의 군주로부터 비롯된 이 사악한 기운은 보통 사람이라면 접하는 것만으로도 토악질이 나오고 정신이 돌아버릴 만큼 강렬했다.

이탄에게는 전혀 통하지 않았다.

이탄은 사악한 기운이 물씬 풍기는 아몬의 토템을 무릎 위에 척 놓고는 아공간을 다시 뒤졌다.

"어디, 이 법보가 쓸모가 있나 한번 연주라도 해보자."

이탄은 '연주도 제대로 되지 않는 쓰레기 법보라면 내다 버려야지.'라는 말을 속으로 삭였다.

우우우웅.

이탄의 속마음을 짐작했는지 아몬의 토템이 서럽게 울었다.

탁!

이탄이 손바닥으로 토템의 옆면을 때렸다.

아몬의 토템이 찔끔했다.

Chapter 2

이탄은 일곱 가닥의 현 위에 손가락을 얹어놓은 뒤, 아공간에서 금속판 악보들을 꺼냈다.

광목화음(廣目火音) 열여덟 장.

광목수음(廣目水音) 열여덟 장.

광목목음(廣目木音) 열여덟 장.

광목금음(廣目金音) 열여덟 장.

광목토음(廣目土音) 열여덟 장.

광목이라는 고대의 술법사가 남긴 악보는 총 90장의 금속판으로 구성되었다. 이탄은 이 고대의 악보들을 동차원과 그릇된 차원에서 수집했다.

아주 오래 전에 2개의 차원에 걸쳐서 뿔뿔이 흩어졌던 악보들을 하나로 모은다는 것은 거의 불가능한 일이었다.

그런데 이 악보들이 이탄과 인연이 깊은 것인지, 희한하게도 이탄은 별로 어렵지 않게 5종의 악보들을 모두 수집했다.

이탄은 악보를 읽는 법도 미리 생각해 두었다.

이탄이 광목 시리즈라고 이름을 붙인 이 악보들은 언노운 월드의 음악과는 음계가 달랐다. 악보에 박자도 표시되어 있지도 않았다.

따라서 독학으로 악보를 읽는다는 것은 불가능했다.

또한 이 악보들은 동차원의 음악적 지식과도 전혀 맞지 않았다.

그럼에도 불구하고 이탄은 악보를 해석하는 데 성공했다. 간씨 세가 세상의 지식 덕분이었다.

"거 참 이상하지? 음표를 이렇게 기록하는 방식은 쥬신 제국 이전에 잠깐 사용이 되었는데, 이 광목 시리즈가 그 방식을 따르고 있단 말이야."

이탄이 두 가지 가능성을 점쳤다.

첫째, 아주 우연히 두 차원의 음악 표기 방식이 일치했을 가능성.

둘째, 저쪽 세상(간씨 세가 세상)의 작곡가가 우연히 동차원이나 그릇된 차원으로 넘어온 뒤, 고향을 그리면서 90장으로 이루어진 금속판 악보들을 남겼을 가능성.

이탄은 이 가운데 두 번째 가능성이 더 높다고 판단했다.

"그 작곡가는 어쩌면 나와 같은 망령일지도 몰라. 망령 목에 머리통이 매달린 뒤, 영혼만 동차원으로 넘어온 거지."

이탄은 또 다른 경우도 염두에 두었다. 이탄이 간씨 세가에서 읽은 열하고성일지에 따르면, 동차원의 주신인 콘은 간씨 세가의 세상과도 연결고리가 있는 것 같았다. 실제로 그런 기록들이 곳곳에 남아 있었다.

"그렇다면 이 광목 시리즈를 남긴 장본인이 콘일까?"

이탄은 이런 의문을 품었다.

답은 알 수가 없었다.

"어쨌거나 지금은 악보의 유래를 따질 때가 아니지. 어서 이 악보로 연주를 해보는 것이 중요해."

이탄은 차분하게 마음을 가라앉힌 뒤, 광목화음부터 시작했다.

일단 이탄은 광목화음의 음계를 모두 외웠다. 그런 다음 손가락을 천천히 움직여서 아몬의 토템을 뜯었다.

처음에는 아주 느린 박자로 천천히.

그러다 연주가 익숙해지자 점점 빨리 제 속도로.

아몬의 심혈관들은 여간 질긴 것이 아니었다. 어지간한 힘으로는 현을 잡아당기는 것조차 불가능했다.

그 질긴 현도 이탄의 괴력 앞에서는 버티지 못했다. 팽팽하게 당겨진 줄이 진동을 하면서 음악을 토해놓았다.

이 음파는 사람의 귀로는 들리지 않았다. 현이 진동하면서 발생하는 주파수가 너무 높거나 낮아서 사람의 능력으로는 도저히 들을 수가 없었다.

대신 눈으로는 보였다.

광목화음은 귀로 듣는 음악이 아니라 눈으로 보는 음악이었다. 이탄이 연주를 시작하자 붉은 기운이 일어나 이탄 주변에 둥그런 띠를 형성했다. 이탄이 현을 뜯을 때마다 붉은 띠의 개수가 늘어나거나, 띠의 모양이 변했다.

화르르륵!

붉은 띠 주변으로 불의 기운이 크게 일어났다. 이 기운은 이탄의 연주에 박자를 맞춰서 넓게 퍼졌다가 다시 움츠러

들기를 반복했다. 열기의 강도도 높아졌다가 다시 낮아지기를 거듭했다.

[끼요옵~. 좋구나, 좋아. 얼씨구나~.]

이탄의 영혼 속에서 아나테마가 리드미컬하게 춤을 추었다.

아나테마는 고대 악마사원에서 아몬의 토템으로 연주되던 제례음악보다 이탄의 연주가 더 흥미롭다고 생각했다.

'영감, 그렇게도 좋소?'

[끼요오옵. 좋다마다. 끼요오오옵~.]

하나뿐인 관객이 즐거워하자 이탄도 신이 났다. 이탄은 광목화음을 처음부터 천천히 다시 연주했다.

이탄은 느린 연주를 통해서 악보를 확실하게 익힌 뒤, 박자를 제 속도로 끌어올렸다. 이탄이 정박자로 연주를 시작하자 느리게 현을 뜯을 때는 나타나지 않던 현상이 벌어졌다. 뜨거운 기운이 갑자기 수십 배는 더 강렬하게 솟구친 것이다.

화르륵, 화륵, 화르르륵.

가공할 화염이 주변 지형을 훑고 지나갔다. 이탄이 앉아 있는 계곡이 열기에 주르륵 녹았다가 다시 엉겨 붙었다.

그러면서 주위가 온통 반들거리는 유리 재질로 변했다.

태양 속에 들어온 듯한 뜨거운 환경 속에서도 이탄은 끄떡도 하지 않았다. 이탄이 목에 두른 혈적도 멀쩡했다. 아몬의 토템이야 말할 것도 없었다. 그저 이탄이 입고 있던 옷만 홀랑 타버렸을 뿐이었다.

"아몬의 토템이 나름 장점이 있네. 일반 악기로 광목화음을 연주했다가는 악기가 먼저 타버리겠어."

이탄은 그제야 토템의 장점을 인정해주었다.

이탄에게 인정을 받은 것이 기쁜 듯 아몬의 토템이 부르르 진동했다.

[끼요오옥, 끼욕! 끼욕! 얼쑤 좋다.]

아나테마는 이탄의 연주에 심취한 듯 눈알을 희번덕거렸다.

드디어 이탄이 광목화음의 연주를 마쳤다.

[끼욕? 벌써 끝난 게야? 또 없어?]

아나테마가 아쉬운 듯 보챘다.

'당연히 또 있지. 영감, 다음 곡을 들려드릴 테니 기다려보쇼.'

이탄은 광목수음 열여덟 장을 펼쳐놓고 머릿속으로 악보를 외웠다. 그런 다음 천천히 연주를 시작했다.

Chapter 3

광목화음이 불이라면 광목수음은 물이었다. 이탄을 중심으로 파란 띠가 동심원을 모양으로 나타났다.

이 띠들은 이탄의 연주에 맞춰서 출렁출렁 춤을 추었다. 띠들은 리드미컬하게 팽창과 수축을 반복했다.

그에 따라 물의 기운이 확확 고조되었다가 다시 사그라 졌다.

조금 전까지만 해도 계곡은 태양이 내려앉은 듯이 활활 타오르던 중이었다. 그러던 계곡이 지금은 물의 기운으로 가득 차올랐다. 이탄 주변으로 수증기가 빽빽하게 밀려든 다 싶더니, 그 수증기가 물로 응결되었다.

길쭉한 계곡 전체가 눈 깜짝할 사이에 물에 잠겼다. 그 물이 이탄의 연주에 따라 격한 파동을 일으켰다.

이탄은 물속에서도 전혀 답답함을 느끼지 않았다.

[끼요오옥? 끼욕? 이건 뭔가 미지근한데? 아까 그 곡이 더 좋은데? 끼요옥. 그래도 뭐 이것도 들을 만하구나.]

아나테마는 미적지근한 광목수음보다는 화끈한 광목화 음이 더 마음에 든 모양이었다.

이탄은 굳이 아나테마의 평가에는 신경을 쓰지 않았다.

광목수음을 몇 차례 반복하여 연주한 뒤, 이탄은 광목목음으로 넘어갔다.

광목수음 연주가 끝나자마자 계곡을 가득 채웠던 물은 사라져 버렸다. 대신 이탄이 현을 하나씩 뜯을 때마다 계곡에서 초목이 자라났다. 이탄의 주변에는 밤색의 띠들이 나타나 동심원을 그렸다.

이 띠들도 이탄의 연주에 맞춰서 출렁출렁 춤을 추었다.

[끼욕? 이번 곡도 뭔가 미적지근한데? 에이. 첫 곡이 최고다. 이건 좀 아니야.]

아나테마는 광목목음도 내켜 하지 않았다.

이탄은 늙은 리치의 말을 귓등으로 흘려들은 뒤, 자신만의 연주에 심취했다.

광목목음이 점점 더 격렬하게 연주되었다. 그와 보조를 맞춰서 계곡은 짙은 숲으로 우거졌다가 다시 벌거숭이로 변했다.

계곡 안에서 나무와 풀이 빠르게 자랐다가 다시 시드는 모습을 보고 있노라면 시간을 다스리는 신이 세월을 빠르게 감았다가 다시 풀어내는 것 같았다.

"이제야 알겠다. 광목 시리즈는 남을 공격하기 위한 음악이 아니로구나. 물론 광목화음이야 공격용으로 사용해도 무방하겠지. 하지만 광목수음과 광목목음은 적을 공격하기보다는 물과 나무를 자유롭게 다스리는 데 본래 목적이 있는 것 같아."

이탄은 광목 시리즈를 세상에 남긴 작곡가가 누구인지 궁금했다. 음악 하나로 자연을 자유롭게 다스리고 통제한다는 것은 분명 보통 일은 아니었다. 이것은 절반쯤은 신의 영역이었다.

광목목음의 연주를 마친 뒤, 이탄은 광목금음으로 넘어갔다. 이탄이 현을 튕길 때마다 금빛 띠가 동심원 모양으로 나타나 주변을 휘저었다. 금빛 띠를 중심으로 금속의 기운이 무섭게 몰려들었다. 땅 속에 파묻힌 금속들이 한꺼번에 튀어나와 이탄을 중심으로 뭉치는 것 같기도 했다.

그 띠가 이내 태풍이 되었다.

바람이 공기를 강하게 회전시켜서 태풍이 만들어지는 것이라면, 광목금음은 금속 실들을 강하게 회전시켜 금속태풍을 만드는 듯했다.

쿠콰콰콰콰!

금속 실에 스치는 것들은 뭐든지 퍽퍽 뚫렸다. 이탄을 중심으로 계곡이 허물어지면서 완전히 폐허로 변했다.

이탄이 연주를 계속하자 금속 실들은 점점 더 범위를 넓혔다.

반경 100 미터.

반경 1 킬로미터.

급기야 반경 30 킬로미터에 이르기까지.

도시 하나를 감쌀 정도의 범위가 금속태풍의 제공권 안으로 들어왔다. 이 범위 이내의 모든 사물은 금속태풍을 견디지 못하고 해체되었다. 단단한 암석도, 아름드리 거목도 금속태풍 앞에서는 모래처럼 허물어졌다.

[끼요오오옷! 끼옷! 그래. 바로 이거야. 이거. 아주 완벽해. 느낌이 좋아. 마치 쇠꼬챙이로 포로의 몸을 꿰뚫어버리던 그 짜릿한 느낌이라고.]

고대 악마사원 시절 아나테마는 뜨거운 쇠꼬챙이를 포로의 항문에 박아서 입으로 빼내는 형벌을 즐겼었다.

그때가 기억나는 것인지 아나테마는 이탄의 영혼 속에서 까치발을 들고 발가락을 안으로 오므린 다음, 바르르 전율했다.

이탄은 일부러 아나테마는 쳐다보지도 않았다.

'지금 영감탱이의 모습을 봤다가는 구역질이 날 것 같아. 못 볼 꼴을 볼 것 같다고.'

이런 생각이 이탄을 사로잡았다.

마침내 이탄이 광목금음의 연주를 끝마쳤을 때, 그의 주변은 온통 황폐한 황무지로 변했다.

"이런!"

이탄은 그제야 광목금음의 가공할 위력을 깨닫고는 머리

를 긁적였다.

광목금음 다음은 광목토음의 차례였다. 이 광목토음은 광목 시리즈의 마지막 곡이기도 했다.

이탄이 아몬의 토템을 툭툭 두드린 다음, 현을 뜯기 시작했다.

그 즉시 흙의 기운이 물씬 일어났다. 이탄의 주변에는 어느새 금속 띠가 사라졌다. 대신 흙의 띠가 동심원으로 나타났다.

온 사방에서 흙의 기운이 일어났다. 광목금음에 의해서 폐허로 변했던 주변이 보드라운 흙으로 변했다.

황무지가 비옥한 옥토로 변한 것은 순식간이었다.

이탄의 연주가 또 한 차례 굴곡을 맞았다.

광목토음이 격해지면서 옥토 속에서 거대한 암반이 우르르 일어났다. 커다란 암석들이 우당탕 몰려와 이탄의 주변을 둘러싸기도 했다.

그 암석들은 때로는 높은 성벽이 되었다.

그 암석들은 때로는 암석의 거인으로 변해서 이탄 주변을 쿵쿵쿵 걸어 다녔다.

그러다 마지막에는 이탄의 주변이 다시 비옥한 대지로 바뀌었다.

[끼요, 끼요, 끼요오오. 이건 아니지. 아까 좋던 음악은

어디로 가고 이런 너저분한 음악을 연주하는 게냐? 끼요오
오.]

아나테마가 머리를 마구 흔들었다.

이탄은 아나테마의 말을 듣지 않았다. 끝까지 광목토음
의 연주를 마친 뒤, 이탄은 주변을 한번 둘러보았다.

"깊은 산맥 속에 갑자기 이렇게 비옥한 평지가 있으면
뭔가 어색하잖아? 이건 안 되겠다."

이탄은 아몬의 토템으로 광목목음을 몇 마디 연주했다.

그러자 평지에 풀과 나무가 우수수 돋았다. 갑자기 숲이
우거졌다.

이탄은 광목수음도 몇 마디 보냈다.

그러자 평지 한쪽이 움푹 꺼지면서 커다란 호수가 생겼
다. 호수 밑바닥에는 수초들이 하늘하늘 자라났다.

Chapter 4

이탄은 광목금음을 살짝 섞었다.

땅 속 깊은 곳에서 솟구쳐 올라온 철괴가 암석과 뒤섞여
서 은은한 철빛을 드러내었다. 이 금속빛깔 덕분에 주변 경
치가 굉장히 신비롭게 변했다.

이탄은 광목화음도 아주 조금만 톡 떨어뜨렸다.

호수 밑바닥에 화맥이 하나 형성되면서 지글지글 뜨거운 열기가 치솟았다. 그 열기를 따라 지하수가 차오르더니 뜨끈한 온천수가 되었다. 온천수 위로 뿌연 수증기가 뭉게뭉게 피어올랐다.

이탄이 몇 번 악기를 주무른 것만으로도 수아룸 대산맥의 한복판에 절경이 생겨났다. 이것은 동차원 대선인들의 동부 근처에서나 볼 수 있는 신비로운 풍경이었다.

다만 이 신비로운 풍경은 남명의 선인들이 선호하는 풍경과는 완전히 달랐다.

풍성하게 우거진 수풀 속에는 알록달록한 뱀들이 대가리를 꼿꼿이 세우고 스르륵 스르륵 행군했다.

맑은 호수는 한 모금만 마셔도 즉사하는 맹독을 함유했다.

뜨끈한 온천수는 생명체를 뼈까지 녹여버리는 산성 물질이었다.

이와 같은 끔찍한 사태가 벌어진 이유는 간단했다.

아몬의 토템이 문제의 원인이었다.

아몬은 그 옛날 부정 차원을 지배하던 일곱 군주 가운데 한 명이었다.

바로 그 마격 존재가 자신의 심혈관을 뽑아서 악기를 만들었으니, 그것이 바로 아몬의 토템이었다. 아몬의 토템이 야말로 피사노교의 그 어떤 마보와 견주어도 밀리지 않는 마보 중의 마보인 셈이었다.

이렇게 악랄한 악기로 연주를 하니까 당연히 결과물에도 온갖 사악함과 부정함이 깃들 수밖에.

"이런!"

이탄도 비로소 이 점을 깨달았다.

"쳇. 그렇다고 다른 악기로 연주를 할 수도 없잖아. 어지간한 악기로는 광목 시리즈를 감당할 수 없다고."

이탄이 고개를 절레절레 저었다.

어쨌거나 이탄의 연주 때문에 냉기를 풀풀 풍기던 계곡은 사라져버렸다. 대신 그 자리엔 한 폭의 그림처럼 아름다운 절경이 자리했다.

다만 이 절경은 사실 절경이 아니라 마경이었다. 겉보기에는 아름답지만 조금만 속을 들여다보면 온갖 독극물과 독충, 그리고 사악함이 깃든 마경 말이다.

이탄은 한 차례 연주를 통해서 마경을 만들어놓은 뒤, 한숨을 포옥 내쉬었다.

"하아아. 내 연주 때문에 이상한 지형이 탄생해버렸네. 하지만 뭐 별 일이야 있겠어? 이 깊은 수아룸 대산맥 속에 누가 찾아오겠느냐고."

이탄은 편하게 생각하기로 마음먹었다.

이탄이 광목 시리즈의 악보를 외우고 연주하는 데 꼬박 하루가 소요되었다.

다음 날 새벽.

이탄은 꼭두새벽부터 술법 연마에 몰두했다.

이탄은 원래 술법이라면 사족을 못 쓰는 성격이었다.

그런데 그동안 이탄이 어찌나 바빴던지 귀한 술법을 몇 개 손에 넣고도 진득하게 앉아서 살펴보지도 못했다.

"이제 그 한을 풀어야지. 지금부터라도 마음껏 술법을 탐닉하는 거야."

이탄이 우선 펼쳐든 것은 그릇된 차원에서 얻은 팔곡(八曲)이었다.

팔곡은 광목 시리즈와 마찬가지로 술법이면서 악보였다. 이탄이 팔곡을 최우선적으로 펼쳐든 이유도 바로 이 때문이었다.

"이왕 광목 시리즈를 완성한 김에 악보 쪽을 먼저 공부해보자."

이탄은 이런 마음으로 팔곡에 몰입했다.

한데 몰입이 잘 되지 않았다. 이탄이 읽어보면 볼수록 팔곡의 내용은 빠진 구석이 많았다.

사실 팔곡을 구성하는 8개의 곡 가운데 이탄이 얻은 것은 홍염산하(紅染山河) 한 곡뿐이었다.

  "이거라도 먼저 연주해보려고 했는데, 안 되겠네. 아무래도 8개의 곡을 모두 모은 다음에 다시 도전해봐야 하나 봐."

  이탄은 아쉽지만 팔곡을 다시 접었다.

  두 번째로 이탄이 꺼내든 것은 3개의 탁본이었다.

  이탄은 그릇된 차원에서 피우림 대선인과 거래를 통해서 세 권의 술법서를 손에 넣었다.

  당시 이탄은 술법서의 원본을 받지는 못했다. 그저 술법서의 내용을 탁본으로 떴을 뿐이다.

  "원본이 아니면 어때? 내용만 다 있으면 그만이지."

  이탄은 실리주의자였다.

  3개의 술법 가운데 이탄이 가장 먼저 관심을 둔 것은 짐승가죽 술법서의 탁본이었다. 이 탁본은 고대 북명의 언어로 적혀 있기에 당장은 해독이 되지 않았다.

  그래도 상관없었다. 이탄은 탁본에 박힌 문자를 모양째 외웠다.

  다음으로 이탄은 거북이 등껍질에서 뜬 탁본을 외웠다.

  마지막으로 이탄은 대나무 죽간으로부터 본뜬 탁본을 머릿속에 담았다.

"일단 이렇게 외워놔야지. 그런 다음 나중에 동차원에 들렸을 때 북명의 고어를 공부하면 될 거야."

북명의 술법서 3개를 암기한 뒤, 이탄은 또 하나의 술법서를 꺼내들었다.

오늘 이탄이 가장 기대하는 게 바로 이 술법서였다.

<<천주부동(天柱不動)>>

이것이 술법의 제목이었다.

그동안 이탄이 암암리에 알아본 바에 따르면, 천주부동은 동차원이 처음 탄생할 무렵부터 존재해온 술법 같았다.

"그렇다면 천주부동은 동차원의 주신 콘이 남긴 술법일까? 주신이 남긴 술법 가운데 가장 유명한 것은 음양종의 절대비법인 양극합벽이라던데……."

이탄이 말꼬리를 흐렸다.

솔직히 이탄은 양극합벽을 배우고 싶었다.

"신이 남긴 술법이라니, 대체 양극합벽은 얼마나 대단할까?"

이탄은 양극합벽을 생각만 해도 심장이 두근거렸다.

제8화
부정 차원 진입

Chapter 1

예전에 피사노 쌀라싸와 피사노 캄사가 마보를 이용하여 동차원으로 쳐들어왔었다.

그때 음양종의 두 노조가 피사노교의 마두들을 물리치기 위해서 서로의 손을 맞잡고 양극합벽을 펼쳤다.

당시에 그 장면을 목격한 남명의 술법사들은 감격에 겨워서 눈물을 흘렸다. 모두들 양극합벽이라는 전설 속의 술법을 보게 된 것을 영광으로 여겼다.

이탄도 조금은 감격했다.

그런데 솔직히 말해서 이탄은 감격보다는 실망이 더 컸다.

"양극합벽의 위력이 솔직히 내 기대에는 미치지 못했거든."

이탄이 숨을 푹 내쉬었다. 그러다 다시 고개를 가로저었다.

"에이. 아니겠지. 내가 봤던 것이 양극합벽의 최고 출력은 아닐 거야. 백팔수라 제6식보다도 더 약하면 그게 어찌 신이 남긴 술법이라 할 수 있겠어? 아아아, 그 생각을 하니까 더 간절해진다. 양극합벽을 한번 익혀보고 싶다. 쩝쩝."

이탄은 아쉬움에 입맛을 다셨다.

그러던 중 이탄의 시선이 다시 천주부동에 꽂혔다.

"어쩌면 이 천주부동도 주신 콘이 남긴 술법일지 몰라. 이건 과연 어떤 위력을 지녔을까? 그래도 양극합벽보다는 약하겠지?"

이탄은 천주부동의 첫 페이지를 펼쳐들었다.

그동안 이탄이 몇 차례 읽어보아서 그런지 이제는 천주부동에 적힌 문자들이 익숙하게 느껴졌다.

사실 이 술법서에 사용된 문자는 유래를 알 수 없는 고문자였다. 남명의 대선인들 중에서도 이 술법서를 읽을 수 있는 사람은 없었다.

그럼에도 불구하고 이탄은 떠듬떠듬이나마 천주부동의

내용을 읽어 내려갔다. 분명히 이탄은 이 신비한 문자를 배운 적이 없었다. 그런데도 천주부동을 읽을 수 있다니, 이것은 참으로 묘한 일이었다.

이탄도 이상하다는 것을 알았다.

"참으로 해괴하단 말이야. 분명히 배운 적이 없는 문자인데 어딘지 모르게 익숙해. 내가 전에도 이런 느낌을 받은 적이 있었는데……."

이탄은 기시감을 느끼고는 가물가물한 기억을 더듬었다. 연어가 강물을 거슬러 올라가는 것처럼 이탄의 의식은 점점 더 과거로 향했다. 그러다 마침내 한 가지 기억이 이탄의 뇌리에 스쳐 지나갔다.

"아아아!"

이탄이 작게 탄성을 흘렸다.

그것은 꽤나 오래 전 일이었다. 이탄이 간씨 세가의 탑에서 처음 머리가 잘려서 간세진의 망령목에 대롱대롱 매달릴 당시, 간씨 세가의 빌어먹을 꼽추노인가 이탄을 망령으로 만들기 위해서 뇌 속에 몇 가지 침을 찔러 넣은 적이 있었더랬다.

"그중 붉은 침 표면에 이 괴상한 글자가 새겨져 있었다고!"

이탄이 소리를 빽 질렀다. 이탄은 천주부동의 고문자가

어쩐지 그 붉은 침의 문자와 비슷하다고 느꼈다.

사흘 뒤인 8월 31일 오후.

이탄은 무한공의 권능을 사용하여 다시 쿠퍼 가문으로 복귀했다.

지난 사흘 동안 이탄은 천주부동에만 몰두했다.

이탄은 자신이 천주부동을 제대로 해석했는지 알 길이 없었다. 따라서 진도도 느리게 나갔다.

그래도 이탄은 포기하지 않고 꾸역꾸역 매달렸다. 그러다 보니 어느새 술법서의 마지막 페이지까지 모두 해독에 성공했다.

"아마도 해독 정확도는 70퍼센트쯤 되려나?"

70퍼센트면 내용을 대충 짐작할 정도는 되었다. 그동안 이해가 잘 가지 않던 부분들도 이제는 꽤 알아먹을 만했다.

천주부동을 끝까지 완독한 뒤, 이탄은 두 가지 핵심요소를 떠올렸다.

시간.

압력.

천주부동은 이 두 가지를 다루는 술법이었다.

"내가 제대로 해석한 것인지는 모르겠구나. 하지만 시간을 멈추고 압력으로 적을 짓누르는 것이 천주부동의 요체 같아."

이탄은 천주부동을 이와 같이 정의한 다음, 독백을 계속했다.

"마치 하늘을 떠받치는 기둥으로 적을 짓눌러서 움직이지 못하게 만드는 거지. 그게 바로 천주부동이 아닐까?"

이탄이 술법서를 통해 깨우친 바는 여기까지였다.

이때부터 이탄의 특기가 발휘되었다. 이탄은 자신만의 방법으로 천주부동을 재해석했다.

이러한 재해석 과정은 이탄에게 늘 있는 일이었다.

이탄은 금강체를 연마할 때에도 이 과정을 거쳤다. 백팔수라를 연마할 때에도 마찬가지였다.

재해석이라고 해서 별다를 것은 없었다. 이탄은 그저 술법서에 적힌 글을 곧이곧대로 구현해보려고 노력할 뿐이었다.

예를 들어서 백팔수라 제1식 술법서에 "수라가 18개의 동작을 동시에 펼친다."라는 글귀가 적혀 있으면, 이탄은 진짜로 18개의 동작을 동시에 펼치기 위해서 기를 쓰고 노력했다. 그 결과 이탄만의 괴물수라가 탄생했다.

이번에도 마찬가지였다.

이탄은 '하늘을 떠받치는 기둥' 이라는 단어에 꽂혔다.

"하늘의 떠받치는 기둥이라면 설마 대기권 전체를 의미하나? 아무래도 그렇겠지?"

이탄의 해석대로라면, 천주부동은 온 세상의 대기를 통째로 집약하여 하늘의 기둥을 만든 뒤, 그것으로 적을 짓눌러버리는 술법이었다.

"와아, 그게 어떻게 가능하지? 그런데 진짜로 그런 술법을 펼치면 기분이 날아갈 것 같을 거야."

이탄은 감정이 고조되어 두 팔을 하늘로 들었다.

Chapter 2

그때부터 이탄은 하늘의 기둥에 집착하여 끙끙 앓았다. 그러다 보니 술법의 진도도 제대로 나가지 않았다.

비록 진도는 거북이처럼 느렸으되 이탄은 자신의 해석을 바꿀 의향은 없었다.

"확실히 내 해석이 맞아. 온 세상의 대기를 집약하여 꽉 짓누르면 적이 도망치기는 쉽지 않을 거야. 거기다 더해서 시간까지 멈춰버린다면 적은 더더욱 도망치기 불가능하겠지. 이런 게 바로 천주부동이잖아?"

이탄은 이것 말고는 다른 천주부동을 떠올릴 수 없었다.

그러다 문득 이탄은 엉뚱한 고민에 사로잡혔다.

"그런데 하늘의 기둥에 짓눌리다 보면 도망치는 게 문제가 아니라 적의 몸이 그대로 터져버리지 않을까?"

이탄의 해석대로라면 천주부동은 분명 적을 짓눌러 터뜨리는 술법이 아니었다. 적들을 꼼짝 못 하게 멈춰버리는 술법이었다.

이탄은 이 대목에서 한 번 더 막혔다. 대신 다음과 같은 단어들이 이탄의 머릿속에서 뱅뱅 맴돌았다.

압도적인 힘.

대기권 전체를 집약한 압력.

공기로 기둥을 만드는 방법.

시간 정지.

이러한 단어들이 이탄에게 새로운 영감을 주었다. 이탄은 술법서에 기술된 법력 운용법을 완전히 무시했다. 천주부동 술법서에 적힌 대로 법력을 운용했다가는 주변 100미터 이내에만 영향을 끼치는 게 고작이기 때문이었다.

"쳇. 그게 무슨 하늘의 기둥이겠어? 아마도 내가 고문서 해독 능력이 부족하여 법력 운용 부분을 틀리게 해독했나 봐. 그러니까 내가 해독한 내용은 무시해야지. 대신 진짜로 하늘의 기둥을 만들어서 그걸로 적을 찍어버릴 방도를 찾아보는 거야. 아자!"

이탄은 단단히 각오를 다졌다.

그 후로 이탄은 사흘을 꼬박 새웠다.

듀라한이 된 이래로 이탄은 원래 잠을 자지 않았다. 사흘 동안 밤샘을 한다고 해서 이탄이 피곤을 느낄 리는 없었다. 다만 이번에는 다른 이유 때문에 이탄의 눈 밑에 짙은 그림자가 드리웠다.

"아우, 쌍. 모르겠다. 천주부동이 너무 어렵구나. 하아아. 아무리 머리를 쥐어짜도 하늘의 기둥을 어떻게 만들지 감이 잡히지가 않아."

수아룸 대산맥에 들어온 지 나흘째 되던 날, 이탄은 짜증과 함께 자신의 머리카락을 벅벅 긁었다.

"여기서 더 시간을 끌어봤자 도움이 되지 않겠어. 일단은 가문으로 돌아가자. 천주부동은 시간을 두고 천천히 고민해 봐야겠어."

마침내 이탄이 자리를 박차고 일어났다. 이탄은 아쉬움 마음을 훌훌 털어버리고는 크게 한 걸음을 내디뎠다.

샤라락~.

무한공의 언령이 발휘되면서 이탄의 몸이 빛의 입자로 흩어졌다. 이탄은 어느새 수아룸 대산맥을 벗어나 대륙 북동부에 도착했다.

이탄이 쿠퍼 본가의 서재로 돌아오자 이번에는 이탄의 분신이 물거품처럼 허물어졌다.

이탄은 분신에게 입혀놓았던 옷을 재빨리 몸에 걸쳤다.

이탄이 원래 입고 있던 옷은 나흘 전 광목화음을 연주하다가 홀라당 타버렸다. 그러니 이 시점에서 이탄에게 가장 급한 일은 알몸부터 가리는 것이었다.

이틀 뒤인 9월 2일.

이탄은 쿠퍼 가문을 떠나서 남부의 그레브 시로 향했다.

은화 반 닢 기사단의 원로기사들에게는 미리 허락도 구해놓았다.

이탄이 피사노교의 부름을 받아 남부에 다녀와야 한다고 핑계를 대자 원로기사들은 냉큼 허락했다. 원로기사들은 이참에 이탄이 피사노교의 고급정보를 물어오기를 바랐다. 그러면서도 원로기사들은 이번 일을 퀘스트로 인정해주지는 않았다.

이탄도 거기까지는 기대하지 않았다.

333호는 이탄을 쫓아오고 싶어 했다.

하지만 이탄은 피사노교의 핑계를 대면서 허락하지 않았다. 사실 이탄이 그레브 시로 가는 이유는 따로 있었다. 그러니 333호와 동행을 할 수는 없는 일이었다.

대신 이탄은 333호에게 녹색의 귀걸이를 쓱 건네주었다.

"어머? 이게 뭐예요?"

이탄을 올려다보는 333호의 눈이 반짝반짝 빛나다 못해 이글이글 타올랐다.

자꾸 달라붙는 333호를 귀걸이 선물로 떼어낸 뒤, 이탄은 에스더와 이자벨라를 남부로 데려갔다.

이탄이 그레브 시로 가는 이유는, 조만간 부정 차원으로 통하는 구멍이 뚫릴 때가 되었기 때문이었다.

"이제 곧 뚫릴 거야. 혹시 그곳에도 언령의 벽이 있는지 탐색해 봐야지. 덤으로 아조브도 찾아봐야 하고. 물론 피사노의 비석도 찾아야 해."

이탄은 피사노의 비석과 언령의 벽, 그리고 아조브에게 알 수 없는 인연의 끈을 느꼈다.

'인연이 없다면 그 넓은 차원에 흩어져 있는 언령의 벽과 아조브가 어떻게 자꾸 내 눈 앞에 나타나겠어? 아무래도 그것들이 나를 잡아끄는 것 같아.'

이것이 이탄의 생각이었다.

이탄은 여러 차원에 흩어진 언령의 벽과 아조브를 모으는 일에 일종의 사명감을 느꼈다. 어쩐지 그 일을 해내고 나면 이탄의 앞에 새로운 운명이 열릴 것만 같았다.

Chapter 3

이탄이 계산한 날짜는 정확했다.

이탄이 무한공의 권능으로 그레브 시 아래에서 세워진 지하도시에 도착했을 때, 그곳의 상공엔 검보라빛 파동이 넘실거렸다.

그 파동 속에서 아득한 힘이 느껴졌다.

[이게 무슨!]

이자벨라가 입을 쩍 벌렸다.

이자벨라는 조금 전 이탄이 무한공의 권능을 발휘하는 모습을 보고는 기겁을 했다.

닉스의 가장 오래된 파편이라 불리는 이자벨라였다. 그녀는 왕의 재목을 뛰어넘어 이미 왕인 존재였다.

그런 초강자인 만큼 이자벨라는 조금 전 이탄이 발휘한 이적 속에 상상을 초월하는 권능이 내포되어 있음을 알아보았다.

[설마 여기는?]

에스더도 휘둥그레진 눈으로 주변을 둘러보았다.

에스더는 두 달쯤 전에 벌어졌던 사건을 똑똑히 기억했다.

그때 에스더는 상족의 전령—에스더는 아직까지도 이자벨라가 닉스 일족의 전령이라고 알고 있지만—인 이자벨라를 모시고 이탄을 찾아갔다. 이탄이 포로로 잡은 코후엠과 부이부의 알 한 쌍을 이자벨라에게 넘기기 위함이었다.

한데 그곳에서 갑자기 괴변이 발생했다. 차원의 벽이 붕괴하면서 행성 하나가 통째로 허물어진 것이다.

위급한 순간, 이탄이 에스더를 구해서 낯선 차원으로 데려왔다. 상족인 이자벨라도 얼떨결에 에스더와 동행했다.

에스더와 이자벨라는 그렇게 언노운 월드로 넘어오게 되었다.

에스더가 이탄에게 뇌파로 물었다.

[여기는 우리가 차원을 넘어올 때 도착했던 곳이네요? 제 말이 맞죠?]

[그렇지. 바로 그곳이오.]

이탄도 뇌파로 대답했다. 그렇게 이탄은 에스더와 뇌파로 대화를 주고받으면서 주변을 둘러보았다.

두 달 전 사건으로 인하여 지하도시는 당분간 폐쇄되었다. 이곳에 거주하던 수인족 수도자들은 모두 다른 곳으로 거처를 옮겼다.

덕분에 이탄은 홀가분하게 목적을 이룰 수 있었다.

콰르르르르르—.

이탄이 지켜보는 가운데 지하도시 상공의 파동은 점점 더 짙어졌다. 이탄은 그 파동의 깊숙한 곳에서 차원의 벽이 허물어지고 있음을 느꼈다.

이탄이 에스더와 이자벨라에게 당부했다.

[이제 곧 벽이 뚫릴 거요. 그 때 내가 손을 써줄 테니 정신 바짝 차리시오. 그러면 둘 다 무사히 고향으로 돌아갈 수 있소.]

[어쩌다 언데드님은요? 어쩌다 언데드님은 우리와 함께 가지 않나요?]

에스더가 황급히 물었다.

이탄은 고개를 가로저었다.

[나는 따로 할 일이 있지. 게다가 서리를 판매하는 뱀 님도 알다시피 나는 당신들 차원 출신이 아니오.]

[그래도요.]

에스더가 안타깝게 발을 굴렀다.

이탄이 입가에 엷은 미소를 띠었다.

[나중에 또 들르리다. 그때까지 무탈하기 바라오.]

[흐으윽.]

나중에 들리겠다는 말에도 불구하고 에스더는 안타깝게 고개를 가로저었다.

이탄은 이때다 싶어서 에스더의 손에 선물을 하나 쥐여 주었다. 그 옛날 오수문에서 만들었다는 흑옥 귀걸이였다.

[앗! 어쩌다 언데드 님.]

갑작스러운 이탄의 선물에 에스더의 얼굴이 새빨갛게 변했다.

[흥! 칫!]

그 모습이 질투 났는지 이자벨라가 고개를 팩 돌렸다.

그때 이탄이 손을 썼다.

이탄은 에스더와 이자벨라를 권능으로 휘감은 다음, 단숨에 검보랏빛 파동의 가장 깊숙한 곳까지 솟구쳐 올라왔다.

그곳에서는 엄청난 에너지가 소용돌이쳤다. 어지간한 초강자들도 이 소용돌이에 휘말리면 목숨이 위험할 것 같았다.

하지만 그 소용돌이도 이탄이 만들어낸 보호막을 손상시키지는 못했다. 이탄은 에스더와 이자벨라에게 알껍데기처럼 생긴 보호막을 하나씩 만들어준 뒤, 허물어진 차원의 벽

한쪽으로 휙 집어던졌다.

[어쩌다 언데드님! 꼭 다시 돌아오셔야 해요. 꼭이요.]

에스더가 아스라이 멀어지면서 소리를 질렀다.

이탄은 그런 에스더를 향해서 손을 흔들어주었다.

"언젠가는 갈 거요. 나는 약속을 꼭 지키는 언데드니까. 이번에도 에스더 님을 고향으로 돌려보내 주겠다는 약속을 지키지 않았소."

이탄은 에스더의 귀에 들리지 않을 만큼 작은 목소리로 대답했다.

"자, 이제 가봐야지."

짧은 이별을 마친 뒤, 이탄은 허물어진 벽을 넘어 새로운 차원으로 진입했다. 이탄이 향한 곳은 에스더와 이자벨라가 사라진 반대 방향, 즉 부정 차원으로 향하는 통로 쪽이었다. 이탄은 미지의 세계로 새로운 항해를 떠나는 선장의 심정으로 부정 차원에 첫발을 들이밀었다.

바로 그 때였다.

휘익—.

이탄의 뒤쪽에서 희끄무레한 물체가 확 달려들었다.

"뭐야?"

이탄은 반사적으로 손을 뻗어 상대의 목을 틀어쥐었다.

뒤에서 갑자기 나타난 존재는 다름 아닌 이자벨라였다. 이자벨라가 자신의 권능으로 시간을 조종하여 이탄에게 되돌아온 것이다.

[케엑! 켁! 이, 이것 좀 놔주세용. 이탄 님.]

이자벨라는 이탄에게 목을 붙잡힌 상황에서도 애교 섞인 코맹맹이 뇌파를 내뱉었다.

[당신 뭐야?]

이탄이 황당하다는 듯이 이자벨라를 보았다.

이자벨라는 이탄을 바라보며 생글생글 웃었다.

이자벨라가 그릇된 차원으로 돌아가다 말고 갑자기 방향을 바꿔서 이탄에게 돌아온 이유는 점괘 때문이었다.

** 흉함 속에 길함이 있다. **
** 반항하지 말고 무조건 달라붙어라. **

이자벨라가 별의 파편을 모아서 점을 쳤을 때, 위와 같은 점괘가 나왔다. 이자벨라는 그 점괘만 믿고서 무조건 이탄에게 달라붙은 것이다.

이탄은 어이가 없었다. 이건 이탄의 계획에 없던 일이었다.

[아니, 이게 무슨 짓이오. 여긴 위험하다니까.]

이탄은 그제라도 이자벨라를 그릇된 차원으로 돌려보내려고 했다.

그때 이미 검보라빛 파동은 눈에 띄게 약해졌다. 차원의 벽에 뚫렸던 구멍은 스르륵 메꿔지는 중이었다.

이자벨라를 돌려보내기는 이미 늦은 것이다.

[아오! 젠장.]

이탄이 소리를 빽 질렀다.

'부정 차원처럼 위험하기 짝이 없는 곳으로 가는 판국에 이런 혹덩어리가 달라붙다니!

이탄은 뭔가 억울한 눈으로 이자벨라를 노려보았다.

[에헤헤헹.]

이자벨라는 그런 이탄을 생글생글 웃는 낯으로 올려다보았다.

Chapter 4

토옹!

보라색 하늘에 구멍이 뚫렸다. 사람 한 명이 겨우 머리를 들이밀고 기어들어 갈 만한 조그만 구멍이었다.

그 좁은 구멍으로부터 이탄이 뚝 떨어져 내렸다. 이탄은 신발형 법보를 구동하여 낙하를 멈춘 다음, 주변을 둘러보았다.

[이곳이 부정 차원인가?]

이탄은 온통 보랏빛인 세상을 감개무량한 눈빛으로 훑어보았다.

확실히 이 세계는 범상치 않았다. 보랏빛 하늘에는 검보라빛 뇌전이 번쩍번쩍 휘몰아쳤다. 올바름과는 정반대의 기운, 부정 차원 특유의 부정한 기운이 물밀 듯이 밀려들어 이탄의 온몸을 흠뻑 적셨다.

언노운 월드의 사람이 이 기운에 노출된다면 그 즉시 신체가 변화하고 몸이 견디지 못할 것이다. 설령 피사노교의 교도들일지라도 어지간한 준비가 없이는 부정 차원의 기운을 견디지 못했다.

한데 이탄은 예외였다.

오히려 이탄에게는 이 기운이 잘 맞았다. 이탄의 뱃속 깊숙한 곳에 웅크리고 있던 만자비문들은 환호를 하듯이 들썩였다. 꽈배기 모양의 읽을 수 없는 문자들이 (진)마력순환로 속으로 마구 기어 올라왔다.

'어서 와요.'

'여기가 바로 우리의 고향이에요.'

만자비문들은 이탄의 귓가에 이렇게 속삭이는 듯했다.

실제로 만자비문이 이탄에게 말을 건 것은 아니었다. 하지만 이탄은 환청을 듣는 느낌을 받았다.

뒤이어 구멍 속에서 이자벨라가 뛰어내렸다.

[서, 설마 여기가 부정 차원이란 말이에용?]

이자벨라가 기겁을 했다. 그녀의 동공이 와르르 흔들렸다. 이자벨라는 부정 차원이 얼마나 위험한 곳인지 잘 알고 있었다.

이자벨라가 세상에서 가장 존경하면서 두려워하는 존재가 바로 닉스였다.

그런 닉스도 부정 차원은 함부로 드나들지 못했다. 닉스가 비록 그릇된 차원의 세 늙은 왕 가운데 한 명으로 신과 같은 대접을 받는다지만, 그것은 몬스터들의 세상인 그릇된 차원에서나 통용되는 일이었다. 만일 닉스가 부정 차원으로 넘어간다면, 그는 진마(眞魔) 최상급 수준으로밖에 인정받지 못했다.

게다가 악마종들은 대대로 몬스터들을 자신들의 노예로 여겼다.

인간종은 장난감.

몬스터는 노예, 혹은 가축.

이것이 부정 차원 악마종들의 통상적인 인식이었다.

'닉스 님도 그럴진대, 하물며 나 따위야 이곳에서 어떤

대접을 받겠어?'

이자벨라는 닉스와는 비교도 할 수 없는 약자였다. 지금 이자벨라의 수준으로는 진마 최하급에 간신히 한 발을 걸칠까 말까 하는 실력이었다. 그나마 상성이 나쁜 상대를 만나면 그녀는 진마가 아니라 그보다 아래 단계인 역마(逆魔) 최상급 악마종에게 패배할 가능성도 있었다.

그러니 이자벨라가 패닉에 빠질 수밖에. 이탄의 말을 듣는 순간 이자벨라의 얼굴은 딱딱하게 굳어버렸다.

'점괘가 왜 이래? 도대체 별의 점괘가 어떻게 된 거양? 그 점괘가 나를 죽음으로 몰아넣은 거양?'

순간적으로 이자벨라의 머릿속에 하얗게 탈색되었다. 실제로도 이자벨라는 손발을 덜덜 떨고 심장이 터질 것처럼 쿵닥쿵닥 뛰었다.

이탄이 이자벨라의 마음 상태를 읽었다.

[아오! 그렇게 왜 따라와 가지고.]

이탄은 신경질적으로 자신의 머리를 긁었다.

9개월 뒤.

시커먼 머리카락을 길게 늘어뜨린 사내가 검은 언덕 위로 날듯이 올라섰다. 사내의 뒤에는 100여 명의 무장병력이 따랐다.

사내는 언덕 위에 서서 아래를 내려다보았다.

사내의 머리카락은 발목에 다다를 정도로 길었다. 사내는 아무것도 입지 않은 알몸이었다. 사내의 수염은 배꼽까지 길게 늘어졌으며, 사타구니 사이에서 난 터럭은 무릎을 스쳐 지나갔다.

긴 머리 사내는 오른손으로 조그만 아이를 붙잡고 있었다. 일고여덟 살 정도로 보이는 남자아이였다.

[이익. 이이익. 하악, 하악.]

아이는 어떻게든 수염 사내의 손에서 벗어나려고 바동거렸다.

그러자 긴 머리 사내가 갑자기 입을 쩍 벌리더니 남자아이의 머리통을 와그작 씹어 먹었다. 머리를 뜯어 먹힌 아이는 목 위에서 피를 푸확! 뿜었다. 긴 머리 사내는 덥수룩한 수염을 피로 적시면서 우그적 우그적 입술을 놀렸다.

더 끔찍한 일은 그 후에 벌어졌다.

시간이 조금 지나자 머리를 뜯어 먹혔던 남자아이가 사라진 머리통을 다시 재생해내는 것이 아닌가!

대신 남자아이는 일고여덟 살에서 다섯 살 정도로 나이가 어려졌다.

이 괴기스러우면서도 황당한 모습을 보고도 긴 머리 사내의 부하들은 눈빛 하나 변하지 않았다.

[잠깐만요.]

무장병력 틈새에서 빼빼 마른 여자가 불쑥 튀어나왔다.

중년으로 보이는 여자는 긴 머리 사내를 두려운 눈으로 올려다보더니, 손가락으로 언덕 밑을 가리켰다.

[루건 님, 저기 내려다보이는 저 마을이 제 마을이었습니다. 그런데 5개월 전에 나타난 불한당 같은 연놈이 제 마을을 빼앗아갔지요. 루건 님께 제 남편을 바쳤으니 약속대로 제 마을을 되찾아주십시오.]

[크홀.]

루건이라 불린 긴 머리 사내가 중년의 마른 여자를 돌아보았다.

그 전에 루건의 손에 붙잡혀 있던 남자아이가 소리를 꽥 질렀다.

[이런 씨팔. 네년이 나를 팔아먹고도 온전할 줄 알았더냐? 그리고 저게 어째서 네 마을이야? 내 마을이지.]

고작 서너 살 정도로 보이는 남자아이가 바로 이 중년 여인의 남편이었다.

여자의 남편은 원래 이렇게 어린 모습이 아니었다. 그가 정상적인 모습이었을 당시만 해도 그는 역마 단계에 갓 올라선 역마 최하급 악마종이었다. 그는 외진 산골 마을에서 일반마(一般魔) 악마종 1,000여 명을 부하로 두고서 나름 떵떵거리며 살았다.

　일반 악마종들은 역마 단계인 그를 촌장님이라고 부르면서 떠받들었다.

〈다음 권에 계속〉

DREAMBOOKS★